Stéphane Mallarmé

# マラルメ　不在の懐胎

原 大地

慶應義塾大学出版会

# マラルメ　不在の懐胎

# 目次

## 凡例

一、マラルメの作品は、ベルトラン・マルシャル編のプレイヤード版全集（Mallarmé, *Œuvres complètes*, édition présentée, établie et annotée par Bertrand Marchal, Gallimard, «Bibliothèque de la Pléiade», t. I, 1998）に基づき、韻文詩にはフランス語の原文を付した。なお、日本語訳は著者によるものである。

一、論述上の便宜から、文学作品に関しては、書名・作品名を問わず、その呼称を二重カギ括弧（『　』）で示した。

一、引用文献の発行年、版元などの情報は、巻末の「主要参考文献」にまとめて掲載した。

# 序章　詩人の相貌

# エドガー・ポーの墓

永遠によってついに己自身へと変えられて、
〈詩人〉は抜き身の剣をもって呼び、現す、
彼の生きた世紀を。世紀はおそれおののく、
かの奇妙な声が死の勝利を告げていたことになぜ気づかなかったか、と。

彼らは、かつて種族のことばにいっそう純粋な意味を
天使が与えるのを聞いた卑しい水蛇《ヒドラ》の吃驚のように、
彼らは、高らかに宣言したのだった、それはなにか黒い混ざりものの
不名誉な海から飲み、吸い上げられた魔術の言葉であると。

仇敵たる土と雲との、おお、諍いである！
我々の理念はしかしこの諍いをもってレリーフを彫り
それで輝かしくポーの墓を飾ることを、しない。

されば、昏き災いの空からここへと堕ち来って泰然たる
この御影石の塊が、せめて永遠に、未来に散らばる〈悪罵〉の
黒い飛翔を押しとどめ、その限界を示さんことを。

**詩人の到来**

世の終わりである。永遠とともに到来した〈詩人〉は、剣を振りかざし、彼が生きた時代を、すなわち、彼とともに生き、彼よりも生きながらえた人々、しかし今はすでに死者となった人々を、蘇らせる。原文で動詞は susciter、これは sus-citer で、「上へ—呼ぶ」である。現代のフランス語では「引き起こす」というような意味で広く使われるが、もともとは天がその命によって世にある人物を現す、という意味、さらに、ある事件を引き起こす、という文脈で使われる（たとえば、「神がその怒り甚大なるを知らしめるため、東方に凶王ネブカドネザルを呼び起こす＝現す」という具合）。これに re という繰り返しの接頭辞をつけると ressusciter となり、これで神が人物を呼び戻す、復活させる、という意味になる。マラルメはこちらの動詞の響きを意識しながら、敢えて接頭辞なしの susciter を用いていて、どうも「復活する」とは言い切りたくないようだ。いずれにせよ、〈詩人〉は神格、ないしは神の力の実行者の権威を帯びることになるだろう。

〈詩人〉が召喚するのは、自分を不遇におとしいれた人々である。彼は復讐のために蘇ったものか。

そして、永遠におけるこの再会において、生前には〈詩人〉の預言、つまりはその詩の意味がわからなかった彼らの目の前で、詩に描かれたとおりの光景が展開される。彼らもついに覚《さと》るだろう。詩人は己の再来を告げていた。その預言の成就である。かつて理解できなかったこと、途方もないと思われたことの実現に立ち会って、彼らは恐慌をきたす。第一連で簡潔に描かれるのは、詩人と世人の逆転劇である。

　とはいえ、不可解な点は残る。もし〈詩人〉の預言がキリストの預言と同じなら、その「意味」とは永遠の生命の勝利であるはずだ。そうであれば預言の成就とは、〈詩人〉の復活であり、全人類の復活と裁きである。しかしマラルメは、預言において、勝利していたのは生命ではなく、死そのものだと言う。つまり、〈詩人〉の「復活」とか世紀の「復活」とかいう言い方は正しくない。理解の不足、というよりは理解の過剰なのだ。「復活」ということばは注意深く排されている。黙示録を想起しつつ、詩には出てこないこの言葉を読み取るのは、我々読者の勝手な類推にすぎない。マラルメは、あからさまにキリスト教的な終末の光景を喚起しておきながら、それを根本から歪曲している。〈詩人〉は刀を手に審判者として復活したようであるが、そうではない。彼は死んだのであり、その死こそが絶対であることを彼は預言していた。〈詩人〉は復活しないだろう。

　しかし、だとすれば、ここに描かれる光景は何か。絶対の死を預言したものが、生き返ることなく再来するとは、一体どういう事態か。すべてデタラメじゃないか。

　そのような苦情に、マラルメは平然と答えるだろう。そう、これは実現しない光景、虚像の類い

## LE TOMBEAU D'EDGAR POE

Tel qu'en Lui-même enfin l'éternité le change,
Le Poëte suscite avec un glaive nu
Son siècle épouvanté de n'avoir pas connu
Que la mort triomphait dans cette voix étrange !

Eux, comme un vil sursaut d'hydre oyant jadis l'ange
Donner un sens plus pur aux mots de la tribu
Proclamèrent très haut le sortilège bu
Dans le flot sans honneur de quelque noir mélange.

Du sol et de la nue hostiles, ô grief !
Si notre idée avec ne sculpte un bas-relief
Dont la tombe de Poe éblouissante s'orne

Calme bloc ici-bas chu d'un désastre obscur,
Que ce granit du moins montre à jamais sa borne
Aux noirs vols du Blasphème épars dans le futur.

エドガー・ポーの墓

だと。ポーの墓と題されたこの作品で、マラルメはその復活を預言し、それを記念碑として故人に捧げようと言うのではない。実はそのことは第三連まで行ってはじめて明確に宣言されるのだが、今は順番通り、第二連を読んでいこう。

第二連冒頭、「彼ら」と呼ばれるのは、この「世紀」、〈詩人〉の同時代人のことである。ここで不思議な神話をマラルメは語り始める。「かつて」、おそらくは人類が言葉を得て間もない原始のとき、ひとりの「天使」が遣わされた。彼は「種族のことば」に「よりいっそう純粋な意味を与える」。すると、それを聞いた「水蛇が驚き、跳び上った」というのである。「水蛇」とは何者で、それが「跳び上る」とは何を意味するのか。マラルメの語の選択はここでもわかり易いものではないが、水蛇は「純粋なことばの用法」を、己を脅かすものととらえて、恐れと憤慨を覚えたものか。とすればそれは、不純なことばを用いて人間を惑わす妖虫の類いである。

第一連との関係において、言うまでもなく天使とは〈詩人〉のことであり、水蛇とはその同時代人のことである。この水蛇、ヒドラであるが、ギリシャ神話でヘラクレスに退治される怪物の名、ただしマラルメは、ギリシャ語の「水」という言葉から派生したこの名辞で、ヘラクレス伝説を参照しているのではなさそうだ。むしろ人間を堕落させるエデンの蛇の姿もここには透けて見える。あるいは、一般的に「悪水の化身」というぐらいのことを意味しているのだろう。すると、この跳ね回る毒蛇は、世にはびこる不純なことばの用法——ことばそのものではなく、ことばの使い方である。なぜなら、詩人も世人も同じことばを話すのだから——を象徴することになる。

〈詩人〉の同時代人は、彼の詩を、なにかしら混濁した水から汲み上げた魔術だ、純粋な言葉などではない、と言って中傷した。この出来事は、太古の昔の伝説を思わせるものだ、とマラルメは言う。人が言葉を手にして間もないその当初にも同様の諍いがあった。あるよこしまな汚水の主たる蛇が、天上から純粋な意味をもたらそうと降り立った天使に戦いを挑んだのである。これこそが、純粋性と不純性の闘争の原型《プロトタイプ》なのだ。

この天使と水蛇のエピソードは、しかし、第一連の黙示の光景よりもさらに茫漠としている。ただ、この「濁った水」を「飲んだ」という言い回しは、〈詩人〉すなわち、タイトルで示されているエドガー・ポーが生前アルコール中毒者として非難されていたことを踏まえていると、マラルメ自身が解説している。「水」とは詩のことばの純粋性をあらわす視覚的イメージであると同時に、酒をも意味することになる。逸話的ではあるが、ポーに関する伝記的事実にマラルメが依拠していることを指摘しておこう。

先に進んで、十四行詩《ソネ》の後半部を読む。三連目は詩の進行の転換点となる。これはソネという形式の要請でもある。ちょうど漢詩で言うところの起承転結の「転」のような役割を、最初の三行連《テルセ》に持たせるのが定法。ここまで、〈詩人〉と呼ばれていたものの名がこの連でようやく明かされるのも、この転機を印象づけるためのテクニックである。もちろん、読者はこれが誰に捧げられた詩なのか、タイトルから知識を得ている。しかし、詩の本文において、韻文の律動に組み込まれてポーの名が示される瞬間は、やはり劇的な効果を持っている。

この連の冒頭で、ここまで展開してきた寓話を、マラルメは一行で総括する。それは敵対する「土」と「雲」との諍いなのである、と。実は、原文のgriefは「不平・不満」あるいは「愁訴」というくらいの意味で、すぐには了解しづらい。しかし、ここではhostiles「敵対する」、という形容詞を中心に読んで、これをポーと世人の係争、という程度にとっておく（このgliefという語は脚韻の位置にあるので、マラルメが音合わせのために、言わば苦し紛れにこの語を選択したのだ、という説明も、できないことはない）。こうして〈詩人〉と現世との戦いを、天と地との戦いという原初的な光景へと還元した上で、しかしマラルメはこう言う。私はこの光景をもってレリーフを彫り上げ、それでポーの輝かしいモニュメントを作ることはしない、と。

マラルメがポーに贈る記念碑はごく単純な石塊である。御影石は花崗岩とも呼ばれ、日本でもよく墓石に用いられる粒状模様の石だ。堅く、風雨によく耐えるが、その分、細工には不向きで表情に乏しい。柔らかく、美しい紋をもち、装飾的に使われる大理石とは対照的だ。御影石の冷厳さこそがポーの墓には相応しい。詩人の聖化は今なお遂げられず、荘厳をめぐらせた聖堂を建てることは叶わない。現今のみならず未来においても、その名声は確乎たらず、中傷の声は止むことはないだろう、しかし、どこからか隕石のように堕ちてきたこの石塊が、その中傷を押しとどめるように、という祈願で、マラルメは詩を閉じる。ポーの墓は、詩の聖域たる一隅を守る境界石となるのだ。

マラルメの書いた十四行詩《ソネ》のうちで、おそらく最も知れ渡っている作品である。冒頭の、「彼自身としての tel qu'en Lui-même」という表現は、この詩をはなれ「彼の本当の姿」という程度の意味のフランス語の常套句としても使われる。しかし、よく考えてみれば、事態はそれほど簡単ではない。中心になるのは、一個の逆説である。自分自身に変化する、とは奇妙な言い様である。ふつう、AがBになる、とは言っても、AがAになる、とは言わない。何者かになる、のならば、ひとは自分以外のものになるはずだ。しかし、死んだエドガー・ポーは、「永遠によって自分自身に変貌させられる」。さて、どういう意味か。

もちろん、マラルメが投げかけるこの謎めいた言葉を、ごく平たく理解することもできる。「本当の自分」などというといかにも当世風で俗っぽいが、境遇に恵まれず、自分を偽って生きているというような思いは誰でも抱いたことがあるだろう。「本当は」こんな仕事をするはずじゃなかった、「本当は」出世して金持ちになるはずだった、「本当は」自分には才能があった……。エドガー・ポーも我々のこの凡庸なうらみ節の主人公だったと、マラルメは言うようである。つまり、ポーは生前、自己を実現できなかった。物質的な困窮や人々の無理解によって、生来の特質を発揮することが叶わなかった。しかるに、今、ポーが俗世から守りぬき、密かに抱えて死んでいった天才が、来世において完全なる開花を迎える。ポーの真の自我の顕現である。

ただし、マラルメの言葉遣いには単なるうらみ節に留まらない、特有のものがある。〈詩人〉と表記したのは大文字から始まる Poëte で、もちろんこれはタイトルに示されたポーのことを指示する。しかし、それと同時に、この定冠詞つきの〈詩人〉は、マラルメのあらゆる作品の基盤となっている観念論《イデアリスム》を参照しつつ理解するべきだろう。〈詩人〉とは、現世におけるポーではなく、魂として純化されたポー、言わばその理想型である。永遠不滅の魂が、地上において一時肉体を得て、その肉体が滅びたのちに、地上を抜け出して天に還る。もっとも、これは先ほどの平たい解釈とそれほど異なる事情ではないかもしれない。我々が普段、「本当の自分」と呼んで夢想して過ごしているのは、我々の魂が保持する、前世の微かな記憶なのかもしれないのだから。

しかし、だとするならば、この観念論をさらに進めるべきではないか。エドガー・ポーとはなにか。それは、この地上にかつて存在した、かりそめの肉体を指す言葉ではないか。それを棄て去った魂はもはやポーという名で呼ばれるべきではない。このとき、このソネに言われる〈詩人〉とは単なる個人としてのポーを超越した「詩人という概念そのもの」を指すことになるだろう。魂とは理念《イデア》の謂いである。死によって、魂は肉体から、理念は偶有的条件から解き放たれる。かくてポーは大文字の〈詩人〉となった。

すると、この『エドガー・ポーの墓』という作品には、ポーという個人を讃える水準と、詩人一般を讃える水準の、二重の意味の層が看取されることになる。しかし、そうは言っても、どうやらその二つの解釈は確固として分離されてはこない。二層は浸潤しあいながら、緩やかなグラデーションを成しているようでもある。

二つの観念論的解釈が分離しえないのは、それぞれが問題をかかえていて、そもそも自立しないからだろう。まず、この〈詩人〉がポーであっても、マラルメであっても、ボードレールであっても、ダンテであってもいいような存在、それらすべてに共通する特質としての「詩人という観念」であるとしよう。それはもはや、ポーの「本当の自分」などではない。しかし、そうだとすれば、つまり、これが純粋な概念となった〈詩人〉なのだとするならば、ポーが現世で個人的に蒙った汚辱などは、最早どうでもいいことではないか。ましてや、ポーがアルコール中毒者の汚名を帯びていたなどという逸話は語られる価値もない。

　そもそも、これが純粋にして唯一の〈詩人〉の記念碑であるとしたならば、さまざまに垂迹《すいじゃく》してくる〈詩人〉の現世的様態のうち、とりわけポーをとりあげる必要がどこにあるのか。その苦難については黙することが慎みであろう。しかして、このできあがった記念の詩を読んでみよ。そこに現れているのはポーの現世における苦闘の記録であって、当の〈詩人〉の姿ではない。あくまでもこれは「エドガー・ポーの墓」であって、「〈詩人〉の墓」ではない。だいたい、永遠不滅の理念《イデア》に、墓ほど不似合いなものもないはずだ。

　また、この〈詩人〉をポーという詩人の本来の姿、あるいはその理念形だ、という言い方にも難しさがある。それが、ポーという人間の特質を純化した姿、ポーが蒙った汚辱、その固有性をも含めたポーという存在の総体であるとしてみよう。しかし、もしそうだとすれば、現世のポーよりも純粋な、理念としてのポーとはどんな存在か。たとえば、三角形の理念《イデア》というのならわかる。あらゆる三角形に共通する特徴を備えた存在、というのなら思い描くのもさほど複雑ではない。紙の上にペンで描かれた三角形は観念の世界で直線を純化し、線の太さを失うことで理想の三角形ともなるだろう。しかし、ある固有名詞に関して、たとえば、エドガー・ポーとか、ステファヌ・マラルメとかいう理念《イデア》があるのだろうか。「あらゆるポーに共通する概念」というような表現は、果たして意味をもちうるのかどうか。

いずれにしても「〈詩人〉それ自身」という言い方は私たちが求めているという「本当の自分」よりさらに茫漠としてつかみどころがない。実は、マラルメの詩について突き詰めて考えてゆくと、かならずと言っていいほど、この理念《イデア》の問題につきあたる。マラルメが、理念とか純粋概念とか、さまざまな単語で表すものが、はたして何のことなのか、どうにも雲をつかむようなのだ。そしてさらに厄介なのは、その茫漠としかつかめない理念《イデア》なるものが本当に存在するのか、などと問うならば、マラルメは、「ない」と答えてやはり平然としているだろうということだ。当節であれば、説明責任の放棄と訴えられもしよう。しかし、そもそもマラルメは哲学者ではなく詩人であるから、その理念《イデア》とはなにか、ということを突き詰めて考えたり、丁寧に説明しなかったとしても、文句を言われる筋合いはない。そして、これから見てゆくように、理念の純粋性に惹かれながらも、この世の現実が持つ固有性をきっぱりとは諦められずにいるようなこの態度、生煮えのような態度こそ、マラルメの詩の奥深さを作り出しているものなのである。

マラルメを読もうという書物の冒頭で『エドガー・ポーの墓』を引用したのは、ここに彼の詩のテーマや特徴が凝縮して示されているためである。言語に純粋性を与え、人類を教導する者としての詩人というテーマ、特有のプラトニズム、また、一旦提出したヴィジョンをあっさりと否定するその手つきなど、マラルメの詩とはどのようなものか、その一つの典型を示すのがこの『エドガー・ポーの墓』だと言っていいだろう。

そして、マラルメの詩法の典型を示すこのソネは、同時に、典型としての詩人、すなわち詩人の理想像を提示している。この壮麗な黙示録的光景は、以後の叙述に一つの指針をも与えるかもしれない。マラルメは詩人の命運を、ただポーだけに特殊なものと考えるのではない。詩人の名誉は現世にはない。それは理念の世界のうちにある、というこの断定は、詩人としての信仰告白でもあるはずだ。つまり、このポーへ捧げられた一篇を、マラルメが自身の生涯を要約し、純化して示したエンブレムとして読むことも容易である。ここに「詩人によって描かれた詩人自身」がいる。だとすれば本書の叙述は、マラルメが生涯に残した詩をいくつか拾いながら、徐々にこの「永遠がついに彼自身へと変貌させたその姿」へと到達するように進んでいけばいいことになるだろう。

と言ってしまったところで、しかし、ある懐疑が頭をもたげる。はたしてそれでよいのか。ほんとうにそこへ向かっていけばいいのか。ポーに捧げた詩の中で、マラルメは、ポーは復活しない、「詩人自身」を彫り上げたレリーフは作られない、と述べていたのではなかったか。「ポー自身」という観念のとらえどころのなさは先ほど簡単に問題にしたが、それとまったく同様に、「マラルメ自身」というような観念も、あるいは「マラルメの詩の典型」というようなものさえも、あるいは虚像にすぎないのではないか。

さきほどの「ポーの理念」の議論の蒸し返しかもしれないが、もう一度、ごく単純に問うてみよう。マラルメを想像するとき、私たちはどのような姿で描き出すだろう。もちろん、『エドガー・ポーの墓』には視覚的な映像を示す「姿」というような言葉はない。マラルメの言うところは単に肖像画の問題ではないのだが、それはそれとして、視覚イメージの例は把握しやすいから、このアナロジーをもう少し辿ってみたい。

世に知られたある名前が与えられたとき、その人物の姿が目に浮かぶ。たとえば、福沢諭吉や夏目漱石や樋口一葉のような場合、その名を聞くことで、紙幣に描かれた姿があたかもその人物の公的な肖像画のように目に浮かんでくることは、避けがたいようにも思われる。流通したイメージが我々の想像力を方向づけるからだろう（紫式部や光源氏のようなケースになると事情はいっそう複雑になるが、とりあえずそのことは置いておく。もっとも、マラルメなら、肖像画の残っていない遠い昔の人物や虚構の中の人物を描いたことが二千円札の不人気の理由だ、と、そんな諧謔を言いそうだけれど）。

我々の詩人に話を戻そう。我々が「マラルメ」という固有名で思い浮かべるのは〈図一〉のような姿ではないか。あるいは〈図二〉であろうか。いずれも壮年期以降、前者は一八八二年、後者は一八九五年に撮られた写真である。〈図三〉の姿、フロックコートを着て、若者の傲慢さを不用心にも露わにしてこちらを見ている二十歳の青年、あるいは〈図四〉のような、明らかに幼年期の無

図 1

図 2

図 3

図 4

垢を強調して描かれた肖像画も、マラルメであることは確かなのだが、我々はまず、これらの姿を思い浮かべない。つまり、どうやら我々にとって、「マラルメ自身」は、地味ではあるが整った身なりの、厚地の服を着込んだ白髪まじりの有髯の男、という姿を無反省にとってしまう。その理由は様々あるだろうが、しかし、ここで問題にしたいのは、我々にとってのマラルメが、つぶらな眼差しを緩やかにこちらに向ける紳士という姿をとってしまうのはどうしてなのか、ということではない。その歴史的経緯や意味はともかく、マラルメという名前が、ある種の肖像を呼び起こす、という事実を確認できれば十分である。

ここにはそれほど複雑な事情はなく、我々は単に習慣的な思考に従っているだけのことだろう。我々は、自分のことを根拠なく自分自身だと思っている。この身に起こったほとんどのことを忘れ果てているにもかかわらず、また、その一方で「本当の自分」などというありもしない理想をたえず夢想しながら自己の同一性を信じている。それと同様に、私たちは、「マラルメ自身」のような存在を、根拠なく想定して、残された作品の向こう側に見ようとする。『エドガー・ポーの墓』の冒頭に顕現する詩人自身の映像も、このごくごく平凡な心理的作用と無関係ではなさそうだ。死んだ人間、私たちが知らない人間が、その人が残した文物を通じて、その人自身として蘇ってくること。マラルメの友人であったヴィリエ・ド・リラダンであれば、これを栄光と呼んだことだろう。

ここで行おうというのは、そのような同一性を批判することではない。そもそもそれを完全に否定してしまえばどうなるだろう。「マラルメ」という存在は、理念《イデア》よりさらにとらえどころのないものになり、過去と忘却のうちに霧散してしまうだろう。さらに一応断っておくならば、ステファヌ・マラルメという個人によって作品が残されたことを、たとえば「作者の死」という標語のもとに懐疑することも、本書の目的ではない。ただ、ここで注意をしたいのは、あたかも詩人の運命があらかじめ定まっていたかのように、そしてその運命を詩人自身が知っていたかのように、マラルメの詩業を辿ってはいけない、ということだ。

## 詩人になる

いや、いけないというほどのことはない。それほど強い禁止をここで打ち出すつもりはないけれども、しかし、人の命運をそのように俯瞰して観察することほど、我々が現にこうして我々の生を生きている実感からかけ離れたものはない。それだけは確認しておこう。そしてさらに言えば、マラルメが繰り返し問題にする「偶然《アザール》」の脅威とは、このように不確実な生に身をおくことによってしか感得できないもののはずだ。マラルメの辿った航跡を、あたかもそれがすでに決定されていたかのごとく辿ることは、彼が詩人として何に取り組んだのか、そして、過ぎ去る日々の言わば代償として、詩人としての彼に何が懐胎されるに至ったのか、ということを決定的に不透明にしてしまう。

我々はマラルメが一八四二年に生まれ、成長し、英語教師となり、比較的遅めの文学的名声を得、五十六歳で死んだことを知っている。それらの時代のそれぞれ、マラルメという人間が生きたそれぞれぞれの時において、彼は異なる相貌を持っていた。これは言われてみれば当然のことである。肖像画や写真、あるいは同時代人の証言などから窺われるマラルメの姿も様々であるが、それよりももっと多様な相貌を、人間としてのマラルメは持っていたはずである。それはまた、単に成長がゆるやかに衰微へととって代わられるというような、線形的な変化には留まらない。出会う人ごと、置かれる環境ごとに、異なるマラルメの相貌があったことだろう。しかしながら、そのようなとらえどころのない相貌の多様性は、私たちがマラルメという詩人を、この固有名詞を使って名指ししたときに見えなくなりがちである。

そこで、「マラルメ自身」を忘れることはできないにしても、とりあえず括弧に入れ、詩人が生きつつ進んだ道を追ってみること。これを本書の出発点としたい。詩人自身がまだ自分が何者になるのかわからなかった時点で、何を見ていたのか、その視点に立ってみるほうが、傍観者としてマラルメの生涯を俯瞰するよりも奥深い光景を見せてくれるだろう。マラルメが独自の詩境を得たその成果にもやがて触れたいとは思うのだが、我々はまず回り道をして、マラルメがマラルメになる前の姿を見てみたいのだ。だから敢えてこう言おう。冒頭にマラルメの、一番有名な詩とも言える『エドガー・ポーの墓』を掲げるのは、これから本書でマラルメにアプローチしてゆくその入り口は、永遠の相貌を持ったマラルメではない、ということを、むしろはっきりと示すためである――ちょうどマラルメが、ポーの墓を飾ることのないレリーフを描き出したように。

マラルメという詩人の理念的な肖像を描き、それをもって彼の墓とはしない。その詩法の到達点のみを、簡潔に示すことを、彼が強く望んだことがあったとしても、それを彼に代わって行わない。この、ないない尽くしの方針は頼りないようだけれども、マラルメという否定の巨人にはいっそ似つかわしい。

それでは、と問う人がいるかもしれない。それでは、マラルメが到達したところとはどこか。ここで私の立場をごく端的に示しておくならば、マラルメの到達地点とは、死であり沈黙であり虚無に他ならない。どんな語を用いてもいいだろうが、いずれにせよそれは、言語によっては描きえない、ただ黙ることによって示すことしかできない地点だろう。もっとも、本書で描こうというのはその前の過程、消失の前に位置する持続である。マラルメがどうやって詩人となるのか、その足跡を辿り、また同時に「〈詩人〉となる」とはどういうことなのか、一定の時間をかけて考えていきたいのだ。そうしてマラルメという詩人を、形成の歴史の厚みをもった存在として描き出すことこそ、本書の目標とするところである。

ここはあまり結論へと先走ることなく、実際的に進めていこう。そう小難しいことを述べたてる必要もないのだ。時系列を多少意識しながら一作家の作品を読んでいくというのは、言ってみればあたりまえの手続きである。この方針に従うなら、まず検討するべきは、詩人として生まれでようとするマラルメの姿に違いない。つまり、我々は「詩人の墓」から一気に逆行し、「詩人の誕生」に跳躍を遂げなければならない。

# 第一章　誕生

お肉がうまく焼けていたせいで、
新聞が強姦事件を詳報したせいで、
女中が貧弱で品のない胸元の
ボタンを留めておかなかったせいで、

聖具室のようにおおきな寝台から見える時計に
古典時代の浮かれた男女が描かれていたせいで
それとも、眠くなかったから、あるいは、慎しみなく
ちらりと、脚と脚とがシーツのしたで触れたから、

間抜け亭主がかさかさの不感女房を組敷いて
その白い帽子《ボネ》にナイトキャップをこすりつけ、
むやみやたらに息を切らせて勤しむ。

そして、激動も嵐もないある晩に
このふたりが眠りこけて番《つが》ったせいで
詩人が生まれうるのだ、おお、シェイクスピアよ、また汝、ダンテよ！

## 明快な詩

先程の『エドガー・ポーの墓』とまったく同じ、一行十二音節のアレクサンドランという詩型による十四行詩《ソネ》である。しかし、こちらはうって変わって、わかりやすい。

ごく大雑把に言ってしまえば、マラルメの詩は、年を逐って難しくなる。それはまったく、マラルメの使う語彙が難しくなる、ということではない。確かに文法的な複雑さが増してゆき、省略的な語法が多くなるという困難はある。しかし、それより何より、マラルメの詩が難しいのは「そこで何が起こっているのか（あるいは何も起こっていないのか）」「そこに何があるのか（あるいは何もないのか）」ということがとらえにくいことにある。最初に読んだ『ポーの墓』はその典型であった。マラルメは、詩の冒頭でポーの墓を飾ることのない虚構のレリーフを描き、そこで、詩人の復活というありえない事態を喚起する。一方、この初期のソネには、光景を提出してはすぐに打ち消すという、マラルメ独特の仕草がまだない。あるのは、被り物を性器にたとえる卑俗な比喩のみである。

詩人の誕生は、ごく平凡な夫婦の性交の結果である。そこには、たとえば神の意志とか摂理とか呼ばれるような、人間には計り知れないにしろやはり必然的な、ある秩序が作用しているのではない。食事や新聞や女中の服装というような、偶発的な条件の結果が詩人の誕生なのである。描かれているのは、『ポーの墓』に現れるような「概念そのものとしての〈詩人〉」の対極にある、偶発性そのものとしての詩人、血肉を備えた詩人である。「何が起こるのか」「何が描かれているのか」が曖昧模糊としていた『ポーの墓』と比べて、ここで何が起こっているのか（「何が原因なのか」は特定できないとしても）は明瞭きわまりない。どんなに掘り下げて解釈してみせたところで、ここには凡俗な性交しかありはしない。我々の知るマラルメの詩の姿はここにはまだ、ない。

もちろん、この種の詩の本来の見せどころは、リズムと韻の巧みさにあるはずだ。それは右に掲げたような、意味を転写することを最優先にした翻訳ではすくいきれない。五七調の使い古されたリズムに乗って調子よく述べられる売り口上のように、繰り出される言葉の奇抜さ、とくに韻の呼応の意外性こそが諧謔的な詩の真骨頂であれば、それを日本語で解説してみても仕方ないだろう。そもそも、この種の猥雑なおかしみというのは回りくどい解説になじまない。

### 詩人の誕生

これは一八六二年ごろ、ということは、マラルメが二十歳前後で書いたとされる作品である。ちょうど、先程見た写真〈図三〉で、傲岸な視線を投げ掛けていた青年期のマラルメの姿を思い浮かべてみてもいい。

Parce que la viande était à point rôtie,
Parce que le journal détaillait un viol,
Parce que sur sa gorge ignoble et mal bâtie
La servante oublia de boutonner son col,

Parce que, d'un lit grand comme une sacristie,
Il voit, sur la pendule, un couple antique et fol,
Et qu'il n'a pas sommeil, et que, sans modestie,
Sa jambe sous les draps frôle une jambe au vol,

Un niais met sous lui sa femme froide et sèche,
Contre son bonnet blanc frotte son casque-à-mèches
Et travaille en soufflant inexorablement :

Et de ce qu'une nuit, sans rage et sans tempête,
Ces deux êtres se sont accouplés en dormant,
Ô Shakespeare, et toi, Dante, il peut naître un poëte !

お肉がうまく焼けていたせいで……

一八六二年といえば、滞在先のロンドンでマラルメが結婚する前年である。英語教師になることを目指し、マラルメは一八六二年十一月、ロンドンに行くのだが、そのとき、およそ半年ほど前に知り合ったドイツ人女性、マリア（マリー）・ゲルハルトを連れてゆく。その翌年、一八六三年にはマリアがマラルメをロンドンにひとり残し、パリに戻る。それをマラルメが追いかけて帰国する。このようなちょっとした騒動ののちに、二人は結婚するのだが、海峡を跨いだ波瀾の恋愛劇を繰り広げながら、マラルメはすでにこのような、性愛に幻滅しきった作品を書いていたことになる。

しかし、この詩は単に猥雑な比喩をもてあそび、シニカルな描写に自虐的な娯しみを見出すためだけに書かれたものではない。ここには『エドガー・ポーの墓』と同様、詩人であることの強い自負が前提されていることを確認しておこう。芸術家はある種の超人的能力を与えられ、人類に行くべき道を示す先導者である。文学運動としてのロマン主義がこの芸術的天才に与えた最初の称号こそは「詩人」であった。この詩の最後に引かれているシェイクスピアやダンテはロマン主義の遥か以前の詩人たちであるが、彼らも、ロマン主義運動を通して「再発見」され、国民文学、あるいはヨーロッパ文学の祖として崇敬されたのである。

マラルメは一八五九年、サンスの高校の寄宿生だった十七歳のころにはすでに一定の量の詩作を試み、『四方を壁に囲まれ』という私家版の詩集を計画してもいる。この頃のマラルメにとっての英雄は、何と言っても詩人ヴィクトル・ユゴーである。皇帝を僭称するルイ・ナポレオンに対抗して英仏海峡の孤島に流謫されていたこのフランス・ロマン主義の領袖に、マラルメはいくつかの詩を献じてもいる。ユゴーは、現世の専制的権力にも抗しうる精神的権威として、少年マラルメの憧れをかきたてた。

しかし、二十歳ごろのこのソネではその詩人たる自負自体が嘲弄の対象とされている。詩人も人間であることから逃れられはしない。そんなことは当然と言えば当然なのだが、敢えてそれを嘆くということは、むしろほんとうの〈詩人〉とは人間を超えた存在だという理想を、マラルメはいまだ秘めているということになる。以前の作品に比べると斜に構えた風が強いのは、大ロマン派の模倣期から、それに対する反発を試みる時期に移ったというような、単に年齢の問題ではない。マラルメはすでに、高校生だったころには知らなかった別の詩人の影響を強く受けている。

マラルメのソネに歌われる詩人の誕生は、明らかにボードレール『悪の花』の第一詩篇『祝福』を踏まえたものとなっている。『悪の花』第二版は一八六一年の刊行、マラルメはその熱心な読者で、風俗紊乱の罪に問われ削除されたいわゆる「断罪詩篇」の諸篇を書き写してこの第二版とともに製本したりもしている。マラルメ特有の苦い諧謔を浮かび上がらせるために、ここでボードレールの詩を引いておこう。

## 一、祝福

至上の力が決めたところに従って、

〈詩人〉がこの憂鬱の世に現れるとき、
その母はおそれおののき、悪罵にむせかえって
捩《よじ》る拳を衝きあげる、女を憐れと思される神に。

「ああ、絡み合う蝮を産み落としたほうがましだった、
こんなお笑いぐさを育てるくらいなら!
あの束の間の快楽の夜が呪わしい、
この腹が私の贖罪を孕んだあの夜が!

おまえが数多《あまた》いる女のなかでも私を選び、
あさましい夫に嫌悪されるべく定めたのだから、
それに、このひ弱な怪物を恋文のように
焔《ほのお》に放り込むわけにもいかないのだから、

私に注がれ私を苛む憎しみを跳ね返し、
おまえの悪意の呪われた手先へとさし向けよう!
このみじめな木を存分に捻《ひね》りまげて

その病みきった芽も吹けぬようにしてやろう！」

涌き上る憎しみの泡《あぶく》をこうして呑み込むと、
永遠なる者の意図を理解せぬ彼女は
ゲヘナの底に自らの手で、
母ながら犯す罪のために火刑台を準備する。

慈愛の具現というような常套句《クリシェ》からは程遠い。母は、冒瀆の言葉をわめき散らし、神の権威へ挑戦して拳を振り上げる狂女である。「母親ながらの罪」とは当然、子殺しのことで、火で焼き殺すとか若木のようにくびり殺すなど、これは単なる脅しの言葉で、実際このあとを読んでゆくと、詩人も少年となり青年となったという描写があるので、実行されるわけではないのだが、そのシーンが喚起されるだけで十分におぞましい。

この冒頭部ののちも、ボードレールは詩人が現世でいかなる艱難を蒙るか、という描写を展開する。結末まで行くと、詩人はそののちに天上で「聖なる悦楽」に浴するだろうという楽観に辿りつくのだが、もちろん、ボードレールの詩の主眼は、ロマン主義的な詩人頌歌を歌うことよりは、それに至るまでの現世での苦しみを描き出すことにある。とはいえ、ボードレールも、詩人が神に選ばれた者である、というロマン主義的な主張を踏襲していることは確認しておいていいだろう。然り、詩人は天命によって遣わされた者である。しかし、それは造物主の愛によってではなく、憎しみによるものである。神の謀略によって女は不幸な結婚をし、望まぬ子をもうける。憎しみに満ちた男との交合は、しかし束の間の快楽を女に与えた。その罪過の報いとして、女は子を産み育てるという贖罪の業を果たさねばならない。これらすべて、人を理由なく責め苛む神の狡知によるものだ。

### 近代の凡庸

ところが、二十歳のマラルメは、この、選ばれた（ないしは呪われた）誕生というトポスを茶化してしまう。詩人は選ばれた存在などではない。凡庸なブルジョワ夫婦が、「激動も嵐もない夜に」、内的な情欲によるのではなく、ただちょっとばかり栄養のいいものを食べたから、あるいは強姦事件の報道に妄想を膨らませて、あるいは田舎から出てきたばかりのやせ細った女中の服装が乱れていたから、あるいは慣例的に描かれた男女の裸体に触発されて、つまりは外的な刺激によって引き起こされたものでしかない。ボードレールの『祝福』で詩人の母が呪う「はかない快楽の夜」などとは程遠い。詩人とは、教会によって黙許された、飼い馴らされた性欲の果実にすぎない。苦い自嘲がここにある。シニカルな笑いは比喩にも浸透している。寝台を「聖具室」に喩えるのは瀆聖的ではあるがいかにも軽微な違犯である。天に拳を突き付けて抗議する母親の、口から泡《あぶく》のようにわきあがる悪罵とは、このようなおふざけでは決してないだろう。

特徴的なのは、マラルメの詩が十九世紀の同時代風俗の中に位置づけられていることだ。ボードレールの詩が、母親の子殺しという犯罪を強烈に想像させるために、絡み合う蝮だの、ゲヘナだの火刑台だのと、時代がかった装置を次々と繰り出すのとは対照的な、現実的あるいは現実主義的枠組みである。それも、特定の階層、つまり、肉を食べ、新聞を読み、女中を雇うことができるが、寝ていても金が入ってくるような資産は持たない階層、商店主や公証人や下級官吏、要するに小ブルジョワの風俗である。そもそも、シェイクスピアやダンテのような、何世紀も前の詩人たちは、十九世紀フランスの詩人とはまったく異なる環境に生まれてきたはずだが、そのようなことは閑却される。詩人みなが、というよりむしろ、人類の全世代が、この十九世紀ヨーロッパの小ブルジョワ的凡庸の連鎖として思い描かれている。

その点で、慣習的な古典主義的風景の描かれた時計は象徴的である。情欲の表現は、同時代の光景ではないという言い訳のもとでようやく許される。古典古代、我々の文明とは遠く隔たった時代の風俗なのだから、我々の道徳には抵触しない、という論理だ。ブルジョワは、歴史的相対性を自覚しつつ、しかしなおも自分の生まれついた環境の道徳に固執している。

興味深い符合がある。マネの『草上の昼食』〈図五〉がサロンに出品されたのは一八六三年、このソネが書かれた次の年、ほぼ同じ時期のことなのだ。『草上の昼食』は同時代の女性を裸で描いたと言われスキャンダルとなった。現代的服装の男性とともに描かれた裸体の女性が淫猥だとされたのである。マネはこの人物像の配置を、マルカントニオ・ライモンディによる版画〈図六〉を参

図5　エドゥアール・マネ『草上の昼食』(1862-63年)

図6　マルカントニオ・ライモンディ『パリスの審判』(1515年)
右下の枠で囲った部分をマネは参考にしている。

考にして発想したとされる。ライモンディの版画はラファエロの失われた絵画『パリスの審判』を模写したものである。古典古代に由来する画題であれば裸体を猥らと感じず、現代に置かれる裸体は猥らと感じる小ブルジョワ的感性に、マネもマラルメも気がついている。

実は、この二人の芸術家が親しくつきあうようになるのは、マラルメが南仏での教師生活を抜け出してパリに戻ってきてからのことだ。一八六二年、まだマラルメはマネを知らない。けれども、マネが抱いていた問題意識を、マラルメはすでにこの時代に共有している。今、自分が生きている情欲をそのままに表現する術を持たず、古典古代の衣裳を（それがどんなに裸体に近い軽装であっても）被せて表現しなければならない、という欺瞞を理解しはじめる時代。マラルメとマネはそんな時代の最も鋭敏なアンテナだったのであり、それが故の後年の交友であったと考えるべきであろう。

## 役人詩人

十九世紀後半、第二帝政期のフランスは、見せかけの政治的安定のなかでこの小ブルジョワが社会の主力となってゆく時代である。今で言う「分厚い中間層」などと言うのは類推がすぎるだろうか。そしてまさにこの小ブルジョワ階級こそ、マラルメが生まれおちた環境であった。マラルメの父親、ニューマ・マラルメ（一八〇五―一八六三）は国有財管理局の役人、母エリザベート（一八一九―一八四七）は、ニューマが勤めていた役所の上司の娘である。

サルトルはこれを取り上げて、「役人の二家系の合流による見事な精華であるところの〈役人自体〉」「マラルメは役人詩人の種族に属する」などと揶揄する。マラルメがある意味で「家業を継ぐ」ことを期待されていたことは確かである。サルトルの言う通り、小ブルジョワの家庭とは、単に親から子へ、コピーを作り出す機構にすぎないのだ。親が役人なら子も役人。そんな単純な繰り返しに、インモラルな情欲など入り込む隙もない。もっとも、マラルメは官吏としてのキャリアから早々にドロップアウトしてしまう。先に触れたロンドン滞在、将来の妻との駆け落ちじみた騒動も、実のところは、家族からの、職業からの逃避行ではなかったか。
サルトルは小ブルジョワたるマラルメに対して手厳しく、もちろんこれは彼の政治的立場と無関係ではない。マルクスなどブラウン管と一緒に二十世紀に置いてきてしまったような我々ではあるが、しかし、サルトルの政治的立場が古びたからと言って、その文学に対する確かな眼力をも忘れ去っていいはずがない。あからさまに意地悪なその分析が、正鵠を射るところも多い。以下、少々長くなるがサルトルの見解を引こう。

文芸は、生活水準を下げることによって、採用する人材を変更することになったが、それは驚くに値しない。陸軍士官学校《サン＝シール》生徒の家系に関するある調査によれば、戦争が名誉と考えられているか否かによって、その出身階層には大きな変化があると認められたそうだ。〈詩〉が支払い能力を持つ間は、名家の子息はそれに才能を捧げることを厭わなかった。今や失墜し、口を塞がれている〈詩〉は、たまに無料の夕食をもたらすのがせいぜいである。〈詩〉はうまみを失った、がしかし、それ故に、それまで〈詩〉に気後れを感じていた小ブルジョワ、そんなものは金持ちの道楽にすぎないと考えていた彼らにとって、それが突然、手に届くもののように現れたのである。驕れる者たちが遠ざかるにつれ、慎ましい者たちは大胆さを増していった。

詩によって儲かる時代があった、ということを示すために、サルトルはここにわざわざ註をつけて、「一八四八年、ヴィクトル・ユゴーは一九五二年の貨幣価値で一億八千万フランを所有していた。晩年に彼の財産は二十億フラン以上に達していた」と述べる。貨幣価値の換算はそれほど簡単ではないし、サルトルの挙げている数字がどの程度正確なのかはわからないが、一九五二年の一億八千万フランは二〇一二年現在のレートで三億六千万円ほどらしい。ナポレオン三世のクーデターが起こって亡命する前のユゴーは貴族院議員でもあったので、純粋に詩作によって稼いだ財産とは言えないかもしれない。しかし、文学的名声が単なる栄誉にとどまらず、経済的利得をともなっていたということ、そしてその利得によって豪奢な生活が保障されていたことを、この数字は雄弁に物語る。

このような実益を、十九世紀後半に現れた詩人たちは手にすることができなかった。マラルメは英語教師として生計を立てざるをえず、退職を先取りできたとはいえ、その後も公職に由来する年金のおかげで暮らしていけたわけで、著作によって大金を手にするどころか、それで暮らすことさえままならなかった。マラルメは教師として働くことにしつこく不平を漏らしている。我々から見れば、詩を書いて生活するなどということは夢物語のようで、それができないことで不満を鳴らすのはひどく滑稽なことのようにも思えるのだが、マラルメの世代にとって、文学的名声と世俗的成功が結びついていた時代の記憶は、まだ鮮烈であった。作家たちの出身階層が一八四八年、ルイ＝ナポレオンの大統領選出の年に変化し、それが「神の死」という思想的変動と連関しているというのがサルトルの所説で、それが現在どれだけの説得力を持っているかという問題はともかく、マラルメはサルトルが描き出す世紀後半の詩人の典型とでも言うべき存在であった。そして当然サルトルは、小ブルジョワたるマラルメを描き出すその論証において、お肉が焼けたせいで詩人が生まれた、というこのソネを引用している。この詩は、いわばマラルメの「役人詩人」としての出生証明書と言ってもよい。

## 詩の出自

マラルメがこのような詩を書いていたことを意外と思う向きもあろう。我々の記憶するマラルメ、「彼自身としてのマラルメ」の、あの穏やかな印象といかにかけ離れていることか。詩作の理想を追求したマラルメほどの詩人が、ほんとうに、こんな卑俗な詩を書いただろうか。書いたとすれば残念なことだ、マラルメは自分の小ブルジョワ的出自を羞《は》じるあまり、わざわざ自分で出生証明書を書いてしまったことになる。しかも、この詩のとても趣味がよいとは言えない比喩は、生まれの卑しさを裏付けるものと言われても仕方がないような出来だ。このような作品を隠しておきたい、いや、隠さないまでも読まずに済ませたい、というのは、マラルメを崇拝する読者であれば当然の欲求かもしれない。

しかしまずは、一八六二年の時点では、「彼自身としてのマラルメ」はまだいない、ということを思い出そう。二十歳の青年詩人の髪にも髭にも白さは兆していないだろうし、分厚いプレイドを肩にかけて寒さをしのぐこともなかったであろう。不定形の情欲を自分のものとして感じ、だからこそ、飼い慣らされた欲望の形式に安住している小ブルジョワの境遇に生まれたことを痛恨事としていたとして、何の不思議もない。

それにしても、という人もいるだろう。マラルメの初期の詩篇は確かに自嘲的なアイロニーを含む。しかしそれは、芸術的絶対に到達しえないという絶望を歌ったものである。そしてその絶望の表現は詩的に昇華されているものではなかったか。それと比較して、あまりにこのソネは格調が低い。みじめったらしい性欲の所作、それが夜ごと単調に反復される様子を描写することで、詩人に付与されてきた光背は跡形もなく剝ぎとられてしまう。

そう、実際、これをマラルメの詩篇ではないとする見解もある。というよりも、ここで私の意見を述べるなら、おそらくマラルメの作ではないだろう。細かい考証と、この問題を巡る経過をすべてここに記すのは、あまりに煩瑣な議論になってしまうのではないかと危惧するのだが、ここまで読んできて、「実はこれはマラルメの作品ではありませんでした」では詐欺のような話だから、大筋だけ記しておく。

まず、この詩をマラルメのものだとする見地を確認しよう。「お肉がうまく焼けていたせいで」という詩句で始まるこのソネは、現在、フランスで文学叢書として最も権威あるプレイヤード版の『マラルメ全集』に収められている。この刊本は一九九八年にベルトラン・マルシャルによって編纂されたもので、マラルメという詩人に関しての最新、ではないまでも比較的あたらしい研究成果を総合したもの、と言えるだろう。また、プレイヤード叢書には、『マラルメ全集』の旧版があって、一九四五年刊行、やはり当時のマラルメ研究の大家であったアンリ・モンドールとジョルジュ・ジャン＝オブリの手になったものであるが、こちらにもこの詩は採録されている。この二つの権威ある刊本に依拠して、この詩はかなり長い間（そしてかなり多くの読者によって）マラルメのものとして読まれてきた。サルトルもこのソネを引くにあたって、何の疑いも抱いていなかったはずだ。

ただ、この詩が何を根拠にマラルメの作とされているのか、ということに関して、実は今でも議論が尽くされているとは言いがたい。なにぶん初期の詩である。繰り返しになるが、たとえば『エドガー・ポーの墓』のような、「マラルメらしい詩」、つまり、我々が通例考える「マラルメ自身であるマラルメ」像にはうまく合致しないものであるから、それほど注目される詩篇ではない。およそマラルメの詩を研究したり一生懸命読んだりする人間は、その「難解さ」に惹かれるものなのか。つまり、一読してすぐに意味がわかり、その意味もまるで高尚なものではないようなこの詩について、詳しく分析しようという専門家などいないようなのだ。どんなにすばらしい作品を書いた詩人でも、若書きの未熟な作品の一つや二つあるだろう。そういう駄作をわざわざ取り上げて論じてみたところでマラルメという詩人の実像、「詩人自身」を明らかにするわけではない。この詩がマラルメの創作になるものか、そうでないのか、という問題は大して気にされず、ただ権威ある刊本に含まれるということが拠り所になって、きちんと読まれないままにマラルメに帰せられてきたと言っていい。

この詩がマラルメの作品でないということを最初に指摘したのはパスカル・ピア（一九〇三―一九七九）という文学者である。この指摘は今でも忘れ去られているわけではない。ベルトラン・マルシャルは前掲の全集の註でこう述べている。「パスカル・ピアはこの詩をクレマン・プリヴェのものとしている。しかし、この詩は一八六三年五月のカザリスの手紙に「貧民への憎悪」あるいは「ある物乞いへ」という詩とともに、（近似的な引用も添えて）言及されている」。

### クレマン・プリヴェ

固有名詞が多出するためわかりにくいが、クレマン・プリヴェ（一八四二―一八八三）という詩人については後述することにして、まず、アンリ・カザリス（一八四〇―一九〇九）はマラルメ青年期の親友である。たくさんの書簡が残っていて、それが詩人の青年期の動向をつかむための貴重な資料なのだが、そのうちの一通に「もし君が僕を喜ばせてくれようというのなら、君の二篇のソネ、施しに関するもの（ほら五フランやるから飲みにいけ）と詩人の誕生に関するもの（ある四月の宵に新聞で読んだから云々）を送ってくれないか」という文言が確かに読まれる。

ただ、これはあくまでも状況証拠である。マルシャルがこの詩をマラルメのものとしている直接的な根拠は別にある。それは、テクストの伝来経路である。そもそも、このソネはいったいどこから出てきたものか。未発表の詩である。つまり、マラルメが署名をして公刊した詩ではない。ということは、これをマラルメのものとするためには、当然、マラルメの手による原稿が伝わっている、ということに拠るほかない。マルシャルがこの詩を全集に入れた決定的な理由は、マラルメの手稿が存在することのはずだ。それで、全集の註にあたってみると、手稿は「個人蔵」とだけ記されている。

マルシャルがこの手稿の所在や状態を詳細に報告していないのは、もしかすると直接にこれを確認していないためかもしれない。「幻の原稿」と言えば大げさだが、その具体的記録は、前述したプレイヤード版『マラルメ全集』の旧版、アンリ・モンドールによる註が最初で最後である。そこでモンドールは、先程引用した一八六三年のカザリスの手紙、それからもう一通、一八六四年にウージェーヌ・ルフェビュールというマラルメの別の友人からの手紙にこの詩への言及（「詩人を作り出すブルジョワのソネ」）があることを述べた後でこう言う。「あとは我々にとって自筆原稿を発見することが必要なばかりであった。この自筆原稿は、マラルメの手による非常に美しい筆跡で書かれている」。モンドールの文章はよくいえば格調高い、悪くいえば韜晦趣味の漂う独特の文体で、何やら謎めいている。およそ事情は次のとおりだろう。すなわち、ルフェビュールとカザリスが手紙において言及している「ブルジョワに関する詩」が何を指しているのかは、長らく不詳であった。しかして、モンドールはこの詩の原稿を発見し、それをマラルメの筆跡と鑑定した、というのである。しかし、どこで原稿を発見したのか、誰の所蔵になるものなのか、というようなことを彼は一切語っていない。

アンリ・モンドールは熱心にマラルメの足跡を追った人物であり、その筆跡には暁通していたはずだから、彼が見誤るということは考えづらい。「原稿を発見した」という言葉がまったくの虚言だという可能性もなくはないが、そんな嘘をつく動機はなさそうだ。そう考えて、プレイヤードの新版を編む際にマルシャルはこの詩を残したものだろう。つまり、マルシャルはモンドールの権威ある証言に依拠して（それ自体何ら非難されるべきことではない）『マラルメ全集』にこのソネを保持する決断をしたことになる。

ところが、マルシャルが暗に否定しているパスカル・ピアの説、つまり、この詩がマラルメの作ではなく、クレマン・プリヴェなる詩人の作であるという説は、非常に説得力がある。

パスカル・ピアは、隔週誌『カンゼーヌ・リテレール』一九六六年四月一日号に「反証されたあるマラルメのソネ」と題した論文を発表した。曰く、問題のソネは当時の文学者は誰もがこれを暗誦するほど有名なものであった。クレマン・プリヴェの作であるということは周知の事実だったというのである。それがいつ、どこでプリヴェによって発表されたのか、ということをピアは明らかにしていないが、十九世紀の後半から二十世紀初頭にかけて、この詩はプリヴェの名のもとでたいへんよく知られていた詩だ、というのだ。

一八八〇年前後の雑誌・新聞記事、それから一九一二年以降版を重ねた卑俗な詩集のアンソロジーなど、ピアはこの「プリヴェの詩」に関する記述を拾ってきている。詩の全文についても、「一八八〇年代のいくつもの雑誌に繰り返し掲載されていたのを目にしたことがある」とピアは言っていて、ただ、それらの雑誌について参照先《リフェランス》を示すことは残念ながらできていないので、決定的な証拠は欠いていると言うべきであるが、それを割り引いてもピアの指摘は重みがある。たとえば、一八八三年五月十五日にプリヴェが死去し、『ジル・ブラス』誌にその死亡記事が載ったとき、そこにはこの詩の第一行（« Parce que la viande était à point rotie... »）もプリヴェの作として掲載されているのである。

### 真の作者

実を言うと、パスカル・ピアというのもなかなか奇矯な人物である。アポリネールやボードレールの贋作作者とされており、最もよく知られている事件では、ランボーの失われた作品を発見したなどと言って贋作をでっちあげたということもある。たしかに、おいそれとは信用してはいけない人物なのだ。マルシャルがピアの言うことを真面目にとらず、プレイヤード版の先任編者であるモンドールの言葉を信じたのも、もっともなことではある。少し話が逸れるが、モンドールの方はと言えば、本業は外科医で、その方面でも優れた業績があった。今でもパリ近郊のヴァル・ド・マルヌには彼の名を冠した大学病院がある。科学アカデミーやアカデミー・フランセーズなど、四つものアカデミー会員に選出された名誉ある人物なのだ。

しかし、モンドールとマルシャルの言い分にも看過しえない弱点がある。カザリスがマラルメの詩句として引用している文言は問題のソネの冒頭の詩句と同じではない。それはマルシャルも言うように「近似的な引用」なのである。これを単にカザリスの記憶違いと言って済ませてしまっていいものか。カザリスが引用する言葉（« Parce qu'un soir d'avril il lut dans un journal »）も、ピアが指摘するようにきちんと韻律の規則を満たしている。モンドールとマルシャルの考えに従うならば、カザリスは、かつてマラルメの朗誦した詩句の概略のみを記憶していて、詩句の細部はおろか脚韻までも忘れ去り、その後、マラルメに手紙を書く段になって曖昧な記憶をもとに自ら即興で詩句を捻り出した、ということになる。不可能とは言わないまでも、あまりシンプルとは言えない仮説だろう。

カザリスが引用しているソネの出だしは、マラルメの作によるものと考えた方がよい、というのがピアの説である。つまり、モンドールの発見した自筆原稿のソネはカザリスとルフェビュールが聞いたソネではない、あるいは少なくとも、二人が聞いたマラルメの詩句は、我々が目にしているソネとは大きく異なるヴァージョンであって、そこで第一行はたしかに「ある四月の夜に新聞記事で」云々となっていた、ということである。

実証ということで言えば、「この「肉で精がついたから詩人が生まれた」云々という詩をマラルメより先にプリヴェが作った」（奇妙な表現だが）ということを証明するためには、ソネの全文が載っている文献の初出例を見つけなければならない。そのことはピア自身も自説の弱点として認めている。そうでなければ、この詩がまずマラルメの創作によるもので、それをプリヴェが「盗作」し、自分の名において広めたという可能性も排除できないからだ。しかし、たとえば、前述のプリヴェの死亡記事が一八八三年に出たとき、なぜマラルメは、「いや、これは自分が書いた詩だ」と言って手を挙げなかったのか。また、その後も繰り返し、この詩がプリヴェのものだとしてあちこちの雑誌に掲載されたとき、マラルメやマラルメの弟子を自認していた文学者たちは、なぜ、何らの反応を示さなかったのか。

ここでひとつ気をつけておかねばならない。問題は、パスカル・ピアとアンリ・モンドールのどちらが正直か、ということではないのだ。そもそも、ピアはマラルメの手になる原稿の存在を否定し、モンドールが嘘をついている、と言っているわけではないのだ。彼の言うところをよく聞こう。「マラルメはおそらく、「〜だから Parce que …」で始まる別の詩を書いたのだろう。そしてカザリスはその冒頭部、「ある四月の夜に新聞で読んだから」という文句を記憶していた。しかしこの詩、プリヴェを模倣した、あるいはプリヴェによって模倣された詩は、いまだ発見されていない」。

つまりピアは、モンドールが見たと言うマラルメの原稿が存在しない、と言っているわけではない。ただ、マラルメはどこからかプリヴェの詩を知って、それを書き写しておいたのだ、と言うのだ。したがって、マラルメの手になる原稿の現物、「個人蔵」の草稿の所在を明らかにしただけでは、問題は一向に解決しないのである。

ピアの示唆する仮説を細かく場合分けすれば次の二通りとなるだろう。第一の仮説。プリヴェの詩を書き写したあとで、マラルメはプリヴェの詩に倣って、「ある四月の夜に新聞で読んだから」という詩句で始まるソネを書き、それをカザリスとルフェビュールに見せた。第二の仮説。マラルメは誰を真似ることもなく、「ある四月の夜に新聞で読んだから」という詩句で始まるソネを書き、それをカザリスとルフェビュールに見せた。その詩をプリヴェが知り、彼がそれに倣って「お肉がうまく焼けていたせいで」で始まるソネを書いた。こちらの方が有名になり、またマラルメもこれを面白いと考えて、自分の手で書き写しておいた。後者は若干複雑すぎるようにも思うが、いずれの仮説も、モンドールが見た手稿とはマラルメが確かに自らの手で書いたもので、しかしそれはマラルメが創作した詩ではない、という事態をきちんと説明する。

**ヨンヌ県の青春**

さて、この仮説が成立するためには、プリヴェとマラルメの間で直接にしろ間接にしろ交流があったことが前提となる。しかし、この点はまったく問題ない。パスカル・ピアも指摘しているように、このクレマン・プリヴェという人物は、先程から名前が出ているマラルメの友人、ウージェーヌ・ルフェビュールの親しい友人だったからである。

ルフェビュールとマラルメが親しく交際するようになるのは書簡資料による限り一八六二年ごろのことと考えられる。二人は、ブルゴーニュ北方ヨンヌ県・サンスの同じ高校を卒業しているのだが、年齢差があるため、同時に在校していたことはない。マラルメが入学したときにはルフェビュールはすでに卒業していて、その二人がどのように知り合ったのか、詳しいことはわかっていない。おそらく、学校関係の人脈が何らかの仕方で作用して、文学に情熱を持つ二人の青年が結びついたのであろう。マラルメとルフェビュールはそのあと十年にわたって親しく交際することになる。

一方、ルフェビュールにとってプリヴェはマラルメよりも多少古い友人のようだ。ルフェビュールはサンスの高校を卒業したあと、一時期パリに出て学生生活を送るのだが、そのパリ時代から、プリヴェと手紙を交わしていたことがわかっている。プリヴェはこのとき、ルフェビュールの故郷、ヨンヌ県の中心都市であったオセールで鉄道会社に勤務する文学青年だった。ルフェビュールはプリヴェに、首都パリの文学事情を盛んに知らせている。二人の親交は厚く、一八六二年には『オセールのソネ集』と題した共作詩集の原稿を完成させているほどである。

したがって、マラルメとプリヴェが知り合っていたとすればルフェビュール経由であろう。もちろん、二人が幾度顔を合わせたか、詩に関する議論をしたかどうか、お互いの詩作を披瀝し合ったか、というような事柄はわからない。二人の間で手紙も交わされたかもしれないが、その痕跡も何一つ見つかっていない。しかし、一八六三年にプリヴェがルフェビュールに宛てたある手紙では、マラルメその人の動静に関する噂話が話されているので、少なくともこの時点まではプリヴェとマラルメは知り合いになっていたことがわかる。おそらく二人は何度か顔を合わせたことがあるだろう。マラルメとプリヴェは二ヶ月違いの同い年であるし、また同じヨンヌ県出身であるから、親しみの念を持たなかったと考える方が不自然というものだ。

そもそも、詩を愛好することで形成された交際である。お互いの近作を見せ合うのが普通だろう。プリヴェが作ったソネが、その見事な風刺で青年たちの賞嘆を受け、それをマラルメが写し取っていたとしても、何の不思議もない。

厳密には、「お肉がうまく焼けていたせいで」というソネを誰が作ったか、ということはわからない。ルフェビュールもカザリスも、「ブルジョワに関するソネ」をマラルメが作ったと言っているのであるから、プリヴェより先にマラルメが似たような主題の作品、あるいはほとんど同じ作品を作っていたことは十分考えられるのだ。マラルメとプリヴェと、どちらがこのソネの最終的なヴァージョンを生んだのか、また我々が目にしている最終形に至る過程において、両者の貢献がそれぞれどの程度あったのか、ということには、新たな一次資料でも発見されないことには結論を出しようがない。

## 口づたえの文学

さて、ここでむしろ驚くべきことは、マラルメの伝記作者であり、また権威ある刊本の編者であるモンドールほどの人物が、プリヴェの名前とともに伝えられ、かほどに有名だったというこの詩をまったく知らなかった、ということである。アンリ・モンドールは一八八五年生まれ、一八八三年のプリヴェの死からわずか二年後である。彼が生まれた頃、一八八〇年代には大変に有名であったとパスカル・ピアが証言するこのソネは、モンドールの耳にはまったく入ってこなかったことになる。

それだけではない。実は、このクレマン・プリヴェという人物を、モンドールは知らなかったわけではないのだ。モンドールが著したマラルメ関係の浩瀚《こうかん》な研究書の一つに、『ウージェーヌ・ルフェビュール』と題されたものがあるのだが、そこでかれはプリヴェの名に何度も言及しているのである。種を明かせば、先ほどプリヴェからルフェビュールに宛てられた手紙を引用して、そこにマラルメへの言及があるということを指摘したが、この手紙自体、モンドールの書物に引用されているものを孫引きしてきたものだ。もしモンドールがプリヴェのソネを一度でも耳にしたことがあったなら、いくらマラルメ自筆の原稿を見つけたからといって、これをマラルメのものと考えはしなかったであろう。この猥雑なソネは、マラルメの文名に何ら加えるものを持たないだけに、モンドールの勘違いはいっそう、邪心のないものと信じてよい。モンドールのような謹厳な人物にも思春期があったとしたら、という仮定の上での話だが、一八八五年生まれの彼がこのような詩の卑猥さを面白がるような歳になるのは二十世紀に入ってからだろうか。それまでにはプリヴェの詩はその名前とともに一般からはほとんど忘れ去られ、パスカル・ピアのような好事家にしか知られないものとなっていたのだろう。

このソネがそれほど早く忘却されたのは、それが主に口承によって伝えられたためだ。文字に記録されない文化の推移の早さを感じさせるエピソードだが、口承で有名になったのには理由がある。まさに、作品が猥雑なものであったからだ。一八六二年、いわゆる権威帝政は終わっているころだが、いまだ検閲体制下であることは忘れてはいけない。印刷物として残されたのが、一八八〇年代を待ってからのことだったのは故あってのことなのだ。検閲がなくなってからも、風俗に関する自主的な制限は続いた。新聞記事でソネの全体が引かれることなく、きまってプリヴェのことを「あの有名なソネの作者」として、暗示的に紹介しているのもそのためである。

しかし口承であればこそ、その軽妙な皮肉も受けて、この詩はあらゆる人に復誦された。ソネという短い形式で、調子のよい韻をそろえたこのような作品は容易に記憶される。

作品のこのような口承性は、この詩の作者がプリヴェなのかマラルメなのか究極的には未詳であるという事態と無関係ではありえない。覚えやすく、見事にできあがって動かしようのない表現に至っていると感じられるとき、誦《とな》えられ伝えられてきた詩が誰の作か、というような事柄は背景に押しやられるだろう。その詩句は、それを口にするあらゆる人の心情、すなわち一時代の感受性を代弁する。この「お肉がうまく焼けていたせいで」云々という詩に関して言えば、それがかくも有名になったのは、一方で古典的な裸体という表現に対して違和感を抱き始め、他方で、服をまといナイトキャップを被った自らの身体へと覚醒してゆく近代の意識を見事に反映していたためだろう。人々は、そこに歌われる出来事を、あたかも自分のオリジナルな経験として持っているかのように思い始める。この詩を覚え諳んじた者たちは、ひととき自分も詩人となって、己の凡俗な出生の宿命を、その遠くほの暗い懐胎の日を見出したに違いない。

そもそも、詩を始めようとする若者たちにとって、(ときに不謹慎な) 色恋を題材とする共作はこの時代に広く行われていた実践である。マラルメもプリヴェも、このような戯作がどちらの作になるものか、ということに格別の拘りもなかったのではないか。「詩は万人によって作られねばならない」というのは、ロートレアモン伯爵ことイジドール・デュカスが少し後、一八七〇年頃に書く言葉であるが、それは、個人的な圏域の外に出ない種の詩、多くの青年たちの私的な詩においては、むしろ当たり前の条件であった。文学は、活字になって印刷され、広く流通し、長く後世に残るところでのみ行われていたものではない。

### 出生の幻影

おそらく、マラルメは詩人の誕生を嘲弄するこの下卑たソネの作者ではない。しかしそれによって、我々のもつ「マラルメ自身」、純粋な詩を目指した詩人の肖像が乱されなかったことを幸いとするのもまた誤解である。小ブルジョワの凡庸な性交を描くこの軽薄なソネがマラルメの作でなかったとしても、少なくとも彼は、それに喝采し、他の誰よりも先に自らの筆跡で書き写して、潜在的な私家集中の一篇としたことを、名誉とこそすれ恥とはしなかったであろう。それが己の作に帰され、現在編まれている彼の全集に含まれていることを、もしそれが事実に反していたとしても、愉快なこととさえ思うはずである。

この詩を書写したマラルメも、この詩を口ずさみ、伝播させた多くの人々と同様に、この無題のソネの保存に寄与している。そしてこの場合、保存とは、創作の過程とは言わないまでも、すくなくとも詩の成立にかかる本質的な過程である。試みに、数多の私的な詩句を背景としてこの詩を見てみよう。しばしば陳腐でときに卓抜な滑稽さを備えたそれらの詩句が、口々に伝えられそして忘れ去られてゆくなかで、この詩は復誦され、書写されることによって共有され、共有されることによって公的な圏域に現れる。そのときほんとうの詩人は、詩を復誦した無数の公衆ではないか。プリヴェは名声を成さぬまま、「あの有名なソネの作者」という註釈付きでその死が報じられなければならなかった。しかしそれは、マラルメが目指した詩的理想、「詩人の発話による消滅」に通じる、文学的達成の一つの形だったと言っても、あながち的外れではないだろう。

サルトルに従うならば、このソネには「役人詩人」マラルメの出生証明が見てとれるのだった。それでは、この詩がマラルメの作であることが疑わしくなったいま、この出生証明は無効になるか。いやむしろそれは、マラルメとプリヴェという二人の詩人が、文学的使命と権利に目覚める小ブルジョワの兄弟として、二月違いで生を享けたということを証明するものだろう。彼らを生んだ凡庸な性交の現場は、即物的な比喩をもって、ここにはっきりと映しだされている。事態が急に不透明になるのは、この始まりの光景に、マラルメという詩人の個性の始まりを重ねようとしたときである。しかし、ここにまだ、彼の顔が映し出されておらず、それを描く筆致にも独自性が見られないとしても、それは当然のことではないか。我々の思うマラルメ、「マラルメ自身」は、まだ描かれる客体としても、描く主体としても存在していないのだ。

振り返って、私がいつから私なのか、定められる者はいない。自分が存在し始める点、無から有が生じた点は、集団的な想像力によって描かれるしかないのだ。私たちは、己が如何なる夜に母の腹に懐胎されたものか知らない。一八六二年、二十歳《はたち》そこそこの青年であったマラルメとプリヴェは同じ懐胎を、多数の兄弟とともに夢想している。

# 第二章　幼年《アンファンス》

# 孤児

孤児であり、すでに、〈詩人〉を予感して悲しむ子供であった私は、黒衣をまとい、目は空からとおく伏せ、地上に家族を求めてさまよっていた。あるとき、川辺近く、吹く風に枯れ枝を折る木々のもと、縁日の小屋が停まった。私は血縁を、あるいは後に彼らの一員となることを見定めたのか、いや、この役者たちの生を生きてみたいと思ったのだ、それで、わが醜悪な朋輩を忘れようと、彼らのもとに向かった。舞台のほうからは、僭主を呪う子供の声が、か細い長広舌とともに、合唱隊の古い微風となって耳に届いた。というのも、喜劇神《タレイア》が幕舎に宿って、カンケ灯の聖務の刻《とき》を待っていたからである。私はこの芝居小屋の前を誇らしげにうろついた。しかしむしろ、兄弟たちに混じって演じるには若すぎるひとりの子供が画布に寄りかかっている、その彼に話しかけようかと、びくびくと考えていたのだった。胴衣《プルポワン》を描いて紅々たる、ロマン主義的奇抜さを示すその画布は、おそらく、このときただ一人中世を信仰する名匠の筆になるものであっただろう。あの子は今も目に浮かぶ。ダンテの頭巾のようなかたちのナイトキャップをかぶった彼は、白チーズを塗ったパン切れの形において、恍惚たる百合、雪、白鳥の羽根、星々、その他すべての、詩人たちの神聖な純白を食んでいた。もし私があんなに臆病でなかったら、ご相伴あずかれないかと頼んだところだっただろうが、突然跳びはねてやってきた別の者に彼は食事を分け与えたのだった。それは隣の小屋の少年軽業師であった。彼の小屋では剛力芸を始めるところ、このたわいない演芸は白昼の陳腐さを拒絶しないのだ。彼の洗いざらしのタイツの下は素っ裸で、驚くべき騒々しさでくるくる回る。私に話しかけたのは彼だった。「おまえの親はどこだい?」「いないよ」と私は答えた。「ああ、父親がいないのか。おれにはひとりいるぜ。父親ってのがどんなに面白いか、おまえにわかるかい。いっつもふざけてるんだ。弟の葬式を出した日の晩だって、お頭《かしら》が叩いて蹴ったら大したしかめ面をして見せてたよ。なあ、」と言うと彼は、柔軟な片脚をみごとに易々と持ち上げて、こう言った。「なかなか愉快だよ、父ちゃんは」。そうして彼は、年下の方のしゃべらない子供のパン切れにまたかぶりつくのだった。「それに母ちゃんもいないって、おまえ、たった一人ってわけだな?うちのはね、麻束を食うんだ。それでみんなが手をはたく。おまえにはわかんないんだね。そう、親ってのは笑わしてくれるおかしなやつらだよ」。しかし、自分の出し物が始まったので、こう言うと彼は行ってしまった。私のほうは、彼のように両親を持っていないことは本当に悲しいことだと思いながら、たった一人で立ち去ったのだった。

「子とりがさらいに来てサーカスに売り飛ばされる」と、聞き分けのない子供を脅すことももはや稀だろう。そもそも、さらわれてきたような子が薄汚れた金ぴか衣裳で仕込まれた芸を繰り返しているような見世物など、今時どこに行けば見られるか。そんなものが向こうからやって来て、隣の空地に小屋をかけるなどということがあればまさに巡り合わせ、しかし、機を逃さず入ってみたという話は聞いたことがない。珍しいものを見せるという触れ込みで忽然と現れ、忽然と別の町へ去ってゆくのが興行の真面目であれば、世界上のあらゆる珍事はテレビに映りインターネットに流れると信じられるこの時代に流行らないのは道理である。見世物の幕屋《テント》を待つ心も失って、我々はひたすらに私的な紗幕《スクリーン》に見入って暮らす。

フランスでは、旧式興行もその残滓くらいなら留めている。パリのチュイルリー公園や、他の都市でも、街外れの休閑地に移動遊園地が定期的にやってくる。中心になるのはジェットコースターや観覧車などの大型アトラクションで、よくもまあこんなものを仮設で組みあげるものだと感心するのだけれど、こちらでも古典的な大道芸は下火のようだ。マラルメが言うような大衆劇や軽業・力業、麻束を飲み込む女といった見世物が一体どんなものか、見てみたいとは思うのだが、いっこう僥倖に恵まれない。そんな前時代的な芸はもう滅びたのか、とはいえ地続きのヨーロッパで、欧州連合によって往来も容易になっているのだから、東のほうから古風《アルカイツク》な芸能が訪ねて来ないとも限らない。しかし残念なことにフランスを巡る興行師の大多数はどうやらフランス人のようで、テレビでインタビューに応えているようなものを見ても、およそ標準的なフランス語を話している。

十九世紀の中頃にも、それほど遠方からの巡業はなかったものか、旅の一座の少年軽業師は、マラルメ自身とおぼしき少年と同じ言葉を話している。あるいは、マラルメは登場人物どうしで対話を成立させる必要から虚構をかまえたものかもしれない。そもそも、題名に『孤児』と示されている詩人の境遇自体からして、虚構《うそ》に違いないのだから。

**虚構の孤児**

マラルメは孤児ではなかった。たしかに、母のエリザベート・デモランは一八四七年、詩人が五歳のとき、二十八歳の若さで死んでいる。しかし、父のニューマ・マラルメは一八六三年まで存命である。『孤児』に見られる子供時代の肖像はかなり幼い雰囲気をもっていて、どう見積もっても、マラルメが父の死に遇った年、二十一歳ということはない。「父も母もいない」という主人公〈私〉の言葉はマラルメの子供時代の現実には重ならないのだ。

もっとも、母なきあと父子のつながりが弱まったのも確かである。父親は妻の死の翌年、一八四八年に再婚し、後妻との子供も一八五〇年には生まれている。母方のデモラン家もこの早々の再婚を咎め立て、関係は一時的に悪化したようである。母が死んだときにステファヌと妹のマリアは祖父のアンドレ・デモランの後見に入っていることもあって、父親にたいする感情は複雑なものだったろう。ここで、『孤児』の中心的テーマが父親との確執であるとか、これは文学的な父殺しである、とか言い立てるつもりはない。しかし、成人するまでは生きていたはずの父親までも不在とするこの虚構を、まるっきり無邪気なものとすることもできないはずだ。

もちろん、父母が実質的に不在だったという実感を詩人が持ったということはあるだろう。その孤独感までも虚構だと言うことはできない。母を早くに亡くしたことは確かに不幸というべきで、それを強調して表現しようとして「孤児」という虚構に依ったとすれば、マラルメの父親への無配慮を不孝と責めるのは無情というものだろう。

しかし、平均寿命が四十歳前後であった十九世紀中頃のことである。片親なしに育つぐらいのことはまったく例外ではない。しかも一八五三年、ニューマ・マラルメがサンスに住むようになって以来、母の実家との関係も改善している。学齢が来て以降も、長期休暇にはサンスに住む父親一家とともに、あるいは、パッシー（一八六〇年にパリ市に編入される近郊地区）に住むデモラン家で、家族と過ごす習慣であった。十一歳以降の年代に関して言えば、マラルメに家族と呼ぶべき人間は、祖父母、妹のマリア、父親と継母、その間に生まれた四人の異母兄弟と不足はない。むしろ現代の核家族よりはよほど賑やかだったことだろう。『孤児』という作品を読む限りでは、マラルメの子供時代が特別に寂しいものだったという印象を持つかもしれないが、それは少なくとも客観的事実からは程遠い。なによりもまず、しっかりとした経済的基盤の上で育てられた彼は、決して喪章をつけて寄る辺なく町をさまようようなことはなかったはずだ。前章のサルトルではないが、役人の特権を保つ二つの家族の間に生まれた長男であるから、何不自由なく育てたられたというところが実態である。自分の恵まれた環境に無自覚であったとマラルメを責める者がいたとしても由なしとはしない。

## 母の死

しかし、ここではマラルメの不見識と階級意識の欠如を責めるのではなく、別の方面へと考えを進めよう。根本的な疑問は、その生い立ちに当時としてはごくありふれた事情しかなかったのだとすれば、なぜマラルメは虚構の孤児としての自画像を描こうとしたのか、ということである。しかし、その問いを考察するためにも、まずは少し丁寧にマラルメの文章を辿っておいたほうがよい。とくに、『孤児』に描かれている人物の年齢をおおよそ限定しておく必要がある。

作品中には三人の人物が現れる。主人公の孤児である〈私〉、テントの前でパンを食べている子供、そして、作品後半で突然登場する少年軽業師である。パンを食べている子供は「兄弟たちに混じって演じるには若すぎる子供」とされているので、おそらく四、五歳くらいだろうか。その子供に声をかけようかどうしようかと躊躇する主人公は、その優柔不断ぶりからいってこの子と同い年、あるいはわずかに年上であろう。大幅に年長ということはなさそうである。

一方、途中で現れる少年軽業師の方はこの二人よりもだいぶ年かさがいっているはずだ。彼はもはや大人と同等に、見世物に役を得て活躍している。主人公の〈私〉は、この少年の身のこなしにすっかり魅了されている。軽やかに持ち上げられる脚の動きを追い、わざわざ、股引の下は裸身だということに注目するあたり、この少年の体にかすかなエロティシズムさえ感じているようである。これらの描写にうかがわれるのは、年長者への畏敬、その身体的優越にたいするほとんど本能的な憧れである。幼い子供は成熟した身体とその機能に目を瞠り、同時に己の未成熟をひそかに羞じる。

未成熟なのは身体だけではない。〈私〉も、テントの前の少年も、「子供」enfantと呼ばれる。ラテン語の語源に帰るならば、infans「言葉を話さぬ者」の意味である。その名詞の示す通り、二人の子供はお互いに言葉を交わすことができない。マラルメはこの言語的未成熟を強調し、「話すことのない若い方の子供」とわざわざ言い換えている。一方、「子供」とは呼ばれない少年軽業師、両親を「おかしなやつら」だと評するこの年長者は、勢いのいい台詞を一気にまくしたてる。その言葉遣いは野卑で幼稚なものだが、わずかに「両親はいない」という言葉を発することしかできない詩人を圧倒するには十分であった。ついに主人公の〈私〉は、彼の言うことを真にうけて、両親の不在を遺憾とするに至る。このように、『孤児』という作品は、子供が自我に目覚め、同時に肉体的・精神的・社会的欠損を自覚する過程を描く寓話としても読める。

さて、この作品に描かれた詩人の自画像が五歳ぐらいだという推定が正しいとすれば、そこにはマラルメの生涯のある出来事が反映していることになる。すでに述べたように、五歳というのはちょうど母を亡くしたときのマラルメの年齢である。もちろん、五歳当時のマラルメには父も妹も祖父母もあったから、『孤児』に語られるエピソードが虚構であることには違いない。しかし、その虚構を作り出す詩人が、意識的にか無意識的にか、そこに描かれる孤独感を母の死という出来事と結びつけていた可能性は高いだろう。

しかしながら、たとえば母の臨終に際して感じた孤独を回想しつつ、この作品が書かれた、というように考えるのも正確ではない。この『孤児』のような若書きの作品においてさえ、マラルメという詩人は現実と虚構を安直に結びつけることをしない。

マラルメはこの作品を書いた時期よりずっと後になって、母の死を語っている。一八九八年というからちょうど自身の死の年にあたる。文学者アンリ・ド・レニエへ宛てた手紙においてマラルメは回想し、幼さの故に、また、子供を死に正対させるのを避けようとする周囲の気遣いの故に、母の死によって苦しみや悲しみを感じることはなかった、と述べている。作品『孤児』が比較的淡々とした筆致に徹しているのも、母親を喪いながらも、それが自身の生涯に投げかける意味を理解していなかった当時の心境を映し出しているためだろうか。作品の結末に至ってようやく、「父母を持たぬのは残念だ」という感情を持ちえたという子供のあどけなさは、マラルメがレニエに語った体験と合致するようである。

いずれにせよ確かなのは、母の死によって世の係累がすべて消滅したかのような絶望的な孤独を味わったマラルメが、その孤独感を思い出し、強調するために母の死をあらゆる近親の不在へと誇張し、「みなしごであった」という虚構を用いた、というような事情でないことである。五歳という年齢と孤独が結びついたとすれば、それは事後において、いわば反省においてなされたことである。「私は孤児であった」という虚構の意味するところを探るには、マラルメが子供時代を脱した後に何が起こったか、ということをむしろ検討する必要があるだろう。

マラルメの近親に及んだ不幸は、母の早世だけではない。実際、後に起きたそちらの出来事のほうが、マラルメには深い印象を与えた。一八五七年、ステファヌ・マラルメが十五歳のとき、妹マリアが死ぬ。先ほど述べた通り、母の死後ステファヌとマリアの兄妹は祖父アンドレ・デモランを後見人とすることになる。父に従って後妻と暮らしたステファヌと異なり、まだ幼かったマリアは祖父母の家に引き取られたのだが、常に一緒に育つことができなかったにしても、マリアは他の異母兄弟とは違うほんとうの妹として、母の不在を共感し合う唯一無二の存在であった。マラルメが寄宿学校に入るようになってからも休暇中には共に過ごしており、また学校から妹に宛てた手紙も残されている。この妹の死が、母の死と二重写しに経験されたであろうことは想像に難くない。

ステファヌ・マラルメがマリアの死を経験したのは思春期の終わりである。五歳のときに経験した母親の死とはまったく違う意識の水準において、それはとらえられたはずだ。この出来事によってマラルメは喪失の意味を十全に理解する。『孤児』と同時期に作られたと考えられる別の散文詩(『秋の嘆き』)の冒頭で詩人はこう言っている。

マリアが私のもとを去って別の星へ行ってから——どの星だろう、オリオン、アルタイル、あるいはおまえ、緑のウェヌスか——私は常に孤独を愛した。

ここでマリアの死は、宿命的な孤独の原点として意識されている。このようなはっきりとした画期を、母の死はマラルメにもたらすことはなかった。そのことを示すように、『孤児』のエピソードが語られ始めたときにはすでに、両親は死んだものとして扱われている。親の死は出来事としての輪郭をもって描かれない。彷徨する孤児は両親の死を覚えていないかのごとくである。妹の名を現実のまま、なんの作為も雑えることなく呼んでいる『秋の嘆き』の冒頭とは対照的に、『孤児』は、夢のようなぼんやりとした空気をもって開かれ、強く虚構へと傾斜しているのである。もちろん、十五歳のときに死んだ妹のことは、五歳の虚構の彷徨を語る作品には入り込む余地がなかった。とりかえしのつかない喪失、かけがえのない存在の死、虚構でない現実の死は、『孤児』では完全に隠蔽されている。

死という出来事をめぐる現実性と虚構性の葛藤は、詩人マラルメにとって最大の問題となるのだが、今はそれを論じる場所ではない。いずれにせよ、マラルメが、自分の幼少期に生きていたはずの父親も、祖父母や最愛の妹も抹消して自分が孤児だったと言うとき、ここで用いられている虚構は、子供時代に彼が感じた心情を誇張的に表象したというようなものではない。心情を問題とするならばむしろここには、マリアの死を通過したのちの青年マラルメの心情、そして当然のことながら、作品を書いた当時の心情の作用をこそ見るべきである。

青年のおわり

それでは、マラルメは『孤児』という作品を、いつ、どのような境遇で書いたのか。『孤児』が『文学芸術雑誌』に発表されたのは一八六七年、英語教師としてアヴィニョンの高校に転任した直後である。もっとも、作品の創作あるいは構想はこれよりも少なからず遡るだろう。この機会に発表された数篇の散文詩には『忘れられたページ』という総題が冠されていた。これらの原稿が書かれたのち、しばらくは出版されることもなく打ち遣られていたことを示唆する言葉である。前章でも引いたプレイヤード版編者ベルトラン・マルシャルは、『孤児』が書かれたのは一八六四年ごろのことと考えている。

一八六四年の前年、一八六三年にマラルメは成人している。この年、マラルメは父ニューマを亡くし、ロンドンに同伴していたドイツ人女性マリアと結婚して帰国、英語教師の職を得てフランス南東部、ローヌ川沿いの町トゥルノンに赴任する。激動の年であった。『孤児』が一八六四年に書かれたものだとするなら、父親なき今、本当に身寄りのない遺児となったと詩人が感じた、その心情がそのまま、幼年期を巡る虚構として作品化されたと考えてよいのではないか。さらに一八六五年、母方の祖父でマラルメの後見人であったアンドレ・デモランが死ぬ。すでに述べたように、『孤児』の発表は一八六七年、仮に旧稿に手を加えずそのまま掲載したのだとしても、それを読み直した詩人は、自身の命運の辿り着く末を思わないわけにはいかなかっただろう。

さらに少し時代を下って、一八六九年には祖母のステファニー・デモランが死んでいる。出生届はフランス風に「エチエンヌ・マラルメ」として出された詩人が、通り名として常に「ステファヌ」と呼ばれたのは、この祖母の名の影響があったという。兄妹の成長に伴って起こる諸事を、母に代わって気にかけたこの祖母の死によって、マラルメは己の人生の一局面、青年期と呼ばれる過渡期が、決定的に過ぎ去ったことを理解しただろう。詩人の子供時代を親しく見ていた者たちは、彼が三十歳を迎える前にすべて死に絶えたことになる。腹違いの兄弟でマラルメの名を帯びるものは他にもいるが、自らに至るまでの直系では、彼ひとりのみが生き残っている、という事態である。マラルメが『孤児』を書いて出版する過程において、実人生のほうが、作品中に描かれる孤児の境遇へと接近したことになる。

もちろん、父や祖父母の死は、人の寿命とでも言うべきものであって、夭折した母や妹の死とは異なる。しかし、この時期、マラルメはゆっくりと、血族唯一の生き残りとして自らを意識してゆくはずだ。そして、この血統の問題はこの後の詩作に一生涯つきまとうテーマとなるだろう。

もちろん、『孤児』を書いた当時のマラルメはすでに成人し、さらに養うべき妻を持つ身である。一八六四年の十一月には娘のジュヌヴィエーヴも生まれている。客観的に見てみれば、寂しく過去を振り返り、あまつさえ虚構をもてあそんでいる場合ではない。新しい家族を、今度は自分の力で築いてゆかねばならない。しかし、一八六四年の彼は新天地で奮起するどころか、パリでの文学的交際から隔絶されて孤独に沈んでいってしまう。若い詩人は精神的危機の時期を迎え、それはこののち、ブザンソンを経てアヴィニョンへと任地を変えるあいだもずっと続く。冬にはミストラルが吹き抜けるトゥルノンや、アルプスに近いブザンソンは気候も厳しいだろうが、アヴィニョンなどは南仏の古都で、今や南仏といえば太陽とバカンス、そのような土地で暗く籠った生活をするなどというのは勿体ない気もするが、マラルメにとって地方暮らしはそんなに浮かれたものではなかった。出版業が首都に集中するフランスで、文学を志す青年が中央の文壇や友人から切り離されて生活するのには相当の苦渋が伴ったのだろう。マラルメの精神のこの閉塞状態が終わるのは、一八七一年、パリで職を得て、コミューンの動乱直後の首都に住み始めるのを待たねばならない。

## 牢獄たる虚構

『孤児』を書いたマラルメの心を占めていたのは、子供時代の孤独ではなく、現在の孤独のはずである。作品の導入部を注意深く読もう。黒衣が肉親の死を暗示しているとしても、子供の悲しみはそれが原因だとは書かれていない。幼い詩人は家族をもとめてさまよう。しかし、失われた父母の情愛、あるいは両親への思慕がこの彷徨を導いていたとはついに言われない。

〈私〉が「〈詩人〉を予感して」悲しんでいるという、冒頭の不思議な、率直に言ってわかりにくい一節を文字通りに理解しよう。過去にではなく、自分の将来へと向けられている悲嘆は、ここまで見てきたように詩人が二十代半ばで身を置いた境遇を背景としたとき、ようやく理解されるものではないか。大文字で書き出されているPoète〈詩人〉とは、序章で読んだ『ポーの墓』においてと同様、ある程度までは典型としての詩人のことだろう。ここでマラルメは、悲劇的天才という、ロマン主義的詩人の典型を喚起しているつもりだろう。しかし、彼がここで〈詩人〉の定めを嘆くとき、そのイメージの核にあったのは、結局のところこれを書き記している自身の寂しい身の上ではなかったか。

かつて私は予感していた、己が詩人となり、このつらい境涯を得るであろう、と。この言葉をマラルメは、首都から隔離された地方住まいの視点から語っている。そのとき子供時代は、現在の境遇の似姿として想像される。たしかに、子供の孤独に自己憐憫の苦しみは欠けている。しかしそうではあっても、原形的な無意識の孤独は、己の永遠の彷徨を胚胎していたのではなかったか。さて、このような決定論的な循環に引きこもる詩人は、作品に描かれた子供時代など、己の作り出した幻影にすぎないということに、果たして気づいていたか、いなかったか。

引きこもり、退行する意識は現在の孤立を過去にまで押し広げ、それなりに自分を取り巻いてくれていたはずの人々を抹消する。まるで自分一人で生きてきたかのように振る舞う、青臭い傲慢さを指摘することは容易い。しかし、マラルメの境遇の苦しさは、まさにそのような傲慢な言葉を言い放って誰も憤慨させることがなかったということにある。親兄弟の喪失が苦しいのではない、天命を、この身にふりかかった〈詩人〉の呪われた命運を嘆くばかりだ、と強がる詩人は、グロテスクな無感覚を装ってはばからない。観衆の笑いをとって慰み者になる父、麻束を呑む奇態で喝采を受ける母を、本当に詩人がうらやんだ、というのではないだろう。『孤児』の結末が示すのは、つまるところ親などというのは「笑わしてくれるおかしなやつら」でしかない、という皮肉のはずだ。

そしてマラルメは、そのような、青春の反抗とでも言ってしまえばまだ消化されうるような穏当なアイロニーに留まってはおられず、ひそかに極限的なシニスムを作品に滑り込ませている。「弟の葬式を出した日の晩に、父親が相も変わらず笑劇を演じていた」というエピソードは、肉親の喪失を茶化し、相対化するために挿入されているものだろう。しかし、こう書きつつマラルメが妹マリアのことを思わなかったはずがない。妹を弟に変えているだけで、もしマラルメの家族がこれを読んだとすれば、何のことを言っているのかは明らかである。

父の再婚に関して、たとえばボードレールが母親の再婚に関して抱いた激しい怨恨のような感情を、マラルメが感じた形跡はない。彼は、義父のうちに簒奪者たる権力の象徴を見、それへの憎悪をたぎらせることによって己の所為のすべてを規定してしまう、というようなボードレールの辿った道を辿ることがなかった。しかしそれにしても、青年マラルメは底流する重苦しい疑念を拭い去ることはできない。私たち二人の子供は、本当には愛されていなかったのではないか。妹の死もあるいは愛情の薄さゆえのことかもしれない。そんな疑念に根拠は皆無である。しかし、父を亡くしたマラルメにもはやなにも憚るところはない。病死した妹のことで父親を責めるのはどう考えてもお門違いである。しかし、死者を傷つけようとして己が傷つくマラルメの、この斜に構えた態度をたしなめる親類も、彼の家庭的悲運を知って慰める友人もマラルメにはおそらくいなかった。自らに暗いことばを突き立てて傷つく詩人の孤独には切々たるものがある。

『孤児』という作品は、マラルメが陥っていた自己意識の循環が残した痕跡だと言ってもいいだろう。過去と現在が合わせ鏡のように規定し合ってしまうこの自己意識の牢獄の鍵を内側から開けることは難しい。マラルメがそこから抜け出すには、とにかく新しい環境を得ることが必要であった、ということは前述の通りである。

## 追憶

さて、ここまでマラルメが孤児ではなかったということにこだわって述べて来たのは、なにも『孤児』が経歴詐称だと告発したり、それが青年期の偏狭な自意識の産物であると言って難じるためではない。そんな指摘はおそらくマラルメにとってみれば余計なお世話、というのも、詩人は後年、『孤児』の虚構から距離を置いて見つめることができるようになっているからである。そのとき彼は、己のかつての孤独を見苦しいものと隠蔽するのではなく、それに手を加え、ある歴史性をもった、しかし同時により普遍的な射程をもった作品に作り替えようとしている。

マラルメは一八九一年に少部数で発行された自身の選文集(『ページ』)に『孤児』も収録する。しかしそのとき、間もなく五十歳になろうとしていた詩人は、他の散文詩作品とは比べようのない大きな改変をこの作品には施しているのだ。本文もだいぶ変更されているのだが、まず目をひくのは題名の変更である。

『孤児』という旧題は、フランス語でRéminiscenceと、およそ「思い出」あるいは「追憶」という意味の言葉に置き換えられる。ここに落ち着くまえに、マラルメは「小さな大道芸人」や「利口な子」といった題名を検討したようなのだが、結局この語が選ばれたのは、何よりもその茫漠とした語感をよしとしたためだろう。

思い出と言ってもréminiscenceの語が指すのは、憶えていると断言しうるほどしっかりしたものでもない。過去がわずかに残した断片的な痕跡、思いを集中するほどにようやく浮かび上がってくるような、場合によっては自分が立ち会ったのかさえも怪しく思えるような出来事の、まとまりのない記憶、あるいはその記憶を辿る頼りない精神の営みそのもの、というぐらいのものである。たとえばフランス語でréminiscenceの語がプラトンのイデアリスムの文脈で用いられれば、自分の魂がイデアを直接に見たという前世の記憶を指すことばとなる。マラルメがそのような哲学的語義をここで指向していたというのではない。それでもやはり、この語が自己同一性《アイデンティティ》の揺らぎを引き起こすような不安定な記憶へとつながっていることは意識されていたに違いない。

描かれる対象である自画像（『孤児』）を離れ、題名が追憶の行為そのものへと変えられたことによって、作品の主題もずらされている。「かつて私は孤児であった」という虚構を読解の前提として受け入れるように迫る題名から、「以下に描かれるのは私の曖昧な記憶、あるいはこれは私が記憶していると信じているだけの、まったくの虚像かもしれない」というような、言い訳さえも暗示する題名への隔たりは大きい。

この距離を作り出したものは、時の経過に他ならないだろう。一八九一年と言えば、マラルメは四十九歳、『孤児』が書かれたとされる頃からすでに四半世紀を経ている。母や妹への思慕、父親への淡い遺恨、地方暮らしの鬱屈等々、創作の動機となった感情は、五歳の記憶それ自体とともに、対象化されるまでに遠のいているはずだ。

タイトルの変更を裏づけるように、文体も漠々模糊たるものに変化している。全体の長さは三分の二ほどに圧縮される。後期のマラルメの散文に特徴的な省略語法が多用され、一読して意味をとることは難しいほどの、ふとすると言葉が欠落しているのではないかと疑いたくなるような、つかみどころのない文章である。

さて、新旧の文体を比較するのであればフランス語で引用するのでなければ本来意味がない。また、いくら「理解しにくい」原文であるとしても、「理解しにくい」訳文で満足するわけにもいかないから、いくらかは言葉を補う必要があり、それによって原文のもつ極限的な簡潔さは損なわれてしまう。翻訳に伴う原理的なジレンマである。しかしともかく、全体は短くつづめられているわけだから、『孤児』で理解したあらすじを頭に置いたうえで、ざっと文字を辿るのにそれほどの困難はないだろう。こちらのバージョンも全文の試訳を示しておく。

## 追憶

孤児であった私は、黒衣で目に家族を虚ろにしてさまよっていた。五点形《カンコンス》に祝祭の幕舎が広がると、未来、あるいは将来の己はかくならんと感じたものか、私は放浪する者たちの匂いを好み、彼らのもとで朋輩を忘れるのを好んだ。裂け目からいかなる合唱の叫声も漏れず、遠い長広舌もない。演劇はカンケ灯の聖務の刻を必要とするのだ。私は、ダンテの頭巾のように誂えられたナイトキャップをかぶった子、彼らの種族の中で演じるにはまだ脆弱すぎる一人の子に話しかけたいと思った。彼は柔らかいチーズを塗ったパン切れのみかけにおいて、山頂の雪、あるいは百合、あるいは別の純白、内に育つ翼を構成する純白を取り入れていたのだった。彼の卓越した食物にご相伴あずかれないかと頼もうとしたところが、昼光にも混ざる陳腐な芸や剛力芸を行っていた隣の演幕に向かって飛び出したある名うての年上がそれを素早くさらってしまった。裸で、私に言わせれば驚くべき機敏さを示すタイツを身に着けた彼はつま先立ちでくるくると、そもそも話しかけて来たのは彼のほうから。「おまえ、親は?」「いないよ」「いいか、おまえにわかるかなあ、父親ってのは愉快なもんだぜ。飯がのどを通らなかったあの週でさえ、お頭のビンタと蹴りでいつものしかめ面をして見せてたよ。なあ!」そして見事な容易さで私に向けて脚を上げては勝ち誇り、「父ちゃんにはたまげるよ」と言って年少の子の清純な食糧を嚙む。「母ちゃんもいないって、じゃあおまえ、きっとひとりなんだろう? うちのはね、麻束を食うんだ。それでみんなが手をたたく。おまえは何も知らないね。親ってのは笑わせるおかしなやつらだよ」。客寄せが昂揚し、彼は行った。私はため息をついた。両親を持たないことが急に残念に思われたのである。

全体として無駄を省き、本筋に関係ない描写は削ぎ落されている。導入部でそれは顕著である。もともとの描写には、興行のテントを描写し、具体的な存在感をもたせるという役割があったはずだ。それを一八九〇年のマラルメは不用としてしまい、カンコンス（四辺形に中心の点を加えた五点が作る図形）にテントが広がる、というような幾何学的描写で済ませてしまう。少年軽業師の台詞にも細かいところで修正が加えられる。精彩をもって少年の俗な口調を映し出そうとしていた『孤児』の文章をわざとらしいと感じたのか、簡素な言い回しに言い換える処置が施されている。

このようにして作品の舞台と人物像が抽象化し、つかみどころのない素描が示されているだけ、という読後感になってしまうのだが、もはやそれも構わない、というのだろう。具体的な描写が読者の想像力にもたらす文学的娯しみ、というようなものに、この時期のマラルメは頓着しなくなっている。

これまで述べてきた点に関連してもっとも目立つ変更は、父親に関する記述である。マリアの死を喚起しかねない記述はすべて削られ、「飯がのどを通らない」というごく一般的な言い方になっている。実を言えば、ここにはマラルメ自身が息子を失ったという悲劇が大きく作用しているはずだ。一八七九年六月、長男アナトールが九歳で死ぬ。この出来事から詩人が受けた衝撃についてここで詳しく述べることはできないが、それにしても、かつてほとんど無自覚な疑念に唆されて、虚構として書かれた言葉が、己の身の上に現実として降りかかってきたとき、詩人はその言葉を抹消しつつ身震いしなかっただろうか。現実と虚構の相互作用をじっくりと見極めようとしていたマラルメが、この呪言のような現象を単なる偶然として片付けられたかどうか、興味は尽きないのだが、それを探求するためのこれ以上の材料は残されていない。

### 詩人と芸人

作品の持つ観念的枠組みに関していえば、大きな変更をもたらしたのは「詩人」の語の抹消である。冒頭の「すでに〈詩人〉を予感して」云々という一節が削られているのみならず、チーズを塗ったパンを、旧稿は「詩人たちの神聖な純白」と呼んでいたものが、単に「内に育つ翼を構成する純白」と直されている。マラルメが意図的に「詩人」の語を排除したことは明白である。

家族を持たない〈私〉が、自分に似た者を求めて興行の一団に近づいたところが、彼らにも父母はいる、しかも、とびきり素敵な両親がいる、ということを知らされて、身の上の寂しさを自覚する、というのが新旧稿に共通する筋書きである。そのうえで、旧稿では〈私〉が近づく大道芸人たちを詩人の同類、あるいは太古からの詩人の系譜に直接連なるものたち、と規定していた。すでに述べたように、『孤児』冒頭で示される大文字の〈詩人〉というイメージの中核に、不遇をかこつ自己像をマラルメが置いていたのは確かだろう。しかしその一方で、この作品は詩人一般の命運を示す寓話としても書かれている。すべての詩人の命運が、それを思うだけで心塞ぐような苦しいものである、というのは明らかな誇張であるにしても、少なくともある種の詩人にとって流浪の境遇は避けがたい運命であり、その類縁に我知らず惹きつけられて、〈私〉は興行の一団に近づいていった、ということになる。さらには、〈私〉と彼らの運命の相同は、それを超えた血縁をさえ直観させている。自分の本当の親は、こうして彷徨する旅団の一員なのではないか、あるいは、この旅団にいずれ私は合流する運命ではないか、ということである。

この、詩人と芸人の類縁関係という着想はマラルメ独自のものではない。『孤児』が散文詩というジャンルの枠組みで書かれていることから言っても、『パリの憂鬱』（『小散文詩集』）をもって近代フランスの散文詩を創始したボードレールの先例を踏まえていることは明白である。ジャン・スタロバンスキが示したように、芸術家、とくに詩人を役者や芸人の同類として描くことは、十九世紀以降ヨーロッパの文化的伝統となってゆく。その過程におけるボードレールの主要な貢献は、芸人の悲惨と詩人の失墜を対応させ、「悲劇的道化」という典型を生み出したことにある。なかでも、縁日とそこでの見世物を中心に据えた印象的な散文詩が『老いた香具師』という作品であった。

ボードレールにとって縁日は、都市生活における孤独と群衆が、鮮やかな対比をもって、また特異な隣接性を帯びて示される場である。散文詩『老いた香具師』は「あらゆる場所に休暇中の民衆が広がり散らばって、享楽にふけっていた」という一文に始まる。「精神の仕事に携わる者」もこの民衆の祝祭に影響されて、知らず知らず無為の空気にあずかってしまう。普段は下卑た快楽などを軽蔑している詩人も、祭日にはむしろ積極的に、「本物のパリジャン」の洒落っ気をもって出店を見て歩くのだ。しかし孤独は祝祭のうちにも彼をとらえて離さない。会場の外れ、みすぼらしい小屋の前で、老いさらばえた香具師が一人立っているのだが、この何事をもなしえぬ「人間の廃墟」

の出現に、詩人は恐怖する。彼は小屋の出し物を見ずに、ただ幾許か置いていこう、と心を決めるが、そのとき、人々の流れが彼をさらって香具師から引き離す。帰り際、彼は動揺した理由を説明する。すなわち、老芸人は誰にも相手にされなくなった文学者の、「友も家族も子供もいない、自らの悲惨と世の忘恩に蹂躙された老詩人の」似姿であり、つまり自分の悲惨な末期を予言していたのだ、と。こうして、大衆の享楽に参加しようとした詩人は、一層深まった孤独に立ちもどる。

筋を示すだけでどれだけボードレールの散文詩を紹介することになるのか、心許なくもあるのだが、とりあえず、マラルメの『孤児』の構想は、この『老いた香具師』に多くを負っていることがわかるだろう。マラルメは、ボードレールの死後に出版された散文詩集『パリの憂鬱』(『小散文詩集』)を待つことなく、一八六一年、あるいはその翌年に雑誌発表された形で、ボードレールの散文詩を読んでいる。一八六四年に『孤児』ほかの散文詩が書かれたのだとすれば、ボードレールの散文詩を読んだ後すぐのことで、企図自体がその強い影響下で生まれたものと考えてよいだろう。マラルメの描く子供、自分の未来に〈詩人〉を見て悲しむ子供は、あたかもボードレールの教えを受けたかのように、孤独をかこつ同類を祝祭の場の芸人に求めに行ったのだ、と考えてもよい。

興行師たちが行う大道芸をマラルメがとらえて、広く演劇と規定しているのも、彼らと詩人との類縁を強調するためである。文中に見えるカンケ灯というのはガラス製のホヤを持ったランプのことで、夜になるとテントの中でこれが灯され、その乏しい光のもとで劇が演じられる。その内容は縁日特有の低俗なものであろうけれども、ともかく会衆が夢中になって入り込んでゆく虚構の世界を作り出すこの人工的な光は、白昼の自然光より演劇に相応しいとされるのだ。旧稿『孤児』において、この「聖務」の捧げられる「喜劇神《タレイア》」とは芸術を司るムーサイ九姉妹のひとりで喜劇の女神。十九世紀の流しの一団が演じる俗劇のためにずいぶん由緒正しい神様が下りてきたものだが、そのほかにも、「合唱隊の古い微風」だとか「僭主を呪う子供たちの声」だとかいうのは、古代ギリシャの演劇の伝統、そしてその演劇を生み出した詩人の血脈がここに引き継がれている、というマラルメの見立てである。パンを食べる子供の「ダンテの頭巾のようなナイトキャップ」も、当然、詩人の血族だからこそ帯びる持物《アトリビュ》ということになる。結局のところ〈私〉がこの芸人の一団と交わることはできないのだが、それが失敗におわるとしても、生まれながらの〈詩人〉でありながら流離の身の上に苦しんでいた子供が、ついに自分の同類、詩人の血族へと合流する、という説話的骨格を『孤児』に見てとることは比較的容易である。

### 詩人になりたかった青年

『孤児』を改稿して『追憶』としたマラルメが、このように詩人と芸人を重ねて見るような視点を、完全に捨て去るわけではない。しかし、「詩人」の語が削られたことによって、そのような説話的骨格は作品の前景からは退く。子供の食むパンはもはや「詩人たちの神聖な純白」と呼ばれない。旧稿『孤児』を支えている基礎部分には、流浪する興行師たちが詩人の民だとするならば、彼らの一体性は、キリスト教の聖体拝領にも似たなんらかの秘技によって保証されているはずだ、という想像力があった。しかし、「詩人たちの白」が宿るパンが彼らにとっての「キリストの肉」である、というこの類推を、後年のマラルメは排する。『追憶』においては、パンの白さは子供の「内なる翼を育む」要素と改められている。この表現も、純白を精神的な糧食と見立てているわけで、なかなか凝ったものではある。しかし、〈私〉がなぜそれほどまでにそのパンに固執したのか、と立ち止まって考えると、精神的価値への憧れ、というような抽象的な答え以上のものは得られそうにない。詩人たちの体＝集団《コール》との実質的合一をもたらすという肝心の機能を失ったために、『追憶』のパンは説話的骨格においてもはや何らの役割もはたさない。そのことがまた説話的骨格を弱体化させ、作品全体の意味を取りづらくすることにもつながっている。

『孤児』のあらすじを、人物関係を中心に振り返っておこう。まず、子供時代の詩人〈私〉と、彼とほぼ同年齢のサーカス団の子供、という対が示される。ただし、うまく釣り合うように見えるこの二人の間に、直接の交渉はもたれない。〈私〉が話しかけようかどうしようか、食べているパンを分けてもらおうか、などと逡巡しているあいだに、もう一人の登場人物が現れる。それが二人の子供よりも年長の少年軽業師である。彼はいとも簡単に〈私〉に話しかけ、コミュニケーションを成立させると、その一方で、〈私〉がもの欲しげに眺めていたパンを横取りし、一方的に喋りまくったあとで立ち去ってしまう。この少年は、〈私〉と流浪の一族との交流を一旦は媒介する役割を負いながら、その交流を結局は自ら中絶させてしまう。この少年が〈私〉と興行師たちを隔絶するのは、言語的な側面においてだけではない。〈私〉は話すことができない「子供enfant」と呼ばれていた。彼が詩人となるには、言語以外の手段によるほかない。詩人の血族がもつ「聖体のパン」を体内に取り入れる、合一《コミュニオン》はその手段でありえたはずだった。そのパンを奪ってしまう少年軽業師は、〈私〉からそのような実体的合一の機会をも奪っている。『孤児』という作品はこうして、「詩人となりえない私」を二重に解明する説話として読むことができる。

しかし、このような図式は『追憶』において完全に霞んでしまう。詩人は世襲できるものではない。マラルメはもはや詩人の血族などというものを信じない。詩人と役人は違う。詩人は世襲できるものではない（役人を世襲するというのも今では奇妙に思えるが、マラルメの時代のそして現在でもある程度までは階層社会の現実である）。つまりは、詩人の親から詩人が生まれるのではないという単純なことである。自分の同胞がいないからと言って、それがどこか地上の一族に求められるなどというのは幻想である。それに、実体変化の秘儀を模すことによって、詩人たちの結社を実現させるという着想は興味深いものであるにしても、五十歳になろうとする詩人はそのナイーブさに気づかないわけにはいかない。詩人となるには、言語をもってするしかない。マラルメがここでそう明言しているわけではない。しかし、俗人が目にしている白とは別に、「詩人たちの白」が存在し、それを摂食することによって詩人となりうるというような安易な幻想を、後年のマラルメは是認しえなかったはずだ。

孤児であった私は家族を求めて地上をさまよった、と言い、虚構の自画像を作り出してみる。これは二十歳のころの寂寞の表現である。自己意識に凝り固まったつまらない虚構かもしれないが、しかし寂寞の表現としてはまっとうなものであろう。ただ、それと詩人という使命とは別の事柄である。もはやともかくも「詩人」となったマラルメは、孤独な境遇と詩人の使命を結びつけ、その上でなお、詩人になりえないということを様々なやりかたで説明しようとしている二十歳の、力みきった幻想をやんわりと修正する。

その修正の結果、『追憶』からは詩人の命運に関する一般的な問題は除かれ、個人的な回想のみが残ることになった。作品の意味の射程が縮まったことでいよいよ茫漠とした文章は、意地悪な読み方をすれば、早めの老境にさしかかった詩人の、まとまりのない思い出話というような様相も帯びる。マラルメの他の散文詩と比べても短く、また何か象徴的な意味を帯びているわけでもない。ただ「両親を持たないのは残念だ」という言葉を〈私〉が述べるというアイロニーも、マラルメ自身が孤児であったならともかく、そうでない以上、切実さに欠け、弱い結末であることは否定できないだろう。あちこちを切り刻まれた文章は、なんだか本当に、とぎれとぎれの記憶のようでもある。

それでもなおマラルメは、この作品にある種の愛着があったのだろう。一八九一年の『ページ』のために見直された『追憶』は、そのままの形で一八九七年、マラルメ最後の散文選集となった『ディヴァガシオン』に収められる。

しかしそれは、ここに示された思い出が、マラルメが人生を振り返ったときに重要性を持つからではないはずだ。作品は備忘録ではないし、孤児だというのはそもそも嘘であった。子供時代、あるいは青年期の感情の記録を残したいというようなものでもないだろう。マラルメが『追憶』を重視し、自選文集に収めたのは、若書きの「忘れられたページ」がその後のいきさつで改変を受け、散り散りになってなお、詩人の精神の活写であることを止めなかったからではないか。あるいはマラルメは、彷徨する子供のかすみきった姿、たしか若い時分に、己の苦境を投射するために想像されたその姿が、歳月のむこう、薄れてゆく記憶と拘りの彼方に、現実かと見誤るほどゆるやかに、立ち上がるのを見たかもしれない。

# 第三章　詩人と妻と娘

## 未来の現象

鈍く光る空が、老い滅びようとする世界の上に広がる。その空もやがて雲とともに消え去るだろう。くすんだ深紅の夕日が、川のうえ、切れ切れに色を失う。光と水に沈み込んだ地平線へと、川は眠って流れゆく。木々は倦んでいる。そしてそれらの木々の（街路の埃というよりは、時の埃のせいで）白くなった葉叢の下に、「昔の物を見せる」と称する見世物のテントが建つ。たくさんの街灯が夕闇を待ち、不幸な群衆の顔のそれぞれに色を戻す。不滅の病魔と幾世紀の罪業に打ち負かされた男どもの群れ、そしてその傍らには虚弱な共犯者たる彼らの妻どもがみじめな子種を宿して侍るが、大地はその子らと共に滅びるだろう。彼方、悲鳴が聞こえてくるような絶望のうちに水底へと沈んでゆく太陽を、みなの目が哀願するごとく見つめる、この沈黙の中で聞こえてくるのは、ただ次のような呼び込みの声。「中の様子をお見せして満足いただける、そのような看板はございません。内なるものの哀しき影を描ける者など、当代の画家におらんのです。ここに持ち来たりますは、（至上の英知によって保管されること幾年月）生きたままの、〈かつての女〉。狂気でしょうか、原初にして生来の狂気、黄金の恍惚、とでも申しましょうか、女に言わせてみれば、己の髪だとのこと、それが織物のように嫋やかに、重なり取り巻くその顔を、照らし出すのは唇の、露わに赤きその血潮。空しき衣をもたずとも、女はその身をもっている。目は妙なる石のよう、だが幸いふかき女体より放たれるあの眼差しには敵わない。永遠の乳を湛えるが如く張る胸の、先は屹立して天を衝き、すべやかなる女の足には、始原の海の塩が残る」。彼らの哀れな連れ合い、病み衰えた禿げの、おぞましい女どもを思いつつ、亭主連は駆け寄る。妻たちの方も興味をひかれ、憂鬱を漂わせつつ、見ようとする。

この高貴な生物、すでに呪われたいつかの時代の遺物を全員が見物し終わった。面白くもないというひとがいる。理解する力がなかったのだ。しかし幾人かは悲嘆にくれ、諦念の涙にまぶたを濡らし、見つめ合う。一方その時代の詩人たちは、曇っていた眼に再び光が点るのを感じとり、彼らのランプへと帰ってゆく。一時ぼんやりとした栄光の幻影に脳髄を酔わせ、〈律動〉に憑かれ、もはや美なき世を生きていることとさえ忘れて。

## 原始の女

これもマラルメ初期の散文詩、前章で引用した『孤児』とおよそ同じ時期に書かれたとされる作品である。詩の舞台も同じ、移動式の見世物小屋である。そればかりではない。よく比較してみると、この小屋がやってくる場所も似通っている。『孤児』で縁日は「川辺近く、吹く風に枯れ枝を折る木々のもと」にやってくるのだった。一方、『未来の現象』でも、夕暮れの地平へとゆっくり流れてゆく川の傍、倦み年老いた木々のもとに見世物はやってくる。

ただし、読んでみたところの印象は大きく異なる。『孤児』は虚構とはいえ自分の子供時代を語るという枠組みだから、描写は原則として写実的であった。ところが『未来の現象』は冒頭の光景から極めて奇異である。人類が滅びようとする時代、いや、人類を含めて木々も水も天空も、あらゆる自然が老い活力を失って虚無へと沈んでいこうという、未来の極限を予見するという構えである。夕暮れの光景ではあるが、薄暗いなかにも常ならぬ悲劇的な色彩が漂い、地平まで見透す大がかりな景観が描かれる。そこに現れる頽廃した人類の姿。身重の妻と夫によって構成される群像である。

生まれてくる子供に託されるいかなる希望もない。水が沈み太陽が滅しようという自然の末期は、人類においては生殖を経るごとの精気の減退として現象するからだ。家族は凋落の象徴に他ならない。一方、見世物としてさらされる「〈かつての女〉」はその対極にあって、原始の人類の光輝を保存する存在である。天を衝くという乳房に満ちる乳は、一度たりとも子供のために流れ出たことはない。生殖のために使われることのない身体、衣服などという虚飾を必要としない、あるがままに見られるための身体である。『未来の現象』の描写は意味を緻密に組織する。街灯のような近代的な書割りはあるけれども、写実性よりも象徴性の勝った作品である。

二篇の散文詩の対照を続けよう。『未来の現象』の見世物小屋の中で、女の顔は黄金の髪の光に照らされ、唇を真紅に燃やす。『孤児』においても幕屋の内に輝く光は喚起されていた。しかし、主人公の〈私〉はカンケ灯が薄暗く照らすその空間に入ることはない。見世物小屋の外にあるのは、チーズを塗ったパンの白さに象徴される純粋さである。そこにはまだ、血潮のたぎるようなエロティックな身体は現れない。もちろん、パンを食べたい、純白にあずかりたいというような、ある種の欲望は兆す。ぴったりとした肌着の下は「素っ裸」だ、と言われる兄貴分の少年軽業師に、主人公の〈私〉はある種のエロスを嗅ぎ取ってもいるだろう。しかし、それはまだ性別の分離がなされないエロス、原初的な、萌芽期のエロスである。やかましく飛び去ってゆくこのつかの間の身体は、『未来の現象』においては明確に、原初の女の裸体として顕現することになる。

縁日で劇が演じられることは『孤児』でも話題にされてはいるが、日はまだ高く、軽業力業の類いの身体を用いた他愛ない芸、「白昼の陳腐さ」によって照らされても魅力を減じない芸が行われている。幕舎に下りてきたミューズは夕闇を、「カンケ灯の聖務の刻」の到来をまだじっと待っているようだ。演目の始まる前、会場をうろつく主人公の〈私〉が目にするのは、幼な児がひとり、質素なおやつを食べているという光景、役者たちの生活が営まれている舞台裏のみである。

一方、『未来の現象』の群衆は小屋に入り、出し物を見物する。「その時代の詩人たち」も「曇った目に光が点る」と言われているのだから、この出し物から何らかの霊感を受けているのは間違いない。しかし、だからといってこの出し物が真正の原始の女を見せていると考えるのでは、この作品にマラルメが敢えて持たせた曖昧さを理解していないことになる。結局のところ縁日の怪しげな見世物、調子のよい呼び込みの声に釣られて入ってみたところが、出てきたのは「すでに呪われていたある時代に由来する残骸」でしかない、というのがオチだろう。この「高貴な生物」は確かに、我々よりは美しい。二千年、あるいは三千年遡る人類の姿をこの末世にまで伝えているのかもしれない。いやむしろ、マラルメは舞台を遥かな未来に設定しているのだから、これは我々の姿、すでに施しようもなく落ちぶれた我々の同類、現代女性のうちの一人の肉体が、数千年後にまで生き延びて、相応しからぬ称讃を浴びるというのが詩人の皮肉なのだろうか。いずれにせよ、凋落の刻印が既に刻まれた身体は、始原の美の輝きを我々に見せてくれない点で選ぶところはあるまい。

### カンケ灯の魔術

マラルメは、この見世物を「理解する力」を持たぬ者たちは「無関心に留まる」と言うのだが、これはひとまず、未来の退嬰した人類は誰もが美を関知する能力を備えているとは限らない、ということだろう。しかし、ただそれだけだろうか。そもそも、原始の女が本物だったとしたら、つまり、その眼差しに、衰えていない自然の最初の光明が宿っているとしたら、その光に射《う》たれた人間が、何を理解する必要があるだろう。始まりの光の直接性が、この「遺物」にはもはや期待できないからこそ、観客は美を「理解する」ようにと求められているのではないか。

そうすると、この見世物を好意的に解釈する道も残されている。たとえ幾分衰えていたとしても、見世物は現状よりはマシな、より原初に近い女の姿を見せることに成功している。あるいはそれも単なる扮装、もしくは化粧、もしくは光の加減による目の錯覚かもしれない。とはいえ、もし見た者に十分な理解力があったとすれば、そこから類推して、想像裡に原初の女の姿を再現することもできるだろう。その意味では、この出し物は十分に示唆的なものであり、正直なものだ、ということにもなる。

現実における頽廃は否定しえない。自然はその誕生以来、つねに衰微に向かっているが、それももう手のつけられないところまで来てしまった。ここに美を現出させるには何らかの魔術か詐術、呼び込み芸人が言うところの「至上の英知」、自然に対置されるところの技術＝芸術、つまりはアートが必要となるところだ。テントの中の見世物はカンケ灯の魔術であり、詩人たちが脳髄を酔わせる栄光は孤独な部屋の燈明がもたらす幻影である。

それはまた、呼び込みの業でもあるだろう。現実にはもはや存在しえない「原初にして生来の狂気」や「黄金の恍惚」、「永遠の乳」や「始原の海」を言語をもって喚起すること。これはもちろん、詩人の業の類いである。マラルメはここでも、前章で参照したボードレールの散文詩『老いた香具師』を下敷きにしていると考えてよいだろう。ボードレールの作品で老いさらばえてテントの外で力なく立ち尽くしている芸人は、ここでは有能な話し手として、その職分を立派に果たしている。

さらに言えば、この呼び込みの声が、詩人マラルメによって発明されたものだ、ということも考えておかねばならないだろう。怪しげな台詞だ、インチキだ、ありもしない美を見せるなどと言って観客を呼び込んで、一体小屋の中に何を仕掛けているというのだろう、と醒めた心を保ちながらも、自らの言葉が生み出した女の眼差しに撃たれ、彼は脳髄が酔い痺れるのを感じなかっただろうか。

## 危機

この散文詩が書かれた時期にマラルメが置かれていた状況については前章でも紹介した。一八六三年の終わり頃、マラルメはフランス南東部・アルデシュ県にあるトゥルノンという田舎町に高校の教師として赴任する。以降、地方住まいのおよそ八年間、マラルメは危機的な精神状態で過ごす。

この危機を心理学の眼で見れば、青年期に特徴的なアイデンティティの問題、ということで、ひどく陳腐なものに見えるかもしれない。愛について、人生について、死についての抽象的な思考を通じて、己の位置を探ること。すでに過ぎてしまった者からすれば、若者によくある熱病だ、ということになる。時期が過ぎれば冷めるだろう、と言って余裕の笑みを浮かべるのが大人の知恵というものか。本人の立場にたてばいつ来るかもわからない危機の終わりをじっと待てと言われてもアドバイスになっていないのだが、少なくともマラルメの味わったという危機自体は、特異な徴候ではない。

しかし、マラルメにとってとらえるべき問題の中核は、単に自分が誰なのか、ということではなかった。それはむしろ、主体というよりは対象の問題、自分が理想とする詩作を実現しえるかどうか、であった。それに成功しさえすれば、自己の存在意義を正当化できるような、圧倒的な詩の創出。作家の価値は、創作された作品によって証明されるしかない、ということ自体は、文学的名声を目指す青年であれば誰でももつ心構えではある。しかしマラルメは、己の目指す水準を極めて高く設定した。そして、マラルメのいた孤独な環境では、周囲と己の立場をすりあわせて相対的な成功を思い描くのは難しかった。実作において称讃を受けるとか、演劇でヒット作を打つとか、現実の文壇において一定の地位を占めるとか、そういう実現可能な達成に己の夢をすり替えてゆくことを、マラルメがとくに嫌悪していたわけではない。ただ、マラルメに一地方詩人という以上の目覚ましい成功は訪れなかった。そもそも、一八六〇年代に詩がすでに儲かる仕事でなくなっていたことは、第一章でサルトルの文章によって確認したとおりである。詩による成功を望むこと自体が時代遅れの幻想だったと、傍目には言えるかもしれないのだが、本人にとってはとにかく事態は深刻だった。

　ところで、マラルメの内面に生起したこの危機の顚末は、皮肉なことではあるのだが、友人から引き離されたマラルメが、彼らに絶え間なく送り続けた書簡によって、かなり詳しく知ることができる。たとえば、『未来の現象』が書かれたころからは時代は少し下るが、アンリ・カザリスに向けて宛てられた一八六七年五月十四日の日付がある手紙の、次のような一節。

　　僕は恐ろしい一年を過ごしたところだ。僕の〈思考〉が己を思考し、〈純粋観念〉にまで到達した。この長い末期の苦しみのあいだ、反動として僕の存在が蒙ったところのものはみな言葉にすることができないけれど、幸いにして、僕は完全に死んだんだ。そして僕の〈精神〉が危険を知りつつ入って行ける最も不純な領域とは〈永遠〉である。僕の〈精神〉は自身の〈純粋性〉にただ一人住まい、この〈純粋性〉はもはや〈時〉の反映によってさえ翳ることはない。

マラルメの詩を理解しようとする論者たちによって幾度も引用されてきた有名な一節である。この時期、マラルメは友人のヴィリエ・ド・リラダンに触発され、また、デカルトやヘーゲルといった哲学者の間接的な影響を受けて、しばしばこのような観念のドラマにのめり込んでいく。ここで大文字から書き始められる様々な観念、〈思考〉であるとか、〈精神〉、〈永遠〉、〈時〉、〈純粋性〉、あるいは〈純粋観念〉と名指されるものがいかなる内実をもつのか、という問題は、これまで多くの文学者・研究者によって議論されてきた。マラルメは、このような形而上的問いを惹起する詩人として二十世紀の文学に少なからぬ影響を与えている。

永遠と時間とか、美の純粋性とかいう問題にマラルメが関わりあっていたこと、それが自己同一性の問題として提起され、またそこから必然的に、その同一性が破壊される契機、すなわち死の問題が浮上することは重要である。しかしその一方で、「〈思考〉が己を思考する」などと言われても、それだけでは空をつかむようだ。ここでは、たとえば「〈純粋観念〉という観念とはいかなる観念か」という類いの問い、合わせ鏡の中を覗き込むような、再帰的な問いの連なり、自己規定する観念の集合からは、とりあえず戦略的に距離を置きたい。青年期のマラルメの苦悩に正面からかかずらって、一緒に深入りしてゆくのは控えたいということだ（この、美と同一性を巡る問題は、次章以降、この時期のマラルメの代表作『エロディアード——舞台』を読む過程で、具体的なイメージのうちに検討することとしたい)。

ここでマラルメの陥っていた危機を相対化するのは、彼の苦悶を軽視するためではない。しかし、大文字で書き出される観念が、まるで中世のアレゴリー文学のように踊るいわば亜流ヘーゲル的文体に関しては、たとえば先ほども名前を挙げたヴィリエ・ド・リラダンなどの方が多少荒削りではあってもよほど流麗に、そして生き生きと操作しえた道具立てである。マラルメの文学の真面目は、体験を観念の助けによって説明しようとしたこのような文章にはうかがえない。「幸いにして僕は死んだ」と述べられる体験の内実、そしてその体験がもたらした「幸い」とはなんであったかということは、体験の同時代的報告の中にではなく、後年のマラルメの詩業の、具体的成果の中に読み取っていかなければならない。

## 家族

ここでは、地方にいたマラルメの状況を、彼の文学的探究よりも少し広い視野からつかんでから、本章冒頭に引いた『未来の現象』に戻っていきたい。そのためには、たとえば、この有名なアンリ・カザリス宛ての一八六七年の手紙の、まったく逸話的に見える部分を読んでみるのが有効である。というのも、様々な観念を駆使した思考、思考のための思考を孤独に突き進めるそのかたわらで、マラルメは日々、家族とともに生きていた。その生活の痕跡がこの手紙にも色濃くうかがえるからである。孤独な詩人にも家族があったなどと、そんな当たり前のことを、と思われるかもしれないが、このあたりの事情をバランスよく、実際に則してとらえることはそれほど簡単ではない。
この手紙はかなり長いものであるが、自身の文学的精神的状況を中心として記してきたマラルメは、それを次のように結ぶ。

というわけだから、〈詩人〉はその妻を自らの〈思考〉の内に持ち、その子を〈詩《ポエジー》〉の内に持つものだとはいえ、君はエッティを愛おしむがいいよ。彼女のことは僕もたぐいまれな妹のように愛しているのだから。彼女もまた、アンリ、君と同様に僕の子供時代に結びついているのではないだろうか。というのも、僕の初めての詩は君のことを知った頃に遡るのだけれど、それ以前には、僕たちは我々の精神に育つ前の胎児でしかなかったのだから。なかなか集会《サバト》好きの胎児たちだったがねえ。それじゃあ。ジュヌヴィエーヴと僕からは君に、そしてマリーからはエッティに口づけを。

君の　ステファヌ。

人名について多少の註釈がいるだろう。エッティとは本名をハリエット・ヤップというイギリス人の女性で、ここで回想されているように、マラルメとカザリスが知り合った当時からの友人である。一八六二年、ちょうど二十歳のときである。マラルメはカザリスほか、詩人・画家の友人と、若い女性たちを誘ってフォンテーヌブローの森に散策に行く。そこにエッティを含むヤップ家の姉妹もいた。たかだか近郊への遠足なのだが、マラルメにとっては、青年期の数少ない華やいだ行事であった。またそれ以上に、ごく短期間で終わってしまった、首都での若い文学者同士の交流の、象徴的な出来事でもあった。彼らはこの散策の記念に『令嬢たちの十字路』という共作文集を出版し、それはマラルメにとって青春の記念碑ともなった。フォンテーヌブローは、この手紙でマラルメが「子供時代」とおどけて言っている幸福な時代の背景として、記憶されることになるだろう。

この散策以来カザリスとエッティは恋に落ちた。カザリスは、自分の恋する女の姿を詩にしてくれるようにとマラルメに依頼し、それによって『出現《アパリシオン》』という、初期マラルメ韻文詩の名作も生まれた。しかしカザリスとエッティはヤップ家の同意が得られずなかなか結婚できない。マラルメはイギリスに留学していた時分にヤップ家に出入りした縁もあって、二人の間を取り持つようなこともしたようだ。この手紙でもマラルメはカザリスの想いを後押しする気遣いを見せている（結局、エッティはカザリスとではなく、一八七一年にエジプト学者のガストン・マスペロと結婚し、その翌年、はかなくも産褥熱で死んでいる）。

さて、この手紙の結語から読み取られるのは、詩作を現世的な生活と対立させてとらえる傾向である。もちろん、これぐらいのことは、血気盛んな青年の理想主義的態度として、ごく普通のものと考えることもできる。文学的硬派というところか。ただし、〈詩人〉が妻を〈思考〉の中に持つ、というのは、必ずしも峻厳な倫理となるわけではない。もちろん、この論理を突き詰めれば、現実の女性との恋愛を不完全として否定する極端な理想主義にも達するであろう。しかし、マラルメがここで友人に勧奨しているのはそのような道ではない。この前の段落でマラルメはこう言っている。「君は実に幸いなことに〈詩〉にくわえて愛をも持ちえたわけだから、愛するがいい」。つまり、マラルメは友人の詩才を讃え、さらに愛にも恵まれた幸運を祝って、両方を享受すればいい、と言ってやっているのである。

君において、〈存在〉と〈理想〉が楽園を見出したことになる。不幸な人類が、無知と怠惰のせいで、死んでようやく得られるものだと期待しているあの楽園を。そして、未来の虚無を思ってみたとしても、これら二つの幸福が完遂されたとすれば、君は悲しいなどとは思わないだろうし、虚無の到来を極めて自然なこととさえ思うだろう。

つまり、一個の人格には〈詩人〉とその他の部分が存在する。修道士が童貞を誓うように、〈詩人〉が〈思考〉以外の女を拒み、〈詩〉以外の子を否認するとしても、その他の部分、人格のいわば世俗的な部分は、現世における妻子を持ちうる、ということである。そしてカザリスにおいてはむしろ、この二つの人格はそれぞれの目的を達成し、超人的な幸福のチャンスをもたらす、とまで言われる。君には詩才があり、愛し愛される女がいる。非力な人間が、死んだあとに神様から恵んでもらおうなどと、あさましく指をくわえて待っている楽園を、君はこの世において得るだろう。であればこそ、死によって魂が滅び、虚無に投げ入れられるとしても、何ら恐れることはないではないか。カザリスはこうして、ドン・ジュアンに並ぶ無神論の英雄にまで祭りあげられる。

### 〈存在〉と〈理想〉

少し度が過ぎた褒めぶりのようにも思うが、マラルメは他の詩人の達成に惜しみない讃辞を贈るのが通例であったし、友人を勇気づけようとしての言葉に皮肉はなかろう。しかし、ひとりの人間に〈詩人〉と〈詩人以外〉、いわば聖俗二つの人格があるようなことを言うのはご都合主義だと思われても仕方がない。この手紙が書かれた一八六七年当時、マラルメにはすでに娘がいるから、〈思考〉以外の妻、〈詩〉以外の子を現実に持っていることになる。この箇所だけを読むと、あたかもマラルメは、〈詩人〉として以外の自身の生活、愛した女を妻とし、生殖して子を持つという「世俗性」を正当化しようとして、このような分割を持ち出しているようにも見える。

しかし、マラルメはすぐに言葉を継いでこうも言う。「私にとっては〈詩〉が愛の代わりとなるのだ。なぜなら、〈詩〉は自分自身に惚れているものではあるけれど、僕の魂のうちにも、その〈詩〉が享ける悦楽は落ちてきてくれるのだから」。つまり、自分自身はカザリスのような幸運に恵まれていない。だからこそ、現実の領域からは早々に退却し、〈詩人〉としての達成に専心しているのだ。と、しかしながら、これはこれで大問題である。愛に恵まれていないと言うマラルメであるが、駆け落ちのような騒ぎの末にマリアと結婚してまだ四年目、ドイツ人の彼女は異国の、しかも首都からは遠い地方都市に夫の都合で連れてこられて他に頼るところもない。娘のジュヌヴィエーヴはまだ二歳である。そのような家庭を、〈愛〉に恵まれないなどと言って早々に見限って、ひたすら自分の魂にひきこもり、そこで彼には見向きもしてくれない〈詩〉なる女を囲い込み、その女が彼女自身に見とれて生まれる悦楽のおこぼれにあずかっている、というのである。

ひどい話だ。もっとも、これがひどい話になるのは、マラルメが設定した比喩の内においての話であって、現実のところは、別にマラルメが背徳的な行為に耽っているわけではない。妻子を一顧だにせず独り書斎にこもって詩作に励むのは奇行である。それが昂じて本職をおろそかにし、路頭に迷うようなことがあれば不甲斐ない夫として誇られもしよう。しかし、そうであったとしても、それは不貞と指弾されるべき罪業ではない。マラルメは自らの想像力中でわざわざ倫理的な危機を作り出していると言わざるをえない。

以上のような状況を背景にして『未来の現象』を読み直してみると、ここにはマラルメが持っていた二つの自己像が、あたかもプリズムを通った白色光のように、分かたれて提示されていたことがわかる。

まず、頽廃した人類の夫婦は、〈俗人〉マラルメと妻の自画像である。娘ジュヌヴィエーヴの誕生が一八六四年十一月のことであるから、「未来のない子供を宿す妻」という描写には、妻マリーの妊娠に関するまだ真新しい記憶が反映されていると考えられる。生殖によって世代を下るごとに頽廃してゆく人類の鎖の一環として、直前の世代と後続の世代から、どうにもならない拘束を受けている自己の姿。第一章で読んだ「肉がよく焼けていたからブルジョワに盛りがついて詩人が生まれた」という詩に通じる生殖の嫌悪である。かつてあれほど呪った凡庸さを、今度は自分が宿命的に繰り返してしまうことを、詩人は苦々しく自嘲せずにはいられない。

一方、『未来の現象』の末尾に現れる詩人、見世物に受けた強い印象を、書斎のランプのもとで絢爛と輝く「栄光」として再現しようと熱中する詩人は、カザリス宛書簡に現れる詩人マラルメの姿そのものである。見世物に現れたような原始の女は、触れられないからこそ美しい。それを妻とすることができるのは、ただ自分の想念のうちにおいてのみである。ランプの護る孤独な夜の部屋は、家庭内に確保された想念の避難所《アジール》となる。

## エロディアード

さて、マラルメが夜ごとにつかの間の邂逅を夢見たこの〈理想〉は、一八六四年、ジュヌヴィエーヴの誕生に少し先立つころから、一つの名前を持つに至っていた。エロディアードである。

エロディアードはヘロデアのフランス語化された形。イエス・キリストの時代のユダヤの領主、ヘロデ・アンティパスの妃である。もともとはヘロデの異母兄の妻であり、娘サロメをもうけたが、ヘロデと交情して前夫と別れ、妃におさまっていた。「マルコによる福音書」によれば、これを不義として責めたのが洗礼者ヨハネであり、彼はこれによってヘロデアの恨みをかい、投獄される。

そののち、ヘロデが設けたある宴で、ヘロデアの娘サロメが舞った見事な舞の褒美として、何でも欲しいものを与えようと言われたところ、娘は母に相談したうえで洗礼者ヨハネの首を所望した。これが聞き届けられ、獄中で切られたヨハネの首が盆に載せられて宴席に運ばれてくる。サロメはその首をヘロデアに渡した、という。

今ではサロメの名によって代表されることの多い聖書のエピソードであるが、マラルメはむしろ、母エロディアードの名の響きに魅せられた。そしてこの名はマラルメにとって、単に現実のものではありえない理想の女を指すばかりでなく、成そうとしても成しえぬ、白日のもとに生まれでてこようとはしない詩篇のことをも意味するようになる。僕は〈詩《ポエジー》〉の世界に専心することで、現実の婚姻における愛の欠如の補償とするのだ、とマラルメは勇ましくもカザリスに語ったのだったが、実際のところは、こちらのほうでも彼は大きな挫折を味わわざるをえなかった。次章以降で詳しく検討するが、エロディアードをめぐる劇詩は、その試みを始めるや否や頓挫する。結局公刊されたものは、エロディアードと乳母の対話の断章のみであった。

彼はそう簡単に諦めず、エロディアードを巡る探求は中断を挟みながら実に死の直前に再開されることになるのだが、「実在しえない理想を実在しないものとして実在せしめる」とでも言うほかないその試みは、流産する宿命を潜在的に持っていた。『未来の現象』という作品は、詩人の夢見る「栄光」をはかない虚妄として描き、悲観的な調子のうちに閉じられる。しかしマラルメの詩業の展望は、虚妄の栄光を不可能と見切って諦めるのでも、それを達成したという安易な欺瞞を弄したり、また自己欺瞞に陥ったりするのでもなく、誠実に、虚妄を虚妄と知りつつ求め、ただそこに付随していた苦渋の色を薄め、アイロニーをユーモアへと昇華させてゆくことで開かれることになるだろう。

### 暁の死児

エロディアードという女性、そしてその名が冠された作品については次章で改めて検討することにして、ここでは『未来の現象』と同時期に書かれた韻文詩を一篇読んでおきたい。『未来の現象』においては象徴的な寓話として表現された状況、詩人と家庭人の潜在的な緊張関係が、この詩においては、より直接的に、華麗なイメージと深い叙情をもって描き出されている。

贈詩

おまえに渡そう、イドマヤの夜が生んだ子を！
黒々と、翼は血に塗れ、色あさく、羽根も禿げ、
薫香と黄金に燃えたつガラスを通り
冷たい、ああまだ陰々とした窓をくぐって、
黎明は天使の燈明を襲ったのだ。

棕櫚なり！　そしてこの遺物を曙光が照らし、
陰険にも笑おうとするこの父に見せたとき
青ざめた不毛な孤独がわなないた。
おお子守女よ、おまえの娘とともに、またその
冷たい足の純真をもって凄切な誕生を迎え入れよ。
そして提琴や鍵琴に似たその声を響かせ、
しなびた指で乳房を搾ってくれないか、
女が真っ白な謎となって流れ出るように、
純潔の蒼空が飢えさせる唇のために。

一行目で言われる「子供」とは何を指すのか。「詩を贈る」というタイトルに現れた「詩」のことなのだが、この比喩が明言されていないためにわかりにくい。先ほどのカザリス宛書簡で、「〈詩人〉は〈詩〉において子供を持つ」と言われていたのとまったく同じ比喩であるから、我々にはすでに親しく、マラルメがつねに頭に置いていた譬えなのだろう。しかし、それが冒頭から説明なく用いられることで、詩は読者に対する謎かけの様相さえ呈する。
わかりにくいのは、やはり冒頭で、「おまえ」と呼びかけられているのが誰なのか、ということ

## DON DU POÈME

Je t'apporte l'enfant d'une nuit d'Idumée !
Noire, à l'aile saignante et pâle, déplumée,
Par le verre brûlé d'aromates et d'or,
Par les carreaux glacés, hélas ! mornes encor,
L'aurore se jeta sur la lampe angélique.
Palmes ! et quand elle a montré cette relique
À ce père essayant un sourire ennemi,
La solitude bleue et stérile a frémi.
Ô la berceuse, avec ta fille et l'innocence
De vos pieds froids, accueille une horrible naissance :
Et ta voix rappelant viole et clavecin,
Avec le doigt fané presseras-tu le sein
Par qui coule en blancheur sibylline la femme
Pour des lèvres que l'air du vierge azur affame ?

が明らかにされないことにもよるだろう。しかし、『贈詩』という題をよくよく考えてみれば、二人称で指されるのは詩を贈る相手だ、ということも言外の前提ではある。また、少し読み進めて九行目、「おまえ」は「子守女」と呼び直されていることもわかる。ただし、これが詩人の妻を指す、ということは、全篇を繰り返し読んでもなかなか見抜けないはずだ。故意に隠蔽されているような印象さえ持つ。

「子守女」が見守る子は同じく九行目で「おまえの娘」と呼ばれているが、これも無邪気な言いようではない。この娘が詩人自身の娘・ジュヌヴィエーヴのことであるのは疑いないが（それを否定してしまってはこの詩の苦渋は理解できない）、マラルメはそれが「私の娘」であることを、あたかも遠回しに否認するかのようだ。そもそも、自分の妻を子守女呼ばわりすること自体、そうとうに失礼な話である。「揺り籠を揺らすようにして安らぎをもたらす女」の謂いだ、というように肯定的に解釈することもできなくはないが、しかし、妻をまるで雇われの乳母か女中のように扱うとは。そもそも、妻と夫とはまず一対一の男女として直接に渉りあって結婚したのではなかったか。それが、子供ができたとたんに生まれた子を媒介にして（しかもその子は暗に否認されている）ようやく関係を持ちうるというのだから、薄情と責められれば弁解の余地はない。

## イドマヤの夜と黒い曙光

詩人は何故、妻と娘を否認しようとするのか。余所に本来の妻と子を持つからである。子とは贈られる詩のことであった。妻とは理想の女、ここではエロディアードのことである。イドマヤという地名は聞き慣れないが、これこそ、エロディアードに結びつけられる名である。イドマヤはエドムのギリシャ語読み、エドム人はヘロデ王家の出身民族である。また、エドムは地域としてはパレスチナの南東を指す。「イドマヤの夜」というのは、夜毎に詩人が過ごした、古代イドマヤの地の夢想、ということになるだろう。

イドマヤの夜が生んだ子、と言う。この「夜」はエロティックな夜である。詩人とエロディアードの夜毎の密会の結果として生まれた子種、ということになる。すると、この第一詩行の描写する詩人の行動は極めて奇妙なものだ。彼は、幻想の異邦で生まれた不義の子を自分の家に持ち帰り、妻のもとに運ぶ。まるで叱ってもらうことで愛情の確認をとろうと、わざと粗相する子供のような仕業である。もちろん、先ほども述べたように、これが倫理的に問題となるのは、詩人の比喩の内部に身を置いたときのみである。しかし、周囲にはどんなに奇妙なことと思われようと、マラルメは家庭と詩のいずれを選ぶかという問題を、あたかも貞操の問題であるかのように生きたのだった。〈思想〉を妻とし、〈詩〉を子とするという表現が一篇の詩として十全の展開を得たとき、それは単なる修辞であることを止め、想像裡に生きられる切実な危機の体験となる。

詩の意味を大づかみにするために、解釈が少し先走ってしまったが、順番に読んでいこう。二行目から五行目までは、徹夜で詩作に励んだ詩人の書斎に差し込んできた曙光の描写、ただしここも比喩は慣例をなぞらないためわかりやすくはない。羽根をむしりとられた血まみれの黒い翼が突然現れる。瀕死の鴉か、幽光に浮かび上がる鳥の幻影か。フランス語では女性形で示されるこれらの描写が「黎明」にかかってゆくことは、五行目に至るまで明かされない。フランス語の aurore はラテン語からそのまま入ってきた語で、黄金 aurum と共通の語幹を有し、本来輝かしいイメージを運ぶはずの語である。誕生する太陽が地平から届ける最初の光は、詩人にとってはしかし完全に反転し、黒色の死の光となってランプを襲う。夜の間、書き進める原稿を照らし、天使のように守ってきた灯は、夜明けの光の急襲によって赤く縮んで息絶える。この光のドラマを表現するため、曙光を猛禽に喩えたものである。が、そのように喩えられたとたんに、光は暗く重たく変成してしまう。

ここには光学的な経過も映されている。つい先ほどまで、窓外の暗闇の上に窓枠が室内の光を受けて浮かび上がっていた。外光の勢いが増すと、窓枠は黒く沈み、室内は夜間よりも暗くなったように感じられる。黎明の黎の字が黒を意味するのと同様に、薄暗い光がかえって陰をひきたたせるためか。「色あさく」と訳したところ、pâle は文字通りには色が薄く生気のない様、英語ではペール・グリーンなどというときのペールである。黒い翼の色が薄い、というのは矛盾する表現だが、まだそれほど強くはない朝の光を描写し、しかしそれでもその光が強く陰の印象をもたらす、ということを簡潔に、また一定の時間的経緯を同時的なイメージとして示すものだろう。朝日に輝く窓ガラスと陰となった窓枠も、この劇的な対照を補強する。まだ東方の「薫香と黄金」に煙っているように見え、夜通し続けた古代の幻想がわずかに漂う窓ガラスと、すでに冷え冷えとしたヨーロッパの空気にさらされた窓枠は、現実と幻想のあわいにある境界を、ゆっくりと現出させる。

六行目「棕櫚だ！」と叫ぶ詩人の意図は一つには定めにくい。エジプトをはじめ東方を喚起する植物であり、聖書的伝統にも入る植物であるから、エロディアードを巡る幻想の延長にあることは確かである。キリストのエルサレム入城にあたって、民衆が棕櫚の葉を振って喚呼したとされるように、棕櫚は勝利の象徴であり、ここでは燦然と輝く太陽の様を、広げた掌の形の葉に重ねたものだろう（ベルトラン・マルシャルはウェルギリウス『田園詩』第三歌がこの箇所の直接の典拠だと指摘している）。しかし、この勝利は詩人にとっての成功を意味しない。それどころかこれは、詩の成らぬうちに夢想の時が終わったことを告げる光であり、詩人に敵する勢力の勝利、彼にとっては苦い敗北の印である。

かくて朝日は夢想の末に産み落とされた子を父親の前に照らし出す。しかしその、一夜のうちに成ったと思われた詩はもはや息をしていない。夜のうちに書いた原稿がまったく使い物にならなかった、というのは文章を書く者であれば誰でも味わったことがある失望ではなかろうか。死産である。「遺物 relique」とは前時代の残骸、狭義ではキリスト教の聖人の「聖遺物」を指す。中世には聖だれそれの大腿骨やら頭蓋骨やらが教会に安置された。それで教会の格が決まり、多数の巡礼を集めることにもなったため、高値で取引され、あまつさえ強奪されたというのだが、結局のところは生命の抜けた死体にすぎない。朝方の青い光の中で、古代の女もその女との間に生まれた子も幻にすぎなかったことを悟り、詩人は孤独に震えるのであった。

## 詩人の妻

九行目「子守女」「おまえの娘」はそれぞれ、先程述べたとおり詩人の妻と子を指す。なぜ妻の足が冷たいのか、なぜそれが純真の象徴となるのか。『未来の現象』でも「〈かつての女〉」の足が描写の対象になっていたように、マラルメが偏愛した体の部位であることは確かだ。家内では靴を脱いで過ごす我々とは異なり、朝起きてから夜寝るまで靴を履き通しだったこの時代の西洋人にとって、一般的に素足が「秘すべき場所」として意識されやすかったことは確かだろう。素足に触れるのは夫たる詩人のみである。しかし、その冷たさは夫婦間の疎遠を表す。夫は朝まで妻には触れず、書斎で過ごしたのである。古代東方の豊穣を象徴する熱い光に対し、現代ヨーロッパの冷感が置かれている。しかしともかくも妻の足の冷たさが表す不毛は、純真あるいは無垢の徴と解釈し直されて、ここでは肯定的に価値づけられる。「凄まじい誕生」とは死産した胎児、すなわち異形の詩のこと。これが妻のもとに運ばれて「詩の贈り物」というタイトルに示される筋書きを形成することは既に確認した。

妻の声は楽器に喩えられるのだが、ここにある提琴《ヴィオール》も鍵琴《クラヴサン》も十九世紀にはすでに古い楽器である。マラルメはこれらが演奏されるのを実際に聞いたことはなかっただろう。絵画に描かれたこれらの楽器、たとえば天使の奏楽を描いた図などからイメージを得たのではないか（マラルメが少年時代を過ごしたサンスの大聖堂には、まさに天使の奏楽を描いたステンドグラスがあって、それをもとにこの箇所が発想された可能性も指摘されている）。逆説的に視覚に訴える印象のある詩句であるが、これも妻の様子を天上の世界へと引き上げる役割を果たしている。

さて、妻が奇妙に年老いた指で乳を出す。不思議な手当によって奇跡を起こし、この死産した子供を蘇らせてくれ、と詩人は願うのか。ここまでの文脈に乗るならば、確かにそのような方向へ詩は進んでいっているのだが、詩人が最後に口にする願いはそれとは少しずれてしまっている。最終行、純潔の蒼空が飢えさせる唇、とは、詩人自身の唇以外にはありえない。蒼空はマラルメが常用する比喩で、同題の韻文詩も書かれているが、決して手の届かない詩人の理想を意味する。すなわち、理想は人を焦がれさせるだけ焦がれさせて自らを委ねようとはしない。決して満たしてはもらえぬこのひもじい唇に、糧を恵んでほしいと詩人は自分の妻に乞う。

ここで彼は年齢を退行し、自分自身が死産し冷えきった胎児のように感じているようだ。妻に乳を飲ませろとはいかにも倒錯したもの言いだが、この倒錯した欲求も、マラルメは象徴的な次元に転じようとする。妻の乳は〈女〉の観念として流れ出してほしい、その乳が古代ギリシャの巫女のような謎を秘めていてほしい、というのが詩人の望みである。白さは巫女の純潔の象徴となり、誰にも侵されたことのない秘密の象徴となる。詩人は求めても仕方のないことを、間違った相手に求めていることに気づいているだろう。優れて現実の女であるところの妻にたいして女の理想を現出せよと求め、自分とのあいだに子をもうけた彼女に向かって、乙女の秘めるものを与えよと、よくもまあ、そんな理不尽な要求ができたものだとも思う。しかし、マラルメがこれを男性的な征服心から言っているのではないことは記しておくべきだろう。新たに封印を破るために一人の乙女を差し出せなどという要求ほど、謎は開かれぬからこそ尊いとするマラルメの想いから遠いものはない。

## 家庭と詩作

『贈詩』の世界は、『未来の現象』の世界と通じている。それはたとえば、孤独な詩人の夜を照らすランプや女から流れ出す純白の乳などの細部に現れている。しかし、寓話的枠組みの中で、配偶者たる女が原始の女に対置され、「虚弱な共犯者」「病み衰え禿げたおぞましい女たち」として完全に否定的な役割を与えられていた『未来の現象』とは違って、『贈詩』における詩人と家族との関わりには、微妙な陰影がある。

たしかに『贈詩』においても、詩人と「子守女」と呼ぶ妻の関係にはわびしさが漂う。「冷たい足」はまだそれほどでもないが、「しなびた指」にははっきりと現代人の退嬰《たいえい》が刻み込まれている。しかしその一方で、この詩が終わりに向かうにつれ、現実の妻と理想の女の像は交錯し始める。聞いたことのない、あるいは聞いたことがあったとしてもその機会は稀であったはずの古い楽器に（音の実際のみを問題とするなら「クラヴサンのような声」はほとんど効果のない比喩だろう）、日常聞き慣れたはずの声を喩えるという詩的美化を経て、妻は非日常性、あるいは非現実性までも帯びることになる。さらに詩を閉じるにあたって、詩人は女そのものであるところの純白の乳を絞り出して、渇いた唇を潤してくれないかと妻に求める。この願いが聞き届けられるかどうか、というと、答えは限りなく否定的にならざるをえないと思うが、すくなくとも詩の提出するイメージの上では、このことによって現実と理想の別はあいまいになる。

いや、この『贈詩』という一篇を読むだけでは、「理想の女」の存在感はむしろほとんど感じられないかもしれない。エロディアードの名は現れず、わずかに冒頭、イドマヤの一語で示唆されるに留まる。理想の女の存在は、現実の女によって媒介されて、詩の結末に至ってはじめて現れるかのような印象さえ持つだろう。「詩を贈る」という題名の詩であるから、献呈する相手を褒めあげるのが常套である。その線で読むならば、詩人が、妻という現実の女を通して〈女〉の理念を見ている、という読み方さえもできるかもしれない。つまりこの詩を、現実を詩的に演出するための文飾として理想だの理念だのを引き合いに出してくる常套的な抒情詩として読むのである。

しかしながら、それにしては「しなびた指」という形容は否定的すぎるし、すでに指摘したように、妻がその資格において名指されないのは奇妙である。また何よりも、捧げ物であるところの詩を「怖じ気づくような誕生」「怪物の子」とまで言って貶めるのも、単に「つまらないものですが」という類いの謙遜と解釈するには常軌を外れすぎている。美女を歌ってその似姿に詩を作り、「ここにあなたの美は永遠に保存されるのです」などと言って捧げるという抒情的な型に、結局のところこの詩は収まらない。贈り物も、贈る相手も、否定的とは言わないまでも中途半端にしか価値づけられていない詩に「詩を贈る」というタイトルをつけたマラルメには、確かにアイロニーがある。それにしても、このアイロニーは何に向けられているのか。

この問いを次のように言い換えることもできる。『贈詩』の描写によれば、曙光が子たる作品を父たる詩人に見せたとき、彼は「敵意ある微笑を試みに浮かべる」。この敵意は何に向けられるのか。夜の幻想を断ち切った曙光にか、情けない姿をさらす詩稿にか、そんなものしか生み出せない己の非才にか。あるいは詩作に専念できない環境に、そしてその環境に彼を釘付けにしている家族に、彼の敵意の一部が向けられてはいないだろうか。

## ジュヌヴィエーヴ

マラルメが詩人としての自己と生活者としての自己の対立を鋭く意識し始めるきっかけが、「夫・妻・子」という家族の単位の成立、すなわち娘の誕生であったことは間違いない。理想に到達するべく、ひたすら詩作に打ち込みたいのに、家族を養うことを考えれば、意にそぐわない地方での教師生活を勝手に切り上げることはできなかった。たとえば、一八六四年に友人テオドール・オバネル宛にマラルメは次のように書いている。

私の方はというと、まだ仕事を再開できていない。あの意地悪な赤ん坊《ベイビー》が泣きわめいて、黄金のように冷たい髪をもち、重たい装束を身につけた不妊のエロディアードを退散させてしまったんだ。

ここでエロディアードと競合するのは妻マリアではなく娘ジュヌヴィエーヴである。子供の泣き声は、夢想に沈もうとする詩人の意識を経済的現実へと直ちに呼び戻すサイレンのように響いたことだろう。「不妊の」と訳したのは原文で stérile、『贈詩』においても八行目に見られることばである。エロディアードが不生女《うまずめ》であったというのはまったく史実に反するはずだが（それではサロメが生まれていないことになってしまう）、マラルメが理想の女にまず与える指標である。処女たるエロディアードというこの奇想については後の章で詳しく検討するが、この『贈詩』においては、その不毛性が、現実の女の生殖能力の何よりの証拠であるところの我が子と対比されていることに注目しておこう。翌一八六五年にカザリスに宛てた手紙でマラルメは、話し相手もいないトゥルノンの生活のわびしさを訴えて、「ぼくのジュヌヴィエーヴは十分間ほど抱き上げるのには可愛らしいけれど、そのあとそれが何になるだろう？」などという愚痴も漏らしている。

もちろん、文学に好きなだけ時間を割けたら傑作を生み出すだろう、などとマラルメが言っているわけではない。もしも娘がいなかったら、もしも結婚していなかったら、というような単なる仮定の世界に遊んで空手形を連発することは、マラルメにとって慰めにもならなかっただろう。後に文学を虚構と看破するマラルメではあるが、しかし、そのとき彼は虚構という事柄に関して、もっとつきつめた考えを持つようになる。オバネル宛の手紙で、マラルメは確かに子供が障害になって詩が書けないと苦情を言っているが、それをどの程度まじめにとるべきなのか、その深刻さを探ることは簡単ではない。単に詩作の不調をくだけた口調で打ち明けるうちに、心の緩みに乗じて口に上った言葉にすぎないのかもしれない。実際、マラルメはすぐに次のように付け加えている。

けれども、赤ん坊は将来、それほど馬鹿にはならなそうだ。というのも、僕がルグヴェの名前を口にすると、この子は泣くし、僕がエマニュエル・デ・ゼッサールのものまねをすると腹をよじるほど笑うのだから。――君のことを話してもこの子は笑うよ。

マラルメは、娘が、凡庸なアカデミスムを代表するエルネスト・ルグヴェ（一八〇七―一九〇三）に嫌悪を、また友人のデ・ゼッサールやオバネルには好意のしるしを見せるという様子を愉快そうに友人に報告している。もちろんここには、赤ん坊を本気で邪魔にすれば、友達同士の手紙とはいえ冷たい男だと思われかねないという懸念も働いているだろう。しかし、自分の文学的価値観が幼子にも共有されているようだと面白がるマラルメは、生殖を理想の敵対者として断罪するような厳格な立場からはまったく遠いところにいる。

## 家族のかたわらで

絶望的な人間嫌悪さえ感じられる『未来の現象』に現れる妻の肖像は容赦のないものだ。だからといってその時代のマラルメが家族に対して冷淡な態度を貫いていたわけではない。実は、『未来の現象』は、一八六五年三月にカザリスへのマラルメの私信に添えられたのが初出とされる。この同じ手紙で、水痘にかかったというカザリスの健康を気遣ったあと、マラルメは自分の家族の近況に話頭を転じてこのように報告する。

ジュヌヴィエーヴは、お母さんをたべているから、当然バラのように元気いっぱいだ。けれど僕のあわれなマリーは、食べられて、顔色は悪くいつも疲れている。

マリーの姿に精気はなく、ここに「虚弱な共犯者」と言われる『未来の現象』の妻との類似は明らかである。しかし、元気な子とその子に活力を吸い取られて虚弱になる妻の対比には、どこかしらユーモアさえもただよう。たしかにこれは母親にとっては試練であろうけれども、親から栄養を摂取してすくすく育つ子供には、作品中で徹底的に描かれた人類の頽廃とはまったく異なる現実が反映している。人類はどうやら、病み衰えてなどいないのである。もちろん、マラルメはそのような現実のもっている揺るがない健全性を手放しで喜び、描写するような作家ではない。しかし、妻と子の体調を注意深く観察し、それに独特の表現を与えているマラルメの筆には、隠しきれない家族への情愛が顔をのぞかせてはいないだろうか。ここでマラルメが家族に対して感じている感情は、彼が理想に対して持っていると信ずる「愛」、エロディアードに捧げるべき絶対的帰依とは、当然異なるものだ。しかし、この実生活への愛着は、むしろ我々が現在、家族愛として漠然と共有している価値観に非常に近いものだろう。ここにこそ、マラルメの詩の現代性がある。そしてこの身の回りへの細やかな情愛は、晩年に至るまでマラルメの詩を養ってゆく。

娘が懸命に母を食べる、つまり乳を飲む姿には、白いパンを食べる例の子供の姿も重なって見られていたかもしれない。『贈詩』の結末の、理想を体現する謎めいた乳を飲む、というようなイメージを書いていたマラルメが、その一方で、母から乳を受けてすくすくと育つ娘の姿を頭に置いていた、というのは面白い。かろうじて小ブルジョワの体面を保つ生活をしていたマラルメ家に、乳母などいない。じつに、家庭と近いところで書かれたのがマラルメの詩であった。

詩人は家族の隣で書斎にこもり、孤独を保って書く。家族との生活に埋没してしまえばどんなに楽であっただろう。しかし彼は豊穣のために不毛を軽々に捨てようとはしない。逆もまた真、である。文学的達成のために想像力の翼を広げ、はるか彼方まで飛び立ってしまった文学者は、十九世紀にはいくらでもいる。マラルメは一夜を古代イスラエルで過ごしたのち、毎朝家族のもとに戻ってきた。すべてを不毛な愉悦へと導く論理に、マラルメは乗るように見せかけて乗っていない。この「絶対」の論理に抗いようもなく誘惑されながらも、マラルメは実生活は実生活として営んだ。文学的達成のためには家族というものを嫌悪しなければいけないと信じていたマラルメは、逆説的に、現代的な等身大の家族を、その生殖の現実においてとらえた最初のフランス詩人となった。

もっとも、当面のところ、詩人マラルメの関心は書斎の外に出ることはない。ただひたすらに〈理想〉と向かい合う夜が、マラルメの青年期、一八七一年にパリに出るまでの孤独な詩作の母胎であった。この貧しい母胎から生まれた奇妙な果実とも言うべき作品こそ、次章と次々章で読む

『エロディアード――舞台』である。そこでは原初の光のうちに曖昧に夢見られていた〈理想〉が、古代東方の王女の伝説を纏って、暁の仄明るい影のように漂うだろう。我々は青年期マラルメの幻想の中核に踏み込んでゆくことになる。しかしまた記憶に留めておかなければならないのは、今はひたすらに幻想に耽る詩人も、東の空のこの変調に、退嬰する現代ヨーロッパの夕光を結びつけようという意思を、心のどこかに保っていたということである。その意思はいずれマラルメが青年期を脱し、自分をとりまく同時代の様相へと詩人の目を向け直すとき、あたらしい詩《ポエジー》として結実することになる。

# 第四章　『エロディアード』Ⅰ

# エロディアード——舞台

乳母（N）、エロディアード（H）

N

生きておいでか！　いや、ここに見えるは姫形の影か
どうかこの乳母《めのと》の唇へ、指と指輪を、そして
知られぬ御代を歩むのはお止めなされよ。

H

下がれ。
穢れなき金髪が早瀬と流れ
この孤独の身を浸せば恐怖に
凍える。そして光が編み上げるわが髪こそは
不滅である。女よ、接吻などされたら死んでしまう、

けれど美とはそもそも死でなかったか……。
　　　　　　　　　　　　　　　　　　私が、如何《いか》なる魅力に
導かれたものか、また預言者たちも忘れた如何なる朝が
絶えゆく彼方へ悲しい祭儀を注ぐのかを、
知ろうものか。おまえは見たのだ、冬の乳母《めのと》よ、
私が石と鉄の重い獄《ひとや》、
わが老獅子たちの猛き時代が存《なが》らえるあの獄へと
入るのを。そして宿命のままに手を汚すことなく
あの古《いにしえ》の王たちの索漠の香のなか私は歩いてきた。
けれども、私の辛労までも、おまえに見えていたろうか。
私はいま流浪を思って歩みを止める。そして私は散らす、
噴水を上げて迎える水盤に臨む如く、
わが内なる百合の淡い花弁を。すると、
力のない花の欠片《かけら》が音もなく私の夢想を
落ちてゆく。身じろぎもせずそれを目で追う
獅子どもは、だらりと垂れた裳裾を開いて、
海さえ鎮めるこの足を見つめるのだ。

おまえは、その老いぼれた身の震えを鎮めよ。
こちらへ。この髪があたかも
鬣《たてがみ》の荒々しい気配に似て恐ろしいというのなら
鏡のなかでゆったりと梳《くしけず》るのを助けよ。
それならもうおまえも、私を見たりはしないだろうから。

25

**出現《アパリシオン》**

照明の乏しい暗い舞台。その中央に老女がたたずんでいる。石造りの室内の、調度のあちこちに紋章があしらわれ、その金泥が光の推移でふと鈍い輝きを放つ。小さく開いた窓からは外の景色がうかがわれる。早朝の光に、城郭を成す大小の塔が赤く照り映える。

舞台袖から白い姿が現れる。イドマヤの王女、エロディアードである。王女は自動人形のように正確に、ゆっくりとした周期を刻んで歩いてくる。まだ寝衣のままなのか、簡素な身なりではあるが、王女の豊かな髪が足を踏み出すたび、わずかな光を受けて金色に波打つ。暗がりに浮かび上がった王女の姿を認めると、まるで亡者に声をかけるかのように、老女は声を潜めて呼び止める。

「生きておられるのか……」。

老女はかつての乳母である。乳母はエロディアードの出現に、ある幻想を重ねたようだ。数世紀を経た堅牢なこの城は、猛々しい歴代の王たちが霊となって住まう亡者の世界である。その暗がり

# HÉRODIADE

## Scène

### La Nourrice – Hérodiade

N.

Tu vis ! ou vois-je ici l'ombre d'une princesse ?
À mes lèvres tes doigts et leurs bagues, et cesse
De marcher dans un âge ignoré..

H.

Reculez.
Le blond torrent de mes cheveux immaculés
Quand il baigne mon corps solitaire le glace
D'horreur, et mes cheveux que la lumière enlace
Sont immortels. Ô femme, un baiser me tûrait
Si la beauté n'était la mort..
Par quel attrait
Menée et quel matin oublié des prophètes
Verse, sur les lointains mourants, ses tristes fêtes,
Le sais-je ? tu m'as vue, ô nourrice d'hiver,
Sous la lourde prison de pierres et de fer
Où de mes vieux lions traînent les siècles fauves
Entrer, et je marchais, fatale, les mains sauves,
Dans le parfum désert de ces anciens rois :
Mais encore as-tu vu quels furent mes effrois ?
Je m'arrête rêvant aux exils, et j'effeuille,
Comme près d'un bassin dont le jet d'eau m'accueille,
Les pâles lys qui sont en moi, tandis qu'épris
De suivre du regard les languides débris
Descendre, à travers ma rêverie, en silence,
Les lions, de ma robe écartent l'indolence
Et regardent mes pieds qui calmeraient la mer.
Calme, toi, les frissons de ta sénile chair,
Viens et ma chevelure imitant les manières
Trop farouches qui font votre peur des crinières,
Aide-moi, puisqu'ainsi tu n'oses plus me voir,
À me peigner nonchalamment dans un miroir.

を歩くうちに、自分が育てたはずの子が、古の、すでに亡き王族のある娘の霊と混ざり合ってしまったのではなかろうか。血のつながりはもとよりないが、かつて与えた乳もいわばこの世の係累、此岸へと引き戻そうと乳母は手を伸ばしかけるが、今となっては主従の縁、みだりに触れるのも憚られよう。せめて手をとって接吻を、と望む。王女は怯えと憔悴を隠そうとしない。しかしそれも美しくあるがゆえの宿命、と言いつのる彼女は、乳母の差し出す手を厳しく拒絶する。

『エロディアード——舞台』と題された作品は以上のようなやりとりで始まる。慣例にしたがってとりあえず「舞台」と訳した scène の語であるが、まずは劇作品における章立てのようなもの、「第○幕第○場」というときの「場《シーン》」と考えるべきであろう。つまり、ある演劇作品、恐らくは『エロディアード』と題されることになる戯曲の構想がまず存在し、ここにはその原稿の一部、ある一場が抜き出されているということになる。先述した通り、マラルメは一八六四年秋から悲劇『エロディアード』を構想し始め、一八六五年に入ると本格的にその制作に取り組んだが、その年の末には戯曲として完成させることを諦めたと考えられる。その間、どこまで筆を進めていたのか、その全貌を明らかにするような資料は残っていない。戯曲の構成や筋書きにある程度の目処がついていたのか、これ以外にも執筆された「場《シーン》」があったのか、などということは、残念ながらわからない。

本章と次章では、全一三四詩行にわたるこの『舞台』を読む。やはり全体を読みたいのだが、一度にというわけにもいかない。長篇詩とまでは言えないが、一般的な抒情詩と比べれば長いものであるから、少しずつ分割して引用しよう。手始めとして、エロディアードの最初の長台詞まで、二十八行を以上に訳出した。これでおよそ五分の一の分量になる。

## 赤い王女と白い王女

前章で述べたように、一八六〇年代の中頃、地方暮らしを余儀なくされていたマラルメは、醜悪な現実に対立する理想の存在として、エロディアードという人物を造形し、そこに自らの詩的理想を体現させようと試みた。であれば、この『エロディアード——舞台』には、マラルメ初期の作品が達成した女性美がもっとも端的に示されているはずだ。

しかし、そのような期待を持ってこの作品を読むとき、読者は冒頭から戸惑うはずだ。たとえば、『未来の現象』に現れた「原始の女」のような鮮烈な女性像をここに求めても、肩すかしを食らうことになる。女性というものの理想が結実している、というような充実感はここにはない。たしかに、エロディアードの豪奢な金髪は「黄金の恍惚」と呼ばれる「〈かつての女〉」の髪を継承している。また、第二三詩行には、獅子たちが王女の衣服の裳裾を開いて「海さえ鎮める足」を見つめる、という描写があり、これもまた『未来の現象』の描写(「すべやかなる女の足には、始原の海の塩が残る」)に対応している。しかし、『舞台』のエロディアードの、暗い室内にぼんやりと現れる幽玄の姿は、見世物小屋にさらされる「原始の女」よりも後退した印象さえある。ここに圧倒的な美しさで読者に迫ってくるような美は感じ取られない。

マラルメの詩においてエロディアードの名に言及されるのは『舞台』よりも前に例がある。この年一八六四年の三月に書かれたとされる『花』という詩の一部である。

そして、女の肉体に似た花、冷酷な
薔薇、明るい庭に咲き誇るエロディアード
荒々しく輝く血が潤す薔薇よ、

ここに現れるエロディアードの姿は、陽光のもとで大きく開く深紅の薔薇と結びつけられて、『未来の現象』が示す女性美の印象に近い。エロディアードを潤おすという「荒々しく輝く血」は当然、洗礼者ヨハネの血である。「女の肉体に似た花」が聖者の血に染まる、というような極限的な映像がここにはある。この映像と対比すれば、『舞台』に現れるエロディアードはどうにも精彩を欠いている。

とはいえ、古代ユダヤの王女と花との類縁が切れるわけではない。『舞台』のエロディアードに結びつけられる花は百合である（第一九詩行）。しかし、花も盛りという風情ではない。「内なる百合の淡い花弁」が水盤に散るという心象風景であるが、ここで「淡い」と訳した形容詞はフランス語で pâles である。前章ですでに出てきたとおり、薄い色調を指す言葉だが、顔色などに使われれば血色の悪い、というような意味になる。人の血を吸ったかのように赤々と咲く薔薇とは正反対である。描かれているのはおそらく乙女を象徴する白百合で、「淡い」は「白」の同義語として用いられているのだろうが、肯定的な印象をもたらす語の選択ではない。

## 戯曲『エロディアード』

もちろん、エロディアードの人物像がぼんやりとしている理由を探るなら、『舞台』が戯曲の形式で書かれている、という、いわば技術的な側面も無視するわけにはいかない。すべてが台詞によって構成されることになるから、補助的に用いられるト書きを除けば、たとえば小説のような、客観的な描写はなされない。意図的にト書きを排したこの「場《シーン》」において、台詞の大部分はエロディアード自身のものである。読者は主にエロディアードの自意識を通して、その容姿を想像しなければいけない。美の顕現、というような直接性を、この「台本」には期待しえないのだ。もちろん、これが実際の上演となれば話は大きく変わる。観客は目前に、女優によって演じられるエロディアードを見ることを得る。もっともその際の困難は、「絶対の美」を体現できるような女優を見つけられるか、ということに尽きるだろうが。

また、これは副次的な議論かもしれないが、戯曲という形式自体、その分量的な制限もあって、文化的文脈に依存するところが比較的大きい。これも日本の読者の理解を阻害する要因となりうるだろう。よく知られた人物を扱う場合、舞台上に演じられる出来事は、観客にとっては周知の事柄として扱われることになる。たとえば、フランス古典悲劇においては、有名な物語の一部、ちょうどクライマックスの直前から始めることで、観客の集中力の続く時間内に作品を収め、劇の緊張度を高める、という手法がよく採られる。『エロディアード』という題名を一目見れば、洗礼者ヨハネの斬首が中心的なエピソードとなることは自明である。登場人物の紹介などはくどくどと行われない。劇作者の技量は、そのよく知られた出来事をいかに見せるか、あるいは、通常言及されない一面を補い、その挿話にどのような新解釈をもたらすか、という点にある。文化的背景や文脈を詳細に述べることも、戯曲においては、たとえば小説などより行いにくいだろう。

そして、読者に対してもっとも不親切なのは、この断章が全体に対してどの部分にあたるのか、という基本的な事柄をマラルメが明かしていない、という点である。ここにはト書きもなく、舞台装置の指定もなく、ただエロディアードと乳母の対話のみが断章として提示されるのみである。戯曲の筋書きにおいてどのような役割を果たす「場《シーン》」なのか、ということは、二人の登場人物の台詞から推測するしかない。

実は、この場《シーン》の定位こそ、この断章を読み解く鍵となる。以下、『エロディアード——舞台』の続きをもう少し読んだのちに、この問題を集中して考えてゆこう。

N

ならば、閉じた瓶に納められた愉しき没薬はよすとしても
老いた薔薇から奪った精油の陰々とした
効き目を、我が姫よ、試してみては

いかがか？

H

そんな香は棄ておけ！　それを厭うておるのは
承知のはず。乳母どのは、気怠《けだる》いこの頭が香の酩酊に
溺れてゆくのを感じるようにとでも望むものか。
この髪は、人の苦しみの忘却を漂わす花ではなく、
芳香を決して帯びない黄金である。
私が望むのはこの髪が、
冷酷なきらめきとにぶく褪《さ》めた色艶において
金属の不毛な冷たさを守ること。
この髪こそは、私が生まれたこの部屋の、壁を飾る宝たる紋章と壺よ、
汝らを孤独な子供であったときから映してきたのだから。

N

お許しを。老齢が女王様の禁《いまし》めを
古書のように色褪め黒ずんだ私の精神から消し去ったのです。

H

もうよい！　私の前にこの鏡を掲げよ。
　　　　　　　　　　　　　　おお、鏡よ！
倦怠が額縁の内に凍りつかせた冷ややかな水よ、
幾度と知れず、また何時間も、夢を
悲しみ、深い穴を秘めたその氷の下に沈む
枯葉のような記憶を探して、
おまえの裡に私は己の姿を遠くの影のように見た。
しかしまた、恐るべきことに、おまえの峻厳な泉のなかに
散じた我が夢を裸形で知った夜もあったのだ。
乳母《めのと》どの、私は美しいか。

N

　　　　　　　　　　　　　まこと、星であられます。
けれどこの編み髪が落ちて……。

H

止《とど》めよ、おまえの罪業は
血を源までも凍えさせる。また、抑えよ、
その悪名高い冒瀆の所作を。さあ答えよ、
いかなる強力な魔物がおまえをその不吉な動揺に投げ込んだのか。
おまえの接吻、おまえの差し出す香、あまつさえ、おお我が心よ
口にするのも憚られるが、そのいっそう穢らわしい手で
おまえは私に触れようとしなかったか。そうして明けたこの一日は
あの塔に不幸をもたらさずには終わらぬだろう。
おおエロディアードが畏れをこめて見つめる塔！

この場《シーン》が「事件の前」であることは間違いない。確かに、老いた乳母はエロディアードが舞台に姿を現すなりうろたえて、生死を質す。しかし、ここにはすでに決定的な出来事、即ち洗礼者ヨハネの斬首という出来事が生起した、と匂わすような台詞はない。むしろ、乳母の感じている不安は、これから何かが起こるという予感に伴うものであろう。この場《シーン》が極めてつかみどころのないものであるとしても、このつかみどころのなさは、一つの手がかりでもあるのだ。決定的な出来事の前触れの、怪しい雲行きばかりが兆すことは、この場が戯曲の始まり近くに位置していることを示唆し

てもいるのである。

この場《シーン》の位置づけは、古典演劇の規則を参照することでさらに絞られる。引用したエロディアードの台詞の末尾が鍵となる。王女は、乳母が自分に求めた接吻や、その他の所行の非礼を責め、それを凶兆とする。そして、この凶兆がここに開いた一日は、かならずや不幸をもたらさずにはおかない、という予言めいたことを告げるのである。この「一日」への言及は「三単一の法則」と呼ばれる演劇規則の一つ、「時の単一」を背景として解釈するべきである。劇作品の中で展開する出来事は一日の長さを超えてはいけない、というのがその規則で、アリストテレスの『詩学』から引き継がれ、フランスでは古典主義時代以降ロマン主義によって批判されるまでは金科玉条のように守られてきた。マラルメの作劇法はロマン主義による革新を経験した一九世紀後半にしては復古調であるが、これは支配的な規則への盲従というより、その効果を見極めた上での選択と考えるべきであろう。その意図は、創作上の規制を筋の骨格に転用することにあったはずだ。

### 晨昏の照応

こうして、作品の始まりと終わりは一日の始まりと終わりに対応することになる。禍々しい一日の終わりに起こる不幸とは、洗礼者ヨハネの斬首に違いあるまい。すると、「エロディアードが畏懼しつつ見つめる塔」（第六一詩行）、惨劇の舞台となるであろうこの「塔」とは、ヨハネが囚われている牢獄、その牢獄が所在する塔ということになるはずだ。戯曲『エロディアード』は開幕と同

N.

Sinon la myrrhe gaie en ses bouteilles closes,
De l'essence ravie aux vieillesses de roses
Voulez-vous, mon enfant, essayer la vertu
Funèbre ?

H.

Laisse là ces parfums ! Ne sais-tu
Que je les hais, nourrice, et veux-tu que je sente
Leur ivresse noyer ma tête languissante ?
Je veux que mes cheveux qui ne sont pas des fleurs
À répandre l'oubli des humaines douleurs,
Mais de l'or, à jamais vierge des aromates,
Dans leurs éclairs cruels et dans leurs pâleurs mates,
Observent la froideur stérile du métal,
Vous ayant reflétés, joyaux du mur natal,
Armes, vases, depuis ma solitaire enfance.

N.

Pardon ! l'âge effaçait, reine, votre défense
De mon esprit pâli comme un vieux livre ou noir..

H.

Assez ! Tiens devant moi ce miroir.
Ô miroir !
Eau froide par l'ennui dans ton cadre gelée
Que de fois et pendant les heures, désolée
Des songes et cherchant mes souvenirs qui sont
Comme des feuilles sous ta glace au trou profond,
Je m'apparus en toi comme une ombre lointaine.

Mais, horreur ! des soirs, dans ta sévère fontaine,
J'ai de mon rêve épars connu la nudité !

Nourrice, suis-je belle ?

N.

Un astre, en vérité :
Mais cette tresse tombe..

H.

Arrête dans ton crime
Qui refroidit mon sang vers sa source, et réprime
Ce geste, impiété fameuse : ah ! conte-moi
Quel sûr démon te jette en le sinistre émoi,
Ce baiser, ces parfums offerts et, le dirai-je ?
Ô mon cœur, cette main encore sacrilège,
Car tu voulais, je crois, me toucher, font un jour
Qui ne finira pas sans malheur sur la tour..
Ô tour qu'Hérodiade avec effroi regarde !

時に予言が告げられ、その予言の成就とともに幕が下りる。マラルメは作品全体の構成をそのように考えていたはずだ。

このシーンが日の出から間もない早朝に展開しているということは、『舞台』の始まりにも暗示されている。「預言者たちの知らない朝が絶えゆく彼方へ悲しい祭儀を注ぐ」という第九詩行あたりに読まれる言葉は、エロディアードが『舞台』冒頭で述べる長台詞において最も解釈の難しい箇所である。「悲しい祭儀＝祝祭」とは何を意味しているのか。ここで「祝祭」をある種の光輝の顕現と見るならば、朝焼けに燃え立つ東の地平に重なる。「悲しい」祭儀は洗礼者ヨハネを屠るためのものであろう。曙光は東の彼方、油を注がれて燃え立つ犠牲の祭壇を予示して立ちあがった。そしておそらくは、夕刻、再び地平は燃え立つだろう。ただし、今度は西の空、太陽は切り離されたヨハネの首と同様、己の血の海に沈んでゆくことになる。

「預言者たちが忘れた朝」という表現も解釈しづらいが、これが古代イスラエルを暗示するための単なる装飾的な語句でないとすれば、かつて予見されることのなかった悲劇が起こる、その一日の始まりにある朝、ということとなのだろう。エロディアードは自分がどのような力に導かれているのかを知らない。東の空が何故に、赤々と不吉な光を発しているのかもまだわからない。これから何が起こるのか、古の預言も答えてはくれない。ただ宿命の導くところによって、この一日が終わるのを見届けよう、そう王女は戦慄しつつ告げるのである。マラルメは、死すべき人間をあやつる不死なる神々、というような、ギリシャ悲劇の基盤となっている世界観を引き継がない。それでもなお、戯曲『エロディアード』は破局《カタストロフ》へと避けがたく進んでゆく宿命による劇、典型的な悲劇として書かれている。この悲劇の構造を秩序づける第一の要素は光である。朝日と夕日は相照らして悲劇の始まりと終わりを規定している。

## 『舞台』前段

当初のマラルメの企図において、『エロディアード――舞台』は、戯曲『エロディアード』にある始まりを画す「場《シーン》」であったはずだ。これが第一幕第一場として書かれた、と言い切ることはできないが、劇の筋書きが動き出す、ある重要な起点の役割を果たしていたことは確かであろう。しかし、そうであっても、この「場」は劇中の一日で起きる出来事の、絶対的な端緒ではない。エロディアードは言う。この「場」に至る以前、乳母は、彼女が「石と鉄の重い獄」「老いたるわが獅子たちの猛々しい時代が残存しているあの獄」へと入るのを見た、と（第一一詩行）。

たとえば（あくまでも一つの推測にすぎないが）次のような前段を考えてみよう。朝まだき、王女は居室を抜け出して洗礼者ヨハネが囚われている牢獄を訪れた。遥か昔から、牢内には人を遠ざけるために獅子が放し飼いにされ、人間の支配を受けない野蛮の王国を築いている。ただし、主である王族に獅子は手出しをしない。さて、人の入らぬ牢獄へ入った王女は、この「古代の王」たる野獣を鎮め、その群れの中を歩いて還る（……しかし、何のために？）。一方、乳母は王女を追って牢獄の門まで行き、そこで固唾を飲んで見守っていた。王女が出てくる。乳母は先回りして、王女の居室で帰りを待つ……。その続きがこの「場《シーン》」にあたる。冒頭の乳母の台詞、「知られていない時代を歩くのは止めてくだされ」という諫言も、まずはエロディアードのこの恐れ知らずの行いを指していると解釈される。そのとき、「知られていない時代」とは、場所を時間によって示す比喩、つまり、獅子達の野蛮がいまだ支配する領域、すなわち牢獄を意味することになる。

もっとも、繰り返し読んで頭を整理する事なしに、乳母と王女の対話に至るまでのこの前筋を理解するのは至難の業である。台詞によって示される情報は断片的なものだ。たとえば、これが実際に戯曲『エロディアード』の最初の「場《シーン》」であったとして、生身の役者が発声する言葉、発されるや否や消えてしまって、読み直すことが不可能な音声として再現されたとしたら、登場人物が置かれた状況を観衆が理解することはまず不可能であろう。エロディアードの最初の長広舌を聞く者は、なにやら、「すでに起こったこと」「今起こっていること」「これから起こること」がごちゃごちゃになって一度に提示されるような印象を持つはずだ。そして、この時系列の混乱は、この「場」の空間的配置の混乱にもつながっている。

### 夢幻の舞台

この「舞台《シーン》」はどこに位置しているのか。ここまで、舞台は王女エロディアードの居室、という前提で解釈してきたが、これも一読しただけで見抜くのは難しい。通常の戯曲であればト書きがあって、前もって「舞台はどこそこ」という指示がなされる。演劇として上演されるのであれば、舞台装置からそれは観客に一目瞭然、ということにもなるはずだ。しかし、マラルメはこの王女と乳母の対話を提示するにあたって、そのような周辺的な情報をまったく捨て去ってしまった。我々読者は、二人の台詞に時折現れる描写を基に、この「舞台」を想像裡に構成しなければならない。

もちろん、注意深い読者ならば、第四〇詩行で「私の生まれたこの部屋の壁」とエロディアードが言うことに気づくだろう。また、髪を梳き身支度するという所作からも、ここが王女の居室であるということは間違いない。しかし、冒頭の王女の台詞で城の様々な場が混然と提示されるうち、この四〇行目に至るまでの間で、読者はすでに幻惑を来しているはずだ。

そしてこの混乱は間違いなくマラルメによって意図されたものである。文脈を遊離した断章としてこの「王女と乳母の対話」を提示するマラルメの意図を踏まえたうえで、さて、王女は今どこにいるのか、という問いに答えるならば、ここまで前提としてきたように、王女の居室のみが現実で、獅子の徘徊する牢獄はその心中に浮かぶ記憶にすぎない、という整理の仕方は疑ってみなければならない。

フランス語文法に立ち入った煩瑣な分析になるが、第一一―二三詩行を時制に注意して読み直したい。まず、王女が牢に入ってゆくのを乳母が目撃し、た、と言われるこの部分の時制は複合過去に置かれている。これは、現在から見て過ぎ去ったある時点の経験として、しっかり定位されうる。一方、王女が獅子の群れの中を歩いたと言われるこの「歩み」であるが、こちらは半過去、すなわち未完了の時制に置かれており、行為の起点と終点は曖昧である。牢内を歩いた、ということに焦点を当てて述べられるこの王女の歩みは、しかし当然のことながら、牢に入る前、さらに言えば居室で目覚めたその直後に始まり、牢内を通った後再び居室に戻って来るまで、連続して辿られたものであろう。それはまさに、第一七詩行で「私は止まる」という現在時制の宣言がなされるその時点まで、途切れることのない所作である。

そしてエロディアードの台詞の中で、情景はなおも、よどみなく流転する。「私は止まる」と王女は言うが、立ち止まった王女の足とは裏腹に、その精神は彼方へとさまよい出て、「流浪を夢想する」。その、虚ろになった心には庭園の噴水が映じ、水面には百合の花弁が落ちる。するとそこには、不思議なことに、牢獄の獅子たちが再び現れ、王女の散らす花弁を目で追うばかりか、力なくたゆたう衣の裾を開いて、秘められた素足を見つめる。この間、わずか十数行のうちに、エロディアードの外部の現実と心象の光景は、絶え間なく反転しつつ交錯する。獅子の視線にこめられた性的な含意は説明するまでもないだろう。王女を辱めようとつけねらう獅子がその歩みを追って牢獄を抜け出し、彼女の寝室へ、さらには彼女の夢想にまで入り込んでくるかのごとくである。

そもそも、この獅子たちが古の王と呼ばれるのは、単に文明以前の野蛮をかつて支配したというだけの理由ではない。マラルメは、エロディアードの属する王族をこの獅子たちの末裔として想像している。王女の髪がライオンのたてがみに似ている、とされるのはそのためである。だとすれば、「石と鉄の重い獄」、「わが老獅子たちの猛き時代が存える獄」とは城内のどこか特定の牢獄などではなく、この城そのもの、エロディアードの居室をふくむ王城の全体を意味することにはならないか。そして、獅子たちが王女の祖先だとすれば、その霊の住まう王城を歩くことは、まさに時間を遡り、遥か彼方の先祖たちの時代を歩くということになる。つまり、冒頭で乳母が「知られぬ御代」を歩くのはやめろ、と言っているのは、王城の奥深く、その古層にまで入り込んで、先祖の霊と交わるようなことはやめろ、という意味であったのかもしれない。

そもそも獅子たちも、また早朝赴いたという牢獄も、単にエロディアードの夢想ではなかったと、誰が保証できるのだろうか。考えてみれば不可解である。王女は乳母に「おまえは私が牢に入るのを見た」と言っているが、どうして乳母が見ていたことを王女は知りえたのか。エロディアードの牢獄訪問も、それをどこかで見ていたという乳母の姿も、王女の夢だったのではなかろうか（これもまた時制に関する細かな議論ではあるが、「おまえは見た」というのが完了時制で言われていることも、これが主観において発せられた言葉であることを示す。客観的事実を述べるのなら王女は単純過去で話すだろう）。

居室と牢獄、そして庭園という三つの場は、連続した歩みによって結びつけられ、さらに、相互に重なりあい、融けあうような空間として統合される。このような「舞台」において展開する戯曲『エロディアード』は、始めから、通常の舞台において生身の役者によって演じられる演劇とは異なる展開を約束されていたと言うべきだ。

『エロディアード――舞台』は、主人公の身元も、所在も不確かな、茫漠の「場《シーン》」として我々読者の前に現れる。この夢幻の「舞台《シーン》」においては時間さえも歪み、生死の別もおぼろげになるだろう。

この夢幻性こそ、マラルメが王女と乳母の対話を戯曲から切り離し、断章として発表することで得たもののはずだ。

冒頭第一詩行、乳母は老獅子たちの領域を歩き、生気を失ったエロディアードの姿を見て、「姫形の影」ではないかと怯えている。「姫形の影」とは原文で l'ombre d'une princesse であるが、ここで ombre「影」を亡霊の意味でとって訳せば、「ある今は亡き姫君の霊」というような意味になる。古い城の奥深く、死者の領域を通る道すがら、王女はどこかに魂を落としてしまう。さまよう足取りとともに現れるのは、エロディアードとは違う名の、遥か昔に夭折したある王家の娘の魂かもしれない。

＊

この章を閉じる前にもう少し『舞台』を読み進めよう。乳母と王女の対話は緊張感をもって進む。しかし、二者の応答は嚙み合わず、エロディアードは何事も明かそうとしない。

N

ほんとうに不穏な空にございます。姫様に天のご加護を。
さまよわれる貴方は孤独な影にして初々しい狂乱。
幼い身ですでに己の裡を覗きこんで恐怖しておられる。

だがしかし、女神のように愛らしくていらっしゃいます。
おお、我が御子よ、そしておぞましいほどに美しく、
まるで……

H　だが私に触れようとしたではないか。

N　私は
〈宿命〉が姫様の秘め事を託す者でありたいのです。

H　ああ！　黙れ！

N　あの方もときには会いに見えると？

H　　　　　　　清き星々よ、
耳を貸すな！

N　　しかし、得体も知れぬ恐怖の中ででもなければ
これ以上酷い夢想に沈むこともできないでしょう。
そしてあたかも、姫様の優美が宝を秘めつつ待ち望む神に
冀《こいねが》うかの如くに！　それでは、不安に苛まれつつも
誰がために御心の、人知れぬ光輝と
徒な神秘を護っておられるのか。

H　　　　　私のためだ。

N

一人きりで伸びる花の悲しさよ。水中に力なく見遣る
己の影の他に揺らぐ心もないものか。

H

去れ。哀れみや当てこすりは控えるがいい。

N

されど、訳を仰せられよ。ああ、稚き御子よ、なりません、
その誇らかな慢心もいつの日か凋むことでしょう。

H

けれど、獅子からも尊ばれる私に、触れる者などあろうものか。
それに、私は人間のものは何も望まぬ。そして、彫られた像であるのに
私の眼が楽園をさ迷っているように見えるとすれば、
それはかつて飲んだおまえの乳を思い出しているときだ。

80

N.

Temps bizarre, en effet, de quoi le ciel vous garde !
Vous errez, ombre seule et nouvelle fureur,
Et regardant en vous précoce avec terreur ;
Mais pourtant adorable autant qu'une immortelle,
Ô mon enfant, et belle affreusement et telle
Que..

H.

Mais n'allais-tu pas me toucher ?

N.

J'aimerais
Être à qui le Destin réserve vos secrets.

H.

Oh ! tais-toi !

N.

Viendra-t-il parfois ?

H.

Étoiles pures,
N'entendez pas !

N.

Comment, sinon parmi d'obscures
Épouvantes, songer plus implacable encor
Et comme suppliant le dieu que le trésor
De votre grâce attend ! et pour qui, dévorée
D'angoisses, gardez-vous la splendeur ignorée
Et le mystère vain de votre être ?

H.

Pour moi.

N.

Triste fleur qui croît seule et n'a pas d'autre émoi
Que son ombre dans l'eau vue avec atonie.

H.

Va, garde ta pitié comme ton ironie.

N.

Toutefois expliquez : oh ! non, naïve enfant,
Décroîtra, quelque jour, ce dédain triomphant..

H.

Mais qui me toucherait, des lions respectée ?
Du reste, je ne veux rien d'humain et, sculptée,
Si tu me vois les yeux perdus au paradis,
C'est quand je me souviens de ton lait bu jadis.

## 破綻する悲劇

エロディアードは何を畏れているのか。牢獄で何をしてきたのか。囚われの預言者には会ったのか。我々の興味はそこに集中し、また劇中で乳母が聞き出そうとするのもその点なのだが、王女はその種の問いにまったく答えようとしない。

本来、乳母は腹心、フランス語で confidente と呼ばれる役である。腹心の役はフランスの古典演劇で常用され、主要人物に影のように従って、その内面を舞台上に台詞として導きだしてくるために置かれる。主人公の内心を打ち明けても差し支えない人物だから、従者など、主人公よりも下位の人物のことが多い。筋の展開において積極的な役割を果たすことが最初から期待されないような人物である。乳母が腹心の役目を果たす最も有名な例は、フランス古典悲劇の最高傑作と言われるラシーヌ『フェードル』であろう。主人公フェードルの乳母エノーヌは典型的な腹心である。フェードルが抱いたような、義理の息子への禁じられた愛、秘めるべき思いであっても、戯曲である以上、それを公然と述べることは避けられない。そのとき、延々と客席に向かって独白するよりも、誰か、秘密を守れる人間に語る方が、舞台上では自然だ。エロディアードの乳母が、「〈宿命〉が王女の秘密をただひとり託す人間でありたい」（第六七―六八詩行）などと言うのは、この作劇術への暗示でもあるのだ。エロディアードの不安が恋によるものならば、秘めた思いは誰に対するものなのか。王女の魅力が恵み深い宝として与えられるべき「神」（第七二詩行）とは誰なのか。乳母は王女に告白を迫ることで、観客の期待を代弁している。

しかし、王女はこの告白への誘導を拒絶する。これでは、腹心の役を配置する意味がなくなってしまう。たとえばもしここで、「実は、王に頼んで捕らえさせた預言者ヨハネに、自分は抑えることのできない思いを抱いている。今朝も秘密裡に会って来た。恩赦をあたえるその代わりに、自分の思いに応えるよう迫ったのだが、傲慢なあの男はそれを拒絶したのだ」とでもエロディアードが告げるならば、この導入の一場は物語の展開の重要な起点となっただろう。乳母も、劇中で腹心が果たすべき機能を成功裡に果たしたことになる。しかしエロディアードは何も語らず、乳母は腹心になれず端役に成り下がり、「舞台《シーン》」は展開のきっかけをつかみ損ねる。

ここに、『エロディアード』が未完に終わった理由の一端が垣間見える。腹心への告白さえも拒絶するのでは、舞台上に対話はまったく行われようもない。マラルメは、古典演劇の枠組みを強く意識して創作に取りかかっていたはずだが、登場人物に息を吹き込み、役者に生き生きと演じさせる、という演劇の要諦をすぐに放棄してしまう。戯曲『エロディアード』が、ごく導入的な一場のみ作られた後、頓挫してしまったのは、単にマラルメの創作意欲の減退というような理由によるものではないだろう。そこには、より原理的な要因があったように思われる。マラルメという詩人の素質と、演劇というジャンルが、最初から噛み合っていないのである。悲劇において要となるはずの「秘密の告白」の場が不発に終わり、「冷酷なエロディアード」の内面は読者あるいは観客にまったくうかがい知れないものとなってしまう。マラルメは誇り高く冷徹な姫を表現しようとしたのかもしれないが、これではただの気まぐれでわがままな娘にしか見えない、という人もいるだろう。

## 演劇的興趣

マラルメが、そして当時の多くの詩人が劇作に手を染めたのには経済的な理由も大きい。十九世紀後半の詩人が置かれた状況については、序章でサルトルを引用して触れたとおりである。現代の日本でも事情は変わらないだろうが、詩集を売って生計を立てるなどというのは尋常なことではない。しかし、印刷された書物が限られた読者しか得られなかったのに対し、演劇は、興行収入として安定した収入を詩人たちにもたらすと考えられていた。現代に置き換えて考えるなら、小説がテレビドラマになったり映画化されることで、本の出版とは比較にならない収入を作家にもたらしうる、ということと似ていなくもないだろう。

マラルメは『エロディアード』を首都で上演したいと考えていたようだ。そのために知己を頼った活動もぬかりなく進めていたらしい。パリの詩壇の有力者でもあったテオドール・ド・バンヴィルから届いた好意的な手紙が残っている。マラルメの創作が進んでいた一八六五年三月三十一日の日付である。

友よ、『エロディアード』という題の作品を創るという貴君のすばらしい構想に、私は最大級の称讃を表明するものです。というのも、フランス劇場《テアトル・フランセ》にはそれを舞台に掛けるために必要な大道具がちょうど揃っていて、そのことは採用の大きな理由ともなりうるからです。一般的に言って詩的作品に障碍となるものは、結果が不確かであるのに、そのために費用をかけるのは懸念されるということだからです。作品には詩《ポエジー》も必要ですが、演劇としての面白みをこめるようにしてください。我々の大義のためには、より詩的でより上演困難な作品にするのではなく、それが採用され上演されるように創作を続けるほうが、大きな貢献となるはずです。

マラルメはこの同じ年、一八六五年の二月に『文学的交響曲』なる文章を雑誌掲載している。そこで、ゴーチエやボードレールと並ぶ詩人として、また、その掉尾、最終楽章を飾る詩人として称えられるのがバンヴィルである。「人ではなく竪琴《リラ》の声そのもの」であるバンヴィルは、抒情《リリスム》の化身として半神の英雄にまで祀りあげられている。これがまったくの提灯記事というわけでもないだろうが、マラルメは『文学的交響曲』発表後に手紙を書き、この誇張気味の讃辞へとバンヴィルの注意を向けたはずだ。それと同時に『エロディアード』の草稿を送り、その評価を求めたのだろう。あるいは、ただ単に題名と構想を話しただけかもしれない。つまり、バンヴィルがマラルメの原稿を読んだのかどうかは定かではないのだが、いずれにせよ、バンヴィルはすでにマラルメの『エロディアード』が陥ってしまう困難を予想している。もちろん、どんな作家にとっても詩的な洗練が上演の困難に結びつくわけではない。ここでバンヴィルが「詩と同程度に劇を重視せよ」という忠告を敢えてしたのは、演劇の現実に歩み寄ることに困難を抱えていたマラルメの詩風を見抜いてのことだろう。

バンヴィルが言うところの「演劇としての面白み」とは何か。細かく説明はされていないが、およそ筋書きの妙や魅力的な登場人物、異国情緒のような舞台映えする風俗、といったものであろう。だからこそバンヴィルはとりわけ大道具のことを気にかけているのだ。そしてこの、演劇的感興ということで言えば、本来、悲劇『エロディアード』は多いに期待が持てるものであったはずだ。何よりも洗礼者ヨハネの斬首というこのうえないクライマックスがある。また、エロディアードの娘の舞踏のシーンもすばらしい題材を提供するだろう。ナポレオンの遠征以来フランスに根づいた東方趣味にも合致する。この時代のマラルメがまだ知らぬことではあるが、洗礼者ヨハネの殉教譚がいかに舞台向きのものであるか、ということは、その後オスカー・ワイルドがセンセーショナルな戯曲を書き、さらにリヒャルト・シュトラウスがオペラに翻案することで、実作による証明を得るだろう。

もっとも、マラルメの『エロディアード』はこれらの『サロメ』とはまったく異なる姿をとることになる。ずっと後、一八九八年、マラルメの没年となる年に、彼はエロディアードに関する作品群を『エロディアードの婚礼』という総題でまとめあげようとする。その序文の原稿では次のように述べられる。

私はエロディアードの名前を残すことにした。それは、舞踏などといった、彼女にまつわる古代的逸話とともに掘り起こされ、言ってみれば現代的な存在となったサロメとエロディアードとを、きちんと区別するためであった。

マラルメは、ワイルドの『サロメ』（一八九一）や、あるいはユイスマンス『さかしま』（一八八四）によって讃えられたギュスタヴ・モローのサロメ像〈図七〉を念頭においていると言われている。つまり、マラルメはそれらの「現代的」なサロメは、あたかも恋人殺しをはたらいた俗っぽい悪女のようだ、といって揶揄しているのである。そして自らの『エロディアード』はそのような「三面記事的な逸話」とは異なる作品だ、ということを強調するのだ。

しかし、晩年のこの序文草稿を、一八六〇年のマラルメの意図として読むべきではない。その当時、まだ「現代的な存在となったサロメ」、つまり、ワイルドやモローによる妖艶な乙女はまだ存在していなかった。マラルメはそのようなサロメへの反発から、自らのエロディアードを構想した訳ではない。むしろ、エロディアードと洗礼者ヨハネに関する戯曲を書くことに決めた当初は、マラルメも当然、この主題に演劇的な可能性を見ていたはずである。ただし、マラルメにとっての演劇的興趣とは、単なる書割りの東方趣味《エグゾチスム》に終始するものではなかった。彼は、後にワイルドが書く扇情的な作品とはまったく別の方向に、このヨハネの殉教の主題の演劇的可能性を探り当てていたはずだ。

マラルメの『エロディアード』は古典的な「悲劇」であった。王女と乳母の対話というその序幕を難儀しつつ書き進める詩人は、すでに朝夕の対照という、悲劇全幕の枠組みを素描している。マラルメには洗礼者ヨハネの斬首という終局《カタストロフ》にまでいたる道のりが、朧げに見えていたはずだ。日の出を日没へと結びつけること。しかし、太陽が辿るその道筋を詩行として具体化することがマラルメにとっては極めつけの難業であった。もしかするとマラルメは、朝陽には東洋《オリエント》と古代を、夕陽には西洋《オクシデント》と近代を振り分け、誕生と凋落の結びつきを描き出すことで、理想と現実の対立を昇華することまでも企図していたかもしれない。しかし、それを悲劇的な必然として筋書きによって展開し、役者のうちに具体化する、という実際上の問題の前に、詩人はまったく無力であった。

『エロディアード』は韻文による悲劇である。それまでマラルメが書いていたような、長くてもおおよそ見開き二ページに収まるような抒情詩とはまったく規模が違う。十分な演劇的効果と上演時間ということを考えれば、およそ千行ほどが目標となるはずだ。そのような大作を生み出すためには、ときには埋め草で音数を合わせることも躊躇せず、強力なドラマツルギーをもって複数の人物の交渉を舞台上に描き出すという力業が必要となる。マラルメの資質がそのような創作に不向きであることは、後世の目から見れば火を見るより明らかだ。しかし、一八六五年のマラルメはまだ野心あふれる二十三歳の青年で

図7　ギュスターヴ・モロー『出現』（1876年）

あった。彼には、理想とする作品を仕上げられないということは、まったく言い逃れを許されない無能力として自覚された。その生みの苦しみこそ、前章で読んだ『贈詩』という作品が主題としたものであった。

# 第五章　『エロディアード』Ⅱ

## バンヴィルのエロディアード

前章では『エロディアード――舞台』の半分をやや過ぎたあたり、八十数行を読み終えた。本章ではその続き、終盤にあたる五十行ほどを読んでいくことにしたい。しかし、ここで本文に入る前に、マラルメの想像力中にエロディアードという女性が住まうようになった経緯を、少し詳しく見ておきたい。

すでに見たように、マラルメはパリの詩壇の実力者であったテオドール・ド・バンヴィルに悲劇『エロディアード』の上演を取り持ってくれるように依頼していた。マラルメがとりわけバンヴィルを頼りにしたのには、理由があった。「エロディアード」という題材を汲んできたその大本が、他ならぬバンヴィルの作品であったのだ。

もちろん、聖書に現れる名高い悪女であるから、中世以来、絵画や教会堂の装飾として、様々な図像表現が残されている。マラルメが最初にエロディアードの名を知ったのがいつか、というようなことは突き止めようがない。しかし、バンヴィルが一八五七年の自作選集に収録した『エロディアード』と題されたソネが若い詩人の想像力を強く刺激したのは、まず間違いない。

というのも彼女は真の王女であったから。
ユダヤの女王、ヘロデの妻
洗礼者ヨハネの首を求めた女である。
ハインリッヒ・ハイネ『アッタ・トロル』

その瞳はヨルダン川の水のように透き通っている。
重い首飾りを幾重にも巻き、イヤリングを身につけている。
彼女を見れば鈴なりの葡萄よりも甘やかで、
森の薔薇はその侮蔑を恐れる。

おどけた物腰で笑っては燥《はしや》ぎ、
若々しい魅力を輝かせれば讃嘆のまと。
唇は真紅、歯の白さはまるで
庭園の高慢な百合のよう。

ご覧あれ、若き王妃のお出ましだ！
黒人の近習がひとり、手にとる引き裾は

廊下にそって豊満にたゆたう。
紅玉《ルビー》、青玉《サファイヤ》、紫水晶《アメジスト》が
指に妖しい火を灯す。金の皿に載せて運ぶのは、
洗礼者ヨハネの血まみれの首。

高踏派《パルナシアン》の先駆と言われるバンヴィルの、特徴的な描写の詩である。すでに指摘したように、戯曲というジャンルの特性もあって、マラルメの詩はエロディアードの容貌をありありと描くような方向へは向かっていかない。一方、バンヴィルは伝説的な王女の姿を活写する。一幅の聖像《イコン》を解説するかのように、目や装身具の描写から始めて、歯や唇、衣服や、黒人の侍従、手につけた指輪と宝石、そして当然、エロディアードに最も特徴的な持物《アトリビュ》である洗礼者ヨハネの首に至るまでを詳しく描き出している。薔薇や百合という比喩も用いられているので、マラルメが思い描いたエロディアードの原像としてもいいだろう。女性を花に喩えるのはその美を称える際の常套句だから、マラルメがバンヴィルの詩からどれだけ影響を受けたかは議論の余地があるだろうが、ともかくも、マラルメがエロディアードに結びつける花二種がここに揃って現れることには一定の重要性があろう。
ただし、バンヴィルのエロディアードは、とくに第二連で描写されるように、悪魔的で奇矯《グロテスク》な陽気さを備えた存在とされている。これをマラルメは引き継がない。たしかに、バンヴィルが用い

る「侮蔑」「高慢」の語は、マラルメのエロディアード像の中核を成してゆくだろう。ただしマラルメはそれを古典悲劇的な「崇高さ」の圏域で解釈しなおしている。

バンヴィルの詩は、黒人の近習と宝石、金の皿というように、コントラストの強い画面を作り上げる一方で、音韻面での工夫も凝らしている。翻訳では伝えにくいが、新味のある韻を重ね(「鈴なりの葡萄」や「廊下」という語は翻訳では突飛な印象しかもたらさないだろうが)、ソネという形式の軽妙さを生かしたところにこの詩の面白みがある。バンヴィルを「竪琴の声そのもの」とまで称えたマラルメは、色とりどりの宝石のきらめきを転写するかのような、この明瞭な絢爛を愛したが、しかし自分の詩においてそれをなぞろうとはしなかった。

## ハイネのエロディアード

そしておそらく、マラルメにより深い影響を与えたのは、むしろこのバンヴィルの詩にあってバンヴィル自身が書いたのではない部分、すなわち、銘句《エピグラフ》の位置に置かれたハインリッヒ・ハイネの詩句である。ここに引用されている『アッタ・トロル』とは一八四一年にハイネが完成させたロマン主義的叙事詩である。約半分ほどの部分で大熊アッタ・トロルを主人公とし、残り半分は詩人自身を主人公とする風変わりな構成を取っているこの作品の、マラルメはバンヴィルが引用した場所だけではなく、全体を読んでいたはずである。というのも、少し時代は下るが、『中断された見世物』という一八七〇年代の散文詩でマラルメは熊の見世物を主題とするのだが、ここで大熊アッタ・トロルが引き合いに出されているのである。その際、マラルメは熊が人間の言葉を話すという基本的な枠組みも共にハイネの叙事詩から借りてきており、その内容によく親しんでいたことが窺える。

バンヴィルが引用している部分は第十九章、アッタ・トロルを打ち倒そうとピレネー山脈に入った詩人が、妖婆ウラーカの家で見た幻想を述べた箇所である。

ハイネがこの作品につけた「夏の夜の夢」という副題は当然、シェイクスピアから借りてきたものだ。夏至とほぼ重なる六月二十四日、聖ヨハネの祝日前夜の真夜中のことである。山深い妖婆の家で過ごす夜に息苦しさを感じ、詩人は窓辺に出て広い谷の方を見下ろしていた。すると、墓場から出てきた幽霊の一団が狩猟の装束で飛んでゆくのが見える。その狩りの一行のうちに、数々の歴史上の人物に混ざって、三人の美女の姿があった。女神ディアーナ、妖精アブンデ、そしてエロディアード（ここに示す翻訳では「ヘロディア」と呼ばれる）である。エロディアードという名がディアナやアブンデの名とともに、魔女の首領を指す異名だというのは、中世以来の民間伝承であった（ハイネはこの伝承を後述のグリムの著作から知ったと考えられる）。三人の女猟人はこれを踏まえたものだろう。そのなかでも、洗礼者ヨハネに死を与えたエロディアードは、とくにこの夜にふさわしい魔物ということになる（もっとも、聖ヨハネの祝日は誕生日で命日ではないから、エロディアードの亡霊がその首を持って現れるのは少しズレている）。

次に見た第三の女の姿、
私の心をふかく動かしたが
これも、さっきの二人同様
女の悪魔であったのか？

悪魔か天使か、それは分らぬ。
女というものは、どこまでが天使で
どこからが悪魔なのか
はっきり分らないものなのだ。

赤く上気している顔に
東洋の魅力が漂っていた。
たいした衣裳で
シェヘラザートの物語から出てきたようだ。

やわらかな柘榴のような唇、
まがった百合のような鼻、

オアシスの椰子のように
すらりとした清々しい姿。

高々と白馬に打乗り、
かたわらを行く
二人の黒人に
金の手綱を曳かせていた。

バンヴィルのエロディアード、そしてそこから発想したマラルメのエロディアードと、ハイネの提示した絶世の美女たるエロディアードとの近親性は明白だろう。しかし、それ以上に注目したいのは、ハイネがエロディアードの恋を述べる部分である。

両手には、いつまでも
ヨハネの首を載せた皿を持ち
そして、それに接吻する。
まったく熱情的にその首に接吻する。

むかしヨハネを恋していたからだ――
聖書にそのことは書かれていない、
が、民間にはヘロディアの
血なまぐさい恋の伝説は生きている――

そうでなければ、この女王の
情欲は説明されない――
恋してもいない男の首なんぞ
所望する女があるだろうか？

ふとしたことで恋しい男を憤り
その首をはねさせたに違いない。
だが皿に載る
恋人の首を見るや、

ヘロディアは泣いて気がふれ
そして恋に狂って死んだのだ。

（恋に狂う！　とは言葉の重複！
恋とはすでに狂気なのだ！）
（井上正蔵訳）

さて、ここでハイネが言うように、本当にエロディアードとヨハネの恋の伝説が民間に残ってたのだろうか。どうも、「そうでなければこの女王の情欲は説明されない」などとわざわざ言う口ぶりからすると、この点はむしろハイネの創作とも疑われる。

## 王女の恋の起源

この件に関しては、大鐘敦子氏に詳細な研究がある（『サロメのダンスの起源』、二〇〇八）。大鐘氏によれば、ラテン語で書かれた中世の動物叙事詩『イセングリムス』に、エロディアードあるいはその娘が聖ヨハネに恋をした、という記述が見られるという。ただしその後、文献にこの恋愛譚は一切見当たらなくなる。それが再び現れるのは、一八一四年、この『イセングリムス』の写本を発見したヤーコプ・グリムの著作『ドイツ神話学』（一八三五）を俟たなくてはならない。そのあいだ、民衆に脈々とこの伝説が伝えられてきた、かどうか、それに関して確かなことは何も言えない。『イセングリムス』はヘントのニヴァルドゥスという作者によるラテン語の、つまり識字階級のための叙事詩である。エロディアードの恋はニヴァルドゥスの思いつきという可能性もあり、すると彼以降、グリムが『イセングリムス』を発見するまで、およそ七〇〇年の間、他の誰も想像だにしなかった奇想ということにもなりかねない。

大鐘氏によれば、ハイネはグリムの『ドイツ神話学』を発想源として『アッタ・トロル』の三人の魔女の出現を考えだした。『イセングリムス』はこの『ドイツ神話学』に引用されているのだが、そこでこのニヴァルドゥスの詩句はドイツの民俗学的研究の資料と位置づけられている。ラテン語文献を参照しているのにもかかわらず、ハイネが「民間に伝承されている」と言っているのは、このあたりの事情を短絡したためであろう。

それまで単なる奇妙な異伝《アポクリフ》にすぎなかったエロディアードとヨハネの恋愛の記述に、ハイネがこれほどこだわったことには、やはり一九世紀のロマン主義的な想像力の強い作用を見るべきである。たとえば、ハイネと親しく交流したエクトル・ベルリオーズは、一八三〇年に『幻想交響曲』を作曲している。恋愛に絶望した芸術家が阿片を飲む。致死量に至らなかったため夢を見るのだが、その悪夢において彼は愛する女を殺し、その罰として断頭台にかけられる（第四楽章）。続いて魔女集会の夢になるのだが、そこには変わり果てた魔女の姿で愛する女が現れ、狂乱の舞踏を繰り広げる（第五楽章）。このような、断頭と魔女のオブセッションが、ハイネにおいて統合されて現れるのに、『イセングリムス』のエロディアードが触媒になったのではないか。もちろん、『幻想交響曲』が『アッタ・トロル』の発想源になった、というような狭い意味での影響関係を論じることにはあまり意味がない。断頭は大革命以来、フランスのロマン主義においてつねに繰り返された強迫観念《イデー・フィクス》である。魔女集会《サバト》も中世趣味と結びついて盛期ロマン主義特有のテーマとなった。また、それを民間伝承に仮託するというのも、国民文学を目指したロマン主義に典型的な議論である。ハイネは時代の支配的な想像力に従ってグリムの『ドイツ神話学』そしてそこに引かれた『イセングリムス』を読んだ。そして恋する女としてのエロディアードを発見した、というべきだろう。

エロディアード、あるいはその娘サロメとヨハネに何らかの性愛的な関係を見る傾向は、現代に至るまで継承されているので、あたかもそれがこのエピソードの標準的な形態であるようにも思われがちである。しかし、大鐘氏も指摘するように、その歴史は古くない。『イセングリムス』のほとんど偶発的な記述を度外視するならば、その発端はハイネの『アッタ・トロル』であり、それを十九世紀末、そして二十世紀へと橋渡しするのに大きな役割を果たしたのがマラルメの『エロディアード』であった。

## 割れた柘榴

マラルメはハイネのエロディアード、恋する絶世の美女たるエロディアードを引き継いで自作の主人公とした。さらに、マラルメがハイネの詩から受けたと考えられる影響には、もうひとつ重要なものがある。ハイネはエロディアードの「やわらかな柘榴のような唇」を描いている。この柘榴こそ、マラルメがエロディアードを思い描く際、中心的な役割を果たしたイメージなのだ。ハイネの詩で読んだ柘榴の語が、マラルメの想像力の出発点となった可能性は小さくないだろう。

この柘榴とエロディアードの結びつきについて、マラルメは一八六五年二月十八日、ルフェビュールへの手紙で述べている。少し長くなるが、作品成立に関する重要な情報が多く含まれるので、前後を含めて引用しておこう。

エロディアードに関して送ってくださった詳細に感謝致します。ただ、私はそれを用いません。私の作品の最も美しいページは、この神々しい「エロディアード」という名のみを含むページとなることでしょう。私の霊感《インスピレーション》はわずかなものですが、それもこの名のおかげで得たものなのです。ですから、もし仮に、私の作品の主人公がサロメという名であったとしても、この暗い語、割れた柘榴のように赤いこのエロディアードという語を、私自身で作り出したことでしょう。それに、私は彼女を純粋に夢見られた存在、歴史からは完全に独立した存在に作り上げたいと思っています。おわかりいただけますね。ダ・ヴィンチの弟子たちやフィレンツェ派の画家たちもこの愛人をもち、私と同じ名で彼女を呼んでいましたが、彼らの絵画を引き合いに出すつもりさえ、まったくありません。

けれど私は、私の悲劇を書き上げられるでしょうか。私の惨めな脳みそはまったく集中力を欠き、門番が箒で掃き出すどぶ水のようです。私は腰抜けです。あるいは頭が鈍く、生彩を欠いた哀れな人間なのでしょう。ときにわずかなひらめきを取り戻すことはあっても、八百行にわたって輝き続けることはできないのです。

翻訳するとわからなくなってしまうのだが、エロディアード Hérodiade と柘榴 grenade はフランス語では -ade という音で韻を踏む二語である。もちろんドイツ語でこの二語は音韻上のつながりはもたないから、ハイネはたぶんそれを意識してはいない。ドイツ人の妻を持ちながらドイツ語ができなかったマラルメは、フランス語訳で『アッタ・トロル』を読んだに違いなく、そこでこの二つの語の連関に強い印象を受けたのだろう。

「割れた柘榴」は言うまでもなく女性の性の象徴である。『エロディアード――舞台』の直後、一八六五年に書かれたと考えられている『牧神の午後』の未定稿では、その結末近くに次のような詩句が見られる。好色な牧神《フォーヌ》が、自らの欲望を満たしてくれるような世界を妄想するというシーンである。

おれは満たされている！　すべてがここでは身を任せる。柘榴は開き、水は裸で散策に赴く。

ここと同様に、マラルメがエロディアードという語を「割れた柘榴のように赤い」と形容するとき、露わに成熟した女性性が想われているはずだ。

ただし、『エロディアード――舞台』において、Hérodiade と grenade の二語を韻に置いた詩行は現れない。詩人たるマラルメがこの二語の音韻上のつながりに無関心であったわけがなく、不思議と言えば不思議ではある。

とはいえ、そもそも戯曲が未完成であることを思えば、その理由を推しはかることはそう難しくない。これまで見てきた通り、エロディアードが居室で乳母と話すというこの「場《シーン》」は戯曲『エロディアード』の全体において、序盤に置かれるべきものである。したがって、エロディアードという果実はここではまだ熟していない。劇の筋書きは、エロディアードが性的に成熟してゆくその過程を描くものだった、と仮定してみよう。劇のクライマックス、緊張感の頂点すなわち洗礼者ヨハネの犠牲が遂げられる瞬間、何らかのしかたで王女は女性として開かれる、すなわち、エロディアードは処女性を失う。これがマラルメの構想の大枠ではなかったか。だとすれば、閉幕で舞台を染め上げるのは、洗礼者ヨハネの血だけではない。『エロディアード――舞台』の初めで、王女が官能的な薔薇ではなく、色さめた白百合に喩えられていたのもこの結末との関連で考えなければならない。戯曲の結末では、百合の白い花弁が赤くそまり、真紅の薔薇となって咲き誇る。その変容こそ、マラルメが悲劇の枠組みによって舞台にかけたかったものではないか。

## 乙女の名

もっとも、マラルメの『エロディアード』において、奇妙な点はまさにここにある。つまり、マラルメにとって、エロディアードはつねに処女性の象徴として想像されているのだ。揚げ足取りのようであるが、これはまったく史実に反している。エロディアードが生娘であったならば、ヘロデ・アンティパスの宴席で踊ってヨハネの首を要求したというその娘・サロメは生まれてくるはずもないのである。というよりむしろ、先ほど引いたルフェビュールへの書簡から理解されるのは、マラルメはエロディアードの娘にサロメという名前を与えるのを避け、エロディアードという名前において想像したがっている、ということである。つまり、マラルメが想像しているエロディアードとは、ヘロデ・アンティパスと不義の結婚をした女ではなく、その娘、宴席で舞踏を披露し、褒美として洗礼者ヨハネの首を要求した娘のほうだ、ということである。

引用した手紙でマラルメは、エロディアードの物語に関する詳細を教えてもらったことをルフェビュールに感謝している。ルフェビュールはのちにエジプト学者になったほどの人物であるから、古代中東の歴史には詳しかっただろう。何を教えたのかは明示されてないが、マラルメの返信から推測するに、ルフェビュールは彼が陥っていた混乱を指摘したのではないか。つまり、きみが主題にとりあげている女はエロディアードではなくサロメという名であると正したのだろう。

しかし、マラルメの構想する『エロディアード』にとって、王女の処女性とその「割れた柘榴のような名」はともに必要不可欠であった。それを守るためならば、史実と離れることもいとわない、とマラルメは強弁する。作品を現実に従属させたくない、芸術は独立した世界として自律性を保つべきだ、というのは、たしかにマラルメの創作に貫徹する指針である。しかしそうは言っても、エロディアードというのはマラルメの意向とはかかわらず、歴史上の人物を指し示してしまう固有名詞である。たしかに、エロディアードの娘、宴席で踊ったという娘の名は福音書に現れないので未詳としてもよいだろうが、娘を母の名で呼ぶ、というのは、いかにもわかりにくい。みながサロメと呼んでいる人物をエロディアードと呼ぶなら、せめて一言註記してもらいたいものだ、とも思う。いや、実際マラルメも晩年にはこれが混乱を招くと気づいているのである。前章のおわりで引用した序文の原稿——一八九八年の『エロディアードの婚礼』序文——で、「私はエロディアードの名を残すことにした」と言っているのはそのためだ。「旧稿を見直す過程で、この主人公の名はわかりにくいから変更することも考えたが、そのままにすることに決めた」というのがその意だろう。

## 名に発する悲劇

たしかに、サロメの名が福音書に記されていないため、一九世紀前半くらいまでは、母の名を娘に用いるというような混乱があったのも事実のようだ。しかし、いずれにせよ、マラルメの時代すでに、エロディアードとサロメを混同することは誤謬だというのが教養人にとっての共通認識になっていた。歴史とは独立した人物だ、などと言いながら、正直なところマラルメも、ルフェビュールの指摘にはひやっとしたはずだ。しかしもはや後には引けない。マラルメが受けた霊感はエロディアードの名によるものであり、単純にそれをサロメに置き換えれば済むというものではない。

ここには当然、定型詩ならではの事情も関わっている。ごく初歩的な観点として、まずは音数について見てみよう。エロディアードという単語は、ふつうフランス語でHé-ro-diade というように、三音節として読まれる。それを定型詩の音律の規則では分音《ディエレーズ》と言って、Hé-ro-di-ade というように四音節で読ませる。それが朗読されるときにどの程度引き延ばされて発音されるか、どのような効果を生むのか、というのは難しい問題だが、ともかく、日常と違う発音を強いることで複雑な詩的感興へと誘うことは確かであろう。一方、Salomé というのは極めて明快な三音節の単語である。音節数で構成されるフランス語の詩句にとって、この二語は原理的に置換不可能である。もちろん問題は音数だけに留まらない。grenade（柘榴）以外にも、Eros（エロス）、rhod-（「薔薇」を表すギリシャ語の語根）、diamant（ダイアモンド）という言葉と響きあうこの語の音調から、マラルメは詩で展開するイメージを引き出した。主人公の名前を変えるなら、まったく別の作品にしなければいけない。いやそれ以上に、『サロメ』などという名の作品にとりかかる意味などない、とマラルメは考えたであろう。ここは当初の目論み通り、それが幻想であったとしても、『エロディアード』を書き続けなければならない。

Hérodiade と grenade という語の共鳴に出会ったとき、すでにマラルメの脳裏には、韻によって響きあうこの二語を種子として、そこから発芽する若木のように、潜在的な一対の詩句の音楽、戯曲『エロディアード』の最高潮において響くべき決定的な和音が生まれていなかっただろうか。そして、脚韻から遡行的に作られてゆく詩句のように、結末の赤く熟した女性たるエロディアードから、冒頭の白く冷厳な乙女たるエロディアードに至るまで、悲劇の全体が逆さに生まれてくるような幻想を、マラルメは抱いたのではなかったか。

しかし、現実の世界においてこの種子を芽吹かせることは至難の業であった。さきの書簡で、マラルメは「私の作品の最も美しいページは、この神々しい「エロディアード」という名のみを含むページとなることでしょう」などと言っている。文学青年らしい気負った台詞であるが、これは結局、詩行を練るという詩人の仕事の放棄とも読まれる。「エロディアード」という名のみが記されたページとは、タイトルを記したページに他ならない。マラルメはこのタイトル・ページの向こうへと筆を進めたところで、それより美しい作品は生まれないだろう、と言うのだ。これは悲痛な告白である。一枚の紙に題名となる乙女の名を記す。その上にはやがて柘榴やダイヤの粒が現れ、その一つひとつに火がともり、きらめきが反射し合って変転する。目も眩むような光の綾を夢見ながら、しかし、実際の詩句は一行も生み出せない。そのような夜を、マラルメは幾度過ごしたことだろう。

詩人は夜な夜な、イドマヤの夜に通い、王女と結ばれようと画策する。彼の目論みは、露骨な言葉を避けずに言えば、この王女、第三章で引いたテオドール・オバネル宛の書簡の言葉によれば、「黄金のように冷たい髪をもち、重たい装束を身につけた不妊のエロディアード」を孕ませることであった。エロディアードを女性として成熟させること、処女性をはぎとり、種を受け入れる土壌とすること。それさえできれば詩は結実するだろう。そのために、まずは冷徹な乙女たる白百合の彼女を舞台に乗せる。ひとたび舞台に上ってしまえば、あとはその悲劇的宿命にしたがって、エロディアードは紅く染まりゆき、女となって開くだろう。この結末に至ったとき、詩人の不毛も克服される。彼と王女の婚姻の証たる悲劇は、二人の子として生まれてくるはずだ。

――マラルメがすべての希望を賭けて幻想していたこの理念的な婚姻は遂げられないだろう。エロディアードは彼の手には落ちず、詩が実ることもない。

さて、前置きが長くなったが、『エロディアード――舞台』の終盤を読んでいこう。乳母とのやりとりが落ち着き、再び王女へと発話の主導権が戻ってくる。

N
宿命の手に委ねられた哀れな生け贄よ！

H
そうだ、ただ己のためにだけ、私は索漠と咲くものだ！
お前たちにはわかるだろう、賢しく輝かしい深淵に永劫に
埋《うず》もれる紫水晶《アメジスト》の花園よ、
そして原始の土の昏い眠りの底に
古代の光を匿す未知なる黄金よ。
汝、貴石たる紫水晶よ、純粋な宝飾の如き私の眼は
旋律豊かな光をおまえから借り受けた、そして汝、

金属たる黄金よ、このうら若き髪に、
宿命の輝きと重々しい威厳を与えたのはおまえであった！
さて、そなたにあっては、狡猾な世に生まれ、
謎めく暗窟の悪意のために生きる女、
死すべき人間について語る女よ、花弁たる
この衣から、近づきがたい悦楽を含む香気が、
私の裸体の白い戦慄《わなな》きが現れるなどと口走る女よ、
次のとおりに預言を告げよ！　すなわち、夏の暖かい碧空にこそ
女性は必定紗を脱ぐものといえど、
若しその碧空の、瞬く星の如く羞じらう我を見ることがあらば
我死なん、となﾞ。

　　　　　私は処女たることの恐怖を愛する。そして
この髪が私にもたらす畏怖の裡に生きることを願うのだ。
夜には、臥《ふ》し所《ど》に退きさがり、犯されえない
蜥蜴となって、不用の肉体に
ほの暗い汝の光の冷たい煌《きら》めきを感じよう、
死んでゆく汝、純潔に燃え立つ汝、

汝、冷酷な雪と氷片の白夜よ！

そして、おお、私の永遠の姉よ、貴女の孤独な妹である
私の夢はそちらへと上ってゆくだろう。すでに私は、
そのような夢を見ては稀有なる澄み切った心を得、
単調な私の故郷にただ一人生きているように思うのだ。
そしてまわりではすべてが、ダイヤモンドの明るい眼差しをもつ
エロディアードを、眠る水面の静けさのうちに
映し出す鏡を崇め祀《まつ》って生きるのだ！
おお！　究極の魔術！　然り、そう感じ、私は独りである。

### 隠れた理想

詩作に挑むマラルメに、動かしがたい公理のような壁が立ちはだかる。永遠の美とはつれないものので、滅ぶべき運命の人間などに見向きもしない、というものである。詩人は自身の理想へと到達できず、惨めな生を甘受しなければならない。

詩人が、自身の目指す美と結びつくことができないということは、マラルメ以前、すでにボードレールが理想と現実の背反として繰り返し描き出したところである。たとえば、散文詩集『パリの

N.

Victime lamentable à son destin offerte !

H.

Oui, c'est pour moi, pour moi, que je fleuris, déserte !
Vous le savez, jardins d'améthyste, enfouis
Sans fin dans de savants abîmes éblouis,
Ors ignorés, gardant votre antique lumière
Sous le sombre sommeil d'une terre première,
Vous, pierres où mes yeux comme de purs bijoux
Empruntent leur clarté mélodieuse, et vous,
Métaux qui donnez à ma jeune chevelure
Une splendeur fatale et sa massive allure !
Quant à toi, femme née en des siècles malins
Pour la méchanceté des antres sibyllins,
Qui parles d'un mortel ! selon qui, des calices
De mes robes, arôme aux farouches délices,
Sortirait le frisson blanc de ma nudité,
Prophétise que si le tiède azur d'été,
Vers lui nativement la femme se dévoile,
Me voit dans ma pudeur grelottante d'étoile,
Je meurs !
J'aime l'horreur d'être vierge et je veux
Vivre parmi l'effroi que me font mes cheveux
Pour, le soir, retirée en ma couche, reptile
Inviolé, sentir en la chair inutile
Le froid scintillement de ta pâle clarté,
Toi qui te meurs, toi qui brûles de chasteté,
Nuit blanche de glaçons et de neige cruelle !

Et ta sœur solitaire, ô ma sœur éternelle,
Mon rêve montera vers toi : telle déjà,
Rare limpidité d'un cœur qui le songea,
Je me crois seule en ma monotone patrie
Et tout, autour de moi, vit dans l'idolâtrie
D'un miroir qui reflète en son calme dormant
Hérodiade au clair regard de diamant..
Ô charme dernier, oui ! je le sens, je suis seule.

憂鬱』には「道化と美神《ウエヌス》」という作品がある。表題になっている二人の人物を中心とした散文詩であるが、実はこの二人とも、自然の恵みが日の光となって燦々と降り注ぐ庭園の彫像である。彫像を寓意として読み解く、という枠組みを定めたうえで、詩人は道化に自らの姿を重ねている。ボードレールは「最悪にしてもっとも孤独な人間」である詩人が、「私でさえも、永遠の〈美〉を理解し感じるように作られている」と言って美神の足下に涙するという光景を描き出す。結局、この詩は次のように閉じられる。「しかし、冷酷な美神はその大理石の目で遠く何かを見つめていた」。

一方、マラルメの美神の見遣る先は、もはや漠たる彼方ではない。〈美〉はただただ己を見て、絶対たる自身を欲望している。ボードレールの道化は哀願することでなんとか美神の慈悲を得ようとした。この哀願がそのまま悲歌となる、というのが長らくフランスのロマン主義のあり方でもあった。しかし、もはや泣いてもわめいても仕方がない。詩人にできることといえば、自己完結している〈美〉をかたわらから盗み見て、ささやかな慰めを得ることぐらいとなる。マラルメはカザリスに「〈詩〉は自分自身に惚れているものだが、僕の魂のうちにも、その詩が享ける快楽は落ちてきてくれる」と言っていた。詩人は〈美〉を造形する者などではない。ただひたすら受け身で、イデアとしてこの世の外に存在する〈美〉の示す媚態がふとした拍子に見えるのを待つばかりである。

もちろん、〈美〉はその姿を容易にさらそうとしない。百合や薔薇に喩えられるエロディアードが、花の比喩を忌避するようなことを言うことがあるのもそのためである。エロディアードはまず序盤、第三五—四九詩行で言っていた。己の髪は芳香を放って、人間たちに慰めを与えるようなことはない。それは花ではなく黄金である。いかなる香気も寄せつけず、ただ無機質の光を発する黄金、冷たく不毛な金属である、と。そしてこの終盤においてまた、花の比喩は別の形式で否定される。エロディアードは乳母にある予言を仮託する。「王女の衣は花弁である。それをおし開いたときにはある香気が起こるであろう。その香気こそ、容易には身を委ねようとしない王女の、白い裸体が打震える様である」と、乳母が言うと仮定するのである。エロディアードはその「仮の予言」を丸ごと否定し、誰かに裸体を見られようものなら自分は死ぬ、と、むしろそう予言せよと迫るのである（第一〇〇―一〇三詩行）。

## 香らぬ花

花も黄金も宝石も、美の表象としてはお定まりのものである。ただし、花はいずれ開き、香りとなって発散されることで、人間に自らの一部を譲り渡す。その点、金属や宝石は、光を反射することはあっても自らを減じて人間に働きかけるようなことはしない。これがエロディアードの依拠する類推《アナロジー》である。ここに引用した終盤部のはじめ、第八七詩行からの部分で、エロディアードが紫水晶《アメジスト》や黄金へ呼びかけて、己の瞳と髪の類縁とするのも同様の理由である。貴石も貴金属も、輝く野の花と同様に、ただし隠然と、自然の光に結びついている。紫水晶は花々のように色づき、黄金は原始の光を胎蔵しつつ地下に眠る。それらは深淵深く埋もれて現れようとはしない財宝、地表に現れて人間に賞玩されることがなくても自立している美である。

ここでマラルメが思い浮かべていたのは、次のボードレールのソネのはずだ。

不運

こんな重荷を持ち上げるのには
シジフォスよ、おまえのような意気も必要だろう！
仕事にかける熱意はあれど、
〈芸術《アート》〉は長く、〈時〉は短し。

名高い墓所を遠くはなれ
人跡まれな墓地へと
私の心は鈍く太鼓を刻むように
葬送の曲を打ちつつ進む。

数多の宝玉が眠っている
つるはしも鉛垂も届かない
暗黒と忘却に埋もれて。

数多の花が惜しみつつ
秘密のように甘い香りを放つ
深甚たる孤独の中で。

ボードレールの詩は不遇を嘆くのみではない。その基調は明るいものではないが、決して絶望へと誘うものではないだろう。シジフォスは、カミュの著書の題名にもなっているが、崖の上まで岩を持ち上げ続けるという永遠の苦役に服す神話上の人物である。しかし、その姿は働きの無益を説くために喚起されているのではない。シジフォスは困難な仕事に挑む芸術家の勇気の象徴となる。
そもそも、前半の四行二連は、日本でも『新体詩抄』（一八八二）以降よく知られているアメリカの詩人、ロングフェローの『人生讃歌 *A Psalm of Life*』を下敷きにしている。

光陰実に箭の如く　芸道最とも易からず
心ハ如何に猛く共　墓なく進む葬礼の
送葬大皷打つ胸ハ　音止めされたる大皷の音
最ともあハれにひゞくらん

（『ロングフェルロー氏人生の詩』井上巽軒《そんけん》［哲次郎］訳）

しかし、いくら絶望的ではないと言っても、この『人生讃歌』に和するほど能天気な歌をボードレールが歌うはずもない。もとのロングフェローの詩は質朴な教訓詩である。たとえば、「日毎〳〵に怠らず　今日ハ今日丈け一日の　功を立てねばならぬぞよ」とか、

此世の中ハ戦争ぞ　其戦争の中に居て
人に生れた甲斐もなく　人に使ハれ追はれつゝ
あゆむ羊や牛たるな　人に劣らず憤発し
功名手柄なすべきぞ

と歌って立身出世を奨励するロングフェローに、ボードレールはアイロニーと自恃をもって応える。人に知られなくとも、輝く石は輝き、匂う花は匂う。秘められた花は秘められているだけいっそう甘い。そして、自らの価値を知るだけいっそう、凡俗の手に渡らないよう、花は香を惜しみつつ発するものだ、と。

しかしマラルメにとってみればこのボードレールの自負も不徹底なもの、ということになるのだろう。誰もいないと思って発された香りを嗅ぎつけて、いつ俗人が〈美〉を穢しにやってこないとも限らない。花に喩えること自体が、理想の美にとっては躓きの石なのだ。もはやとりつくしまも

ない。マラルメの〈美〉にとっては孤立すること自体が規準になる。

## 閉ざされた光輝

乳母に鏡を持たせ、髪を梳く王女は言うまでもなく、自身に見入る〈美〉の擬人像である。エロディアードは、死すべき人間の女である乳母に触れることを禁じ、それどころか直接に見ることさえも禁ずる。そしてマラルメは、鏡のモチーフを様々に変奏する。執拗に、金属や宝石、水のモチーフを用いて鏡面と反射像ばかりを増大させる。あたかも、この「舞台《シーン》」は「〈美〉は自らの姿に見入る」というただその一事を、様々な角度から見せるためだけに設けられているかの如くである。ただ王女が鏡に映るだけではない。王女自身が鏡なのである。すでに序盤において、エロディアードの髪が黄金の鏡となって周囲の様子、部屋の装飾を幼少期から映し続けてきた、という描写があった。（第四〇—四一詩行）。そして、終盤に至って鏡を介した視線の錯綜はより複雑になって再現する。エロディアードの「単調な故郷」では、周囲のすべてのものが、王女を映す鏡を崇めて生きる、という。「ダイヤモンドの明るい眼差しをもつ」エロディアードの視線は己に注がれ、周囲の万物は息を殺して、不動の彼女の姿を見つめる。（第一一三—一一六詩行）。それも、王女の視線を直に見るのではない。あたかもメデューサに立ち向かうペルセウスのように、鏡越しに崇敬するのである。

高貴な生まれの娘であるから、幽閉されているかのように、外界とは隔絶して育ったのだろう。

光り輝く王女の髪に居室の内部が映り、その髪を鏡が映す。合わせ鏡のようになった王女と部屋との間に入り込むことができたのは、乳を与えた乳母ぐらいのものであった。その乳母さえも今や遠ざけられる。部屋の内部において、王女の髪と鏡の間で光線が行き交い、不思議の綾が編まれようとも、それを見るものは絶無である。ちょうど、人を寄せ付けぬ厳寒の極地において、白夜に照らされ冴え冴えと輝く氷片のように（第一〇七—一一〇九詩行）。〈美〉は人間と関わりを持たない。

次に引く『舞台』の結末において、エロディアードは乳母に退出を促しつつ、窓を閉め切るように依頼する。燭台が灯り、「軽々とひるがえる火と燃えつつ、虚ろの黄金に包まれた蠟が無縁の涙を流す」。外光から閉ざされた室内に、弱々しい黄金の火が揺れ、妖しい光が満ちる。こうしてこの「場《シーン》」は閉じられる。「虚ろの黄金」とは燭台の灯のことで、手に取れるような金の実体がないことから「虚ろ」と呼ばれるのであろう。ここには前に読んだ『未来の現象』の結末と同じ光の効果を見てとれる。独り書斎に引きこもって、ランプの光のもと、「栄光の幻影に脳髄を酔わせ」る詩人と同様、エロディアードも、人工の光が作り出す幻想に閉じこもる。

もちろん、乳母にとってみればこれは看過しえない事態である。王家の娘を任せられて、世にも稀な美貌の姫君としたのは手柄であろう。しかし、その姫が人に知られず自らのために咲けばよいなどと言い出したのでは本末転倒である。女の幸せとは然るべき家柄に嫁ぐことで、美などはその手段でしかない。乳母はあくまでも人の世知に立つ者である。「一人きりで伸びる花の悲しさよ。水中に力なく見遣る己の影の他に揺らぐ心もないものか」（第七六—七七詩行）。乳母がナルシスの神話を引き合いに出して王女を揶揄するこの二行は、古典的な均整を備えて美しく、余韻と示唆に富んでいる。それだけに、この「哀れみと皮肉」は王女を苛立たせる。美を何ものかに従属させる人の習いをこそ、エロディアードは拒むものだからだ。

いくら乳母が年長者の権威をもって、「生娘が自分の美しさを鼻にかけたところで、それはいずれ萎むものだ」などと言ったところで、エロディアードには通じない。それは死すべき人間の知恵にすぎない。もちろん、王女とはいえ生身の人間である。しかし、人間が不滅の美を備えるはずもないなどと、常識で説得しようとしても無駄である。エロディアードは乳母のような年まで生きるつもりはないだろう。『舞台』冒頭でいみじくも述べるように「美とはそもそも死」である。王女は自分の美を識って以来、死んだも同然なのだ。「穢れのない我が髪が黄金の急流となって私の体を浸せば恐怖に身が凍る」と宣言するとき、王女が言うところの「恐怖」とは、すでに死を先取りしているがために抱かれる、抽象的かつ限界的な感情である。エロディアードの美が完成されればされるほど、人間としての彼女は不動のうちに閉じ込められる。石や金属に同化してゆくのである。

そしてこの死は単にエロディアード個人の死ではない。王女が未婚のままに死ぬということは、彼女が潜在的に生み残す可能性のある子、その子の子、彼女の血統のすべてが失われるという事態である。だからこそ、一〇三行目で「処女であることの恐怖を愛する」と言って、エロディアードは処女性と死を結びつけるのである。絶対の美が帯びる鉱物的な「冷たさ」は女性の「冷感」すなわち「不毛・不産」の表現でもある。

＊

N

では、死んでしまわれますのか？

H

　　　　　　　　否、あわれな祖母よ、
静まり、罷《まか》れ、されどかたくななこの心を許されよ。
だがその前に鎧戸を閉ざしてくれないか、碧空が
熾天使のように、深い窓の向こうで微笑むのだ。
この私が、美しい碧空を憎んでいるというのに！
　　　　　　　　　　　　　　　　　　　　　　波が
たゆたう、その彼方のある国では、
不吉な空の投げかける眼差しを、
夕べ葉叢に燃える金星《ウェヌス》が憎悪するというではないか。
いっそ其処へと旅立とうか。
　　　　　　　　　　そしてまた

児戯とも申されようが、燭台を灯せ。軽やかな火を宿す蠟が
虚ろの黄金に包まれて無縁の涙を流すかの燭台を。
そして……

N
それでは？

H
さらばだ。

おまえは嘘をついている、裸形の花たる
我が唇よ！
私は未知なるものを待望するものだ。
あるいはもしかすると、神秘と己の叫びの何たるかも知らず、
おまえが投げかけているものは、
身につけた冷たい宝玉が引き離されてゆくのを
夢想にまどろみつつ感じている幼年《アンファンス》が
最期に上げる無惨な嗚咽であるのかもしれぬ。

極限の美

以上が『エロディアード――舞台』の結末である。読者には、マラルメの提示する極限的な美に驚きつつも、しかし、なにやら懐疑のようなものが生まれてくるのも否みがたいことのように思われる。不器用な言い方になってしまうのだが、つまり、詩の目的とは、美の観念について教えることなのだろうか。人間たる我々の切実な願いとはむしろ、その観念を体現する王女、絶対的に美しいエロディアードをこの目で見ることではないだろうか。王女は自分の何を美しいと言っているのか、それをここに見せてみよ、という読者の要求に、詩人はどう応えてくれるのか。

マラルメはこう言うかもしれない。つまり、絶対の美とは、女性の優美さなどでは断じてない。エロディアードというのは美が垂迹したかりそめの姿、一種の比喩にすぎない。永遠の〈美〉自体は人間の目には映らない、と。それは人間とは独立して存在するある現象、見るものがいなくても現れる光輝なのだ、と。しかし美を完全に人間から切り離してしまったとき、たとえば王女の美が宝玉の輝きそのものであるとしたときに、この空虚な光学的現象への変容は、むしろ退嬰《たいえい》と呼ぶべきではないか。

もちろんマラルメは、孤立することを強迫的に指向するこの〈美〉の倒錯に気づいている。だからこそ、死すべき人間たる乳母を軽蔑している王女は、「乳母よ、私は美しいか」、と、なおも問うのである（第五二詩行）。永遠の〈美〉もやはり、他者を、自分の美しさの証人を求めざるをえない。

N.

Madame, allez-vous donc mourir ?

H.

Non, pauvre aïeule,
Sois calme, et, t'éloignant, pardonne à ce cœur dur,
Mais avant, si tu veux, clos les volets : l'azur
Séraphique sourit dans les vitres profondes,
Et je déteste, moi, le bel azur !
Des ondes
Se bercent et, là-bas, sais-tu pas un pays
Où le sinistre ciel ait les regards haïs
De Vénus qui, le soir, brûle dans le feuillage :
J'y partirais.
Allume encore, enfantillage,
Dis-tu, ces flambeaux où la cire au feu léger
Pleure parmi l'or vain quelque pleur étranger
Et..

N.

Maintenant ?

N.

Adieu. Vous mentez, ô fleur nue
De mes lèvres !
J'attends une chose inconnue
Ou, peut-être, ignorant le mystère et vos cris,
Jetez-vous les sanglots suprêmes et meurtris
D'une enfance sentant parmi les rêveries
Se séparer enfin ses froides pierreries.

乳母が「まさに星でいらっしゃる」と答える、この「星」はフランス語でastre、惑星や月をも含む天体のことだが、しかしいずれにせよこのようなありきたりな比喩に「絶対の美」が満足できようはずもない。けれど、どうしたらよいのか。黄金のように、花のように美しい、などと、言葉を重ねても仕方がない。なにしろ、絶対的に美しいわけだから、喩えようもないくらい美しいのである。『舞台』の終わりでエロディアードが退場させるのは乳母のみではない。〈美〉を言い表すことのできない人間の言葉も、エロディアードは拒否するのである。

あるいは視点を変えてこう問うてみようか。人間には姿を明かさない〈美〉も、〈美〉それ自身には見えるだろう。ならば、エロディアードは鏡の中に何を見ているのか。

ところが、彼女は自身を鏡だと言う。そうであれば結局、彼女にも自分の姿など見えていない。というのはそもそも、鏡、正確に言うならば鏡面を見ることなどできないからだ。鏡を絵に描く場合を考えてみればよい。描かれるのは鏡自体ではなく、そこに映る像である。写真にしても事情は同じである。マラルメとルノワールが鏡を背にして映っているよく知られた写真がある（図八）。しかし、これが鏡だとわかるのは、後ろに映っている三人の人物のうちの一人（顔は過露出によって消えているが、ドガとされている男性）が操作しているカメラがそこにとらえられているからにすぎない。「鏡それ自体」は映っていない。

結局、エロディアードが見ているのは、合わせ鏡の間に生まれる虚像ということになるだろう。〈美〉とは結局、はるかに折り畳まれて続いてゆく、無限の居室の像なのであろうか。もちろん我々が、エロディアードと部屋の間に生まれるその「姿」を見ようなどと考えれば、お笑い種である。合わせ鏡の間には何が映っているのか。それを見ようとして、二枚の鏡に割って入って見ても、この世の肉体を備えた我々は、自分の間抜け面が無限に連なるのを見るばかりであろう。そうではない。重要なのは、私がそこにいないとき、合わせ鏡は何を映しているのか、という観念的な問いである。ところが、この問いへの、完璧に観念的な答えは、「何も映していない」ではないか。合わせ鏡を純化すればするほど、つまり、鏡の反射面を広げ、視線を鏡面に集中させればさせるほど、映るものは減ってゆくだろう。この思考実験から得られる教訓とは結局、絶対の美とは、空虚に他ならないということである。

図8　マラルメ（右）とルノワール（1895年、ドガ撮影）

マラルメはやがて、「〈思考〉が己を思考して純粋観念に達する」というような抽象的な考究に絡めとられてゆくだろう。前にも引いたこの言葉は、一八六七年のカザリス宛書簡に見られるものである。しかし、一八六五年の時点、マラルメが『エロディアード』に取り組んでいた時点ですでに、鏡に向かう王女を思い描くその想像力は抽象へ強く傾く契機を秘めていた。

もちろんこのとき、マラルメの対象はまだエロディアードという名を持ち、洗礼者ヨハネの斬首に結びつく王女である。しかしその王女が、夜、居室にひとり閉じこもり、灯火に浮かび上がる裸体を鏡に映す。すると、確かにそこにある肉体、〈美〉そのものであるはずの肉体は、すでに霧散して跡形もない（第五〇—五一詩行）。彼女が己の不在を見て戦慄するのは、それが人間としての死を意味することを理解するからである。

あるいは、人心地が戻ってくれれば、鏡の純粋性も堪えがたくなる。するとエロディアードはそれを金属の単なる表面とは別のものとして想像する。鏡はその底に何かを隠したまま凍てついた泉のように、直接に触れられないが、しかしなおある深さを備えるものと見られる（第四七詩行）。エロディアードがその深さに探るものとは、たとえば過去の経験、記憶である。枯れ葉のように散乱した記憶をかき集めることで、彼女は、すでに遠く、ぼんやりと浮かぶ影のように頼りないものとなってしまった自己を取り戻そうとするだろう。

おとずれ

鏡の像に自己を見るか美を見るか、揺れ動きながら、しかしいずれにしろエロディアードは鏡の前から離れられない。この、鏡に見入る王女の上に幕が下りて『舞台』は閉じられる。

生まれてからずっと過ごしてきた居室、「単調な故郷」に閉塞するエロディアードは確かに不吉な映像である。この、死と絶対の美を閉じ込めた密室こそ、王女の「宿命」としてマラルメが提示するもののようでさえある。しかし、そのような解釈は誤りであろう。ここで忘れてならないのは、この『エロディアード――舞台』が断章でしかないということである。美に魅入る王女というこの最終的な映像を、マラルメは暫定的な帰結としか見なしていないはずだ。エロディアードが予感する宿命、マラルメが悲劇『エロディアード』を完成させることによって成就させようとした宿命は、すでに見たように、これとは別のものである。エロディアードが血に染まる薔薇ならば、それは空虚な美に閉塞してゆくのとは逆の道を辿ったときに見出だされる花に違いない。

この宿命について、エロディアードは『舞台』の終わりに繰り返し言及している。まだ漠然たる予感として示されているにすぎず、マラルメがどこまで具体的な構想を持っていたのかはわからないのだが、一言でいえばそれは居室の外部の到来である。その外部を、マラルメは碧空、「熾天使のように、深い窓の向こうで微笑む」碧空に象徴させている（第一一二〇―一一二二詩行）。熾天使は三対の翼を持ち、神への愛で燃え立つという最上位の天使である。その微笑みとは、澄んで光に満ちた青空、果てのない広がりへと王女を誘い出す力のあらわれと考えてよいだろう。王女は、ひとたびはその碧空を憎む、と言う。しかし、その憎悪の裏にあるのは乙女の羞じらいにすぎない。エロディアードは『舞台』の中盤ですでに、碧空に裸体をさらすようなことがあるならば、自分は死ぬだろう、と言っていた（第一〇〇―一〇三詩行）。

それが証拠に、終幕にあたってエロディアードは、一旦口にした碧空への憎悪を、「裸形の花である昏」による「嘘」だと言って翻す。乳母の退出したあと、舞台上に独り残ったエロディアードは、「未知なるものを待望する」と言って己の深い願望を認めるのである。未知なるもの、とは城の外から到来するものだろう。はるか太古、獅子にまで遡ると伝説が言うところの王族が住み続けてきたこの城の外から、何者かがやってきて、エロディアードを女にする。それはもはや、祖先の霊が獅子に化けて娘の素足を窃視する、というような、なまぬるい土着性の幻想ではない。もちろん、王女の「単調な故郷」に侵入して、生身の血を流すこの者は、悲劇『エロディアード』の筋書きにおいて洗礼者ヨハネの姿をとるはずである。

到来が宿命であるならば、それは王女が待望するかどうかということなどお構いなしに、来るときには来るだろう。彼女はどうやらその避けがたさもすでに感じ取っているようだ。碧空を呪って王女があげる呪詛の声は、幼年《アンファンス》の無惨な断末魔である。成熟の時は迫っている。やがて開いた柘榴からは真紅の小球が零れ落ちるだろう。しかし今はまだ悲劇の序幕にすぎない。柘榴の神秘をまだ王女は知らず、その意識は薄暗い黄金の光に包まれてまどろむ。しかし詩人は、眠る幼年のその夢の中に、冷たい宝玉の連なりが破られるという宿命的情景を小さく描き込んでいる。

## 宿命の成就

我々読者にとって一番気にかかるのは、悲劇『エロディアード』の示すこの宿命が具体的にどのように成就するのか、ということであろう。マラルメが『舞台』の最後で予告する「碧空の到来」はどのように起こるのか、「微笑む熾天使」として現れるはずの洗礼者ヨハネとエロディアードの間にどのようなやりとりが為されるのか。このような疑問に、しかしマラルメは結局答えを出していない。というのも、この「エロディアードの身繕い」という「場《シーン》」に一定の形を与えた後、マラルメの筆はその次の「場」へとは進まなかったからだ。

『エロディアード──舞台』が最初に出版されたのは一八七一年、ちょうどマラルメがパリに出てきた年で、当時の新進詩人の機関誌『現代高踏派』第二集に収録されている。もっともこの出版は普仏戦争とパリ・コミューンによって遅れることを余儀なくされたもので、マラルメはすでに一八六九年三月に最終稿を送っている。しかもこのとき、つまり『現代高踏派』掲載時には『エロディアードの詩に関するかつての演劇的習作の断章』という、回りくどい、見方によってはかなり言い訳めいた題名が与えられていた。さらにマラルメはその翌年、カザリスへの手紙で、まだ出版前だったこの作品について次のようにも語っている。「けれど、君はその古い詩をすでに知っていたじゃないか。もうそれについて話しても仕方ない。僕はそれから随分遠ざかってしまったんだ」。

つまり、すでに一八六九年ごろには、マラルメはこの作品を、自分の現在の詩境とは隔絶したものとして扱っていることになる。ここにある王女と乳母の対話、「エロディアードの身繕い」の「場《シーン》」は、あくまでも未完の断章、早々に乗り越えられた二十三歳のマラルメにすぎない。

実は、一八六五年ごろのマラルメと演劇の関わりは、もう一つの代表作『牧神の午後』も絡むので複雑であるが、ここではとりあえず、『エロディアード』に限って話をしよう。一八六五年十月にテオドール・オバネルに宛てて書いた手紙からは、マラルメが『エロディアード』をもはや「悲劇」ではなく「詩」として書き進めていたことがうかがえる。これはマラルメが期待していいたフランス劇場《テアトル・フランセ》での上演が頓挫したことによる決断である。これによってマラルメは、台詞の形式や上演可能性の問題など、戯曲を書く上でのさまざまな制約から自由になった。この章で読んできた「舞台《シーン》」がト書きや舞台設定が廃された断章として提示されているのは、このときの構想変更の反映である。

この段階で、純白の王女から真紅の王女へ、という悲劇的な進行をマラルメが完全に捨ててしまったのかどうか。いずれにせよ、その筆はむしろ「エロディアードの身繕い」の場よりも前にさかのぼることになる。同じ年、一八六五年末にアンリ・カザリスに宛てた手紙によれば、詩人は「不可思議な序曲」を書き始めている。「序曲」はその名前からして作品の冒頭に位置することが明らかだが、残された草稿によれば、それは十二音綴詩句《アレクサンドラン》で百行に若干満たない長さの「詩」である。台詞の体裁は取られていない。これはマラルメがすでに劇詩の形式を諦めていたせいだと考えることもできるのだが、ただし、よく読めばこれは乳母を話者としていることがわかる。つまり「序曲」は悲劇『エロディアード』に先立つ前口上として、始めに舞台にひとりで姿を現す乳母が述べる独白《モノローグ》にもなりうるのである。したがって、この時点でもマラルメの構想はまだ当初の悲劇の延長線上にあると考えるべきであろう。

マラルメはこの「序曲」に一八六六年初頭まで取り組み、一定の体裁を整えた。そのことは、きちんと定型詩の韻律を満たした浄書の草稿が残されたことからわかる。しかし、このころからマラルメの精神状態は執筆を許さないほどに悪化してゆき、エロディアードを巡る試みは長い中断に入る。「序曲」は詩人の死後に発見されるまでお蔵入りということになった。

一八七一年、首都パリに住み始めたマラルメは、健康を回復し、文筆活動を再開する。しかし、現在残っている資料から察する限り、エロディアードの主題からは遠ざかったようだ。再び本腰を入れてこれに取り組むのは一八九八年、マラルメが没する年のことだと考えられている。この、死の直前に執筆していた「エロディアード」、すなわち、『エロディアードの婚礼』という総題でまとめられるはずであった作品は完成しない。結局、エロディアードを明示的に主題とする作品でマラルメが発表しえたのは一八六五年作の『舞台』のみ、ということになった。『エロディアードの婚礼』の未完の詩稿が詩人の遺志に反して出版されるのは、実にその死後半世紀以上を経た一九五九年のこととなる。

### 放棄された悲劇

ここで、未完の『エロディアードの婚礼』について述べることは諦めよう。ただし、晩年のマラルメが長年の詩想に決着をつけようとして取り組んだこの作品群において、一八六五年当時に想定していた悲劇的脈絡は完全に消滅している、ということは付記しておきたい。筋書きそのものが暗示的にしか感じられないこの組曲風の連作詩には、「宿命」というような必然性の連鎖ほど異質なものはない。

マラルメがかつて夢見た悲劇を完成させる方針をとらなかったのは、創作意欲の減退というようなことではないだろう。「ときにわずかなひらめきを取り戻すことはあっても、八百行にわたって輝き続けることはできない」などと言って嘆いていた青年期の無力感はとうに克服されている。そもそも、この時代のマラルメにとって、創作の困難とは韻文の規則に従って音綴を連ねてゆくことに伴う技術的問題ではなかったはずだ。もちろんだからといって、詩人として大成したマラルメがその気になれば八百行の大作を作ろうと思えば作りえた、というような話ではない。しかしマラルメは己の文学的使命についてすでに明晰な意識を得ており、必要とあれば、それに従って創作の枠組み自体を作り出す力を備えている。

一八八〇年代以降、壮年期のマラルメの詩業が様々な手段で揺さぶろうと画策するのは、何事か、不可逆的な出来事が起こり、それが連鎖して作られてゆく唯一不動の現実、というような観念である。もちろん、そのような現実は厳然としてある。「あるものはある」ということで、これはひっくり返しようがない。しかし、そのような「現実」とは別に、それに平行して走るものとして「虚構《フィクション》」があるのではないか。つまり「ないものもある」。これが、マラルメがこっそりと現実の内奥に滑り込ませようとしていた命題であった。詩が存在するとすれば、それはそのような「虚構《フィクション》」としてでしかありえない、そう突き詰めて考えていたマラルメは、もはや、悲劇というような既存のシステム、模倣《ミメーシス》の規範にしたがって、エロディアードの身に起こる「神秘」を表象しうるとは考ええなかったはずである。八百行なら八百行、完璧な詩行を積み上げることさえできるなら、それと同時に、エロディアードの宿命も達成され、完成した作品がこの世に生れ落ちる、というような安直な熱情の延長線上には、詩人マラルメの達成は位置づけられない。

しかしもちろん、一八六五年、ひとり書斎に籠る彼はそのことを知らない。彼はまだ、宿命の強固な鎖となるように詩句を鍛え上げ、悲劇を現実の世界に生み出さなければ己の未来は開けぬ、と、そう信じて焦燥する青年である。

# 第六章　生まれなかった王女

紗布《レース》が己を廃する
〈至高の遊戯〉を疑いつつ
冒瀆のように開いて見せるのは
ただ寝台の永遠の欠如ばかり。

この斉一の白い衝突
ある花房《ガーランド》がそれ自体にぶつかれば
逃去って青白いガラス窓に凭《もた》れ
埋葬せずにたゆたうばかり。

けれど、黄金に色づく夢を見て
マンドーラは悲しく眠る
音楽を生む虚無を抱え

あたかもどこかの窓辺に
その腹のみにしたがって
生まれる子でもありえたかのように。

### 三幅対のソネ

年代は一気に下って一八八六年、マラルメ四十四歳の年に発表されたソネである。『エロディアード』を読んだ後で急に二十年の時間を跳躍するのにはそれなりの理由があるのだが、それは後に触れることにして、まずはこの詩を読むこととしたい。

青年詩人の習作という印象が拭えない『エロディアード――舞台』とは異なり、マラルメが詩人として独自の言葉遣いを獲得した後の作品である。そうであるだけに、これは一段と難しい。まず、どう読むべきかがわからない。この詩には、我々がふつう抒情詩に期待するようなものがまるで欠けているようにさえ見える。理解の困難は、マラルメの時代と我々の時代の「詩」に関する知識の差や文化的な観念の違いによるものでさえない。マラルメがはじめてこの詩を発表したときにも、読者の多くは――我々とまったく同じようにしてではないにせよ――面食らったはずだ。翻訳を読んでもなんのことやら、訳者の手腕不足と言われればその通りなのだが、難しい詩を易しく直すのも作者の意図を裏切ることになりかねない、と、ふたたび言い訳しておこうか。

Une dentelle s'abolit
Dans le doute du Jeu suprême
À n'entrouvrir comme un blasphème
Qu'absence éternelle de lit.

Cet unanime blanc conflit
D'une guirlande avec la même,
Enfui contre la vitre blême
Flotte plus qu'il n'ensevelit.

Mais chez qui du rêve se dore
Tristement dort une mandore
Au creux néant musicien

Telle que vers quelque fenêtre
Selon nul ventre que le sien,
Filial on aurait pu naître.

紗布が己を廃する……

一八八六年、『独立評論《ルヴュ・アンデパンダント》』誌にこの詩を発表したとき、マラルメは、八音綴詩句《オクトシラブ》三篇、十二音綴詩句《アレクサンドラン》一篇、計四篇のソネを掲載している。とくに、このソネを含めた八音綴詩句《オクトシラブ》三篇にはローマ数字で番号がふられており、三幅対として提出されていることがわかる。この詩は第三番目、連作の最後に置かれた作品、ということになる。

この連作ソネ三篇はいずれも室内の調度をテーマとした作品である。その前提さえわかればだいぶ様子もつかめてくるだろう。冒頭に出てくるレースはカーテンである。ベッドが云々されているから、これが寝室だということもわかる。前半八行から後半六行に移行するときに何がしかの転機があるのはここまでに読んできたソネと同様である。後半ではこの寝室の窓辺に置かれているらしいマンドーラという楽器が描写される。マンドーラは例によって古楽器。大型のマンドリン、というよりも、マンドリンとはマンドーラに縮小辞をつけて「小型のマンドーラ」と名づけたものである。

しかし、またどうして寝室の光景を描かなければならないのか。そんなものが詩になりうるのか。寝室と楽器の関係は如何、等々と様々な疑問が読者のうちには湧くだろうが、しかしここはもうしばらく辛抱して、マラルメの言葉を整合的に読み解くことからはじめたい。情景を構成する要素は、ここまでしてきたように登場する名辞を列挙すればわかる。カーテンと、ベッド、それからマンドーラ、これでおおよそすべてである。しかし、それらの要素がどのように組み合わされているのか、という統語《シンタックス》がわからなければ詩の意味は取りようがない。

ベッドのない寝室

冒頭の一行は、用語が特殊だが複雑さはない。カーテンとなっているレース編みの布が己を廃する。Abolirとは「廃止する」で、フランス語ではふつう「法律を廃止する」とか「死刑を廃止する」とかいう文脈で使われる言葉である。マラルメが偏愛した語なので頻繁に使われているが、そのわけはというと、よくわからない。いずれにせよ、「消し去る」あるいはもう少し暴力的に「破壊する」というような一般的な意味でとっておくしかないだろう。ここでは再帰代名詞（英語でいえばmyselfやyourselfのような-self系の代名詞にあたる）とともに使われているので、「レースが自分自身を消し去る」というのが直接的な訳になる。ただしこれは、文字通りにカーテンが消えてなくなる、というのではなく、カーテンが開けられ、脇にまとめられて視界を遮らなくなる、という次第を比喩的に述べたものであることが、後続の詩行を読むと明らかになる。

さて、第二詩行であるが、これは本当に難しい。〈至高の遊戯〉が何を意味しているのか、これまでに多くの評者から様々な解釈が出されているが、まったく意見の一致を見ていないのである。定冠詞がつけられ大文字から書き出されているので、マラルメはあたかもこの遊戯が広く知られている事柄であるかのように振る舞っているのだが、少なくともフランスの一般的な教養の範囲で答えが見つかるようなものではないようだ。

そこで、この問題は少し後に検討することにして、まず前半八行のおおよその輪郭をつかんでおきたい。

窓辺のカーテンが開いて寝室の中を見せる、あるいは寝台《ベッド》の天蓋から下ろされたカーテンかもしれないが、それが開いて見せるのは、「寝台の永遠の欠如」である。「欠如」という抽象名詞が生硬な印象を与えるとすれば、「寝台がそこにないということ」、それも、永遠にないということ」である。寝室であるから、寝台があるのが当然で、それがない、ということが相応しからぬこと、けしからん、というわけで、それが「冒瀆」にあたる、とマラルメは誇張するが、ここには少なからぬ戯《おど》けがあるだろう。あるいはまた、カーテンが開いてそのような欠如を世にさらすことが「冒瀆」なのかもしれない。このあたり、八音綴詩句という軽妙な形式によるところもあって、マラルメの言葉遣いには決定しがたい揺らぎがある。

第二連第四行も、基本的には同じ状況の描写である。カーテンを窓際にまとめれば、布地と布地が重なり合う。それを「花房がそれ自身と、一斉にぶつかる、この白い衝突」という名詞句で表現したのが前半の二行。「衝突」という抽象名詞が具体的なものの在りようを描写しているので直観的な把握がしにくいが、抽象名詞を多用するのは第一連の「永遠の寝台の欠如」とも通じるマラルメに特徴的な表現手法であり、マラルメから所謂象徴主義の詩人たちに引き継がれて濫用されることにもなった。花房《ガーランド》は西洋の室内装飾で、古典様式の建築でレリーフになっていたりする。草花や果物を束ねて房状にし、上から吊るした飾り物である。マラルメは束ねたカーテンをこれに見立てている。

斉一の、と訳した unanime の語はもともと全員一致で、というぐらいの意味で、成り立ちから言っても un（一）＋ animus（魂）だから、人間あるいはすくなくとも生命を持ったものの集合以外に使うのは奇妙なのだが、これもマラルメが好んで用いる言葉である。生物でない家具調度の類いに魂を見るというのは、八〇年代以降のマラルメの作品に多い見立て。また、unanime という形容詞に関しては、閉じた扇のことを「斉一な襞＝折り目 unanime pli」と表現している例がある（この表現があらわれる『扇』と題された詩は本書の最後によむこととしよう）。ここも閉じた扇のようにぴったりと折り目の重なった状態のカーテンを指しているはずである。

窓辺を守っていたはずのカーテンが持ち場を離れて窓の脇に移動したことを「逃げた」と言っているのもまた、マラルメに特有のユーモアである。「逃げる」というのもマラルメが好む単語で、初期の詩篇から様々な含意で使われる。「埋葬するよりもむしろゆらゆらと揺れる」というのはわかりにくいが、カーテンの布地が広がってベッドを覆ったとしたら、それが「埋葬する」という比喩で表される事態であろう。畳まれたカーテンはそのような役割を果たさず、ただ無為のうちに揺れている。仮に誰かそこに死者が横たわっているのだとすればそれを覆うのが慎みというものだろうから、そのようにしないですべてを白日にさらすことが「冒瀆」と責められるのは道理である。カーテンの逃亡の罪はなかなか重い。

ただし、通常はしたないと言ってたしなめられるのは、男女の秘事が行われているにしろ、遺骸が横たわっているにしろ、もっとも私的《インティメイト》な場としての寝台を覗き見ることである。ところがここで「冒瀆」があきらかにするのはまさにその寝台が無いという事態、それも、たまたま見当たらなかった、ということではなく、永遠にそこには無い、という決定的な事態なのである。この種の顚倒を面白いと思えるかどうかが、マラルメの詩に興味を持てるかどうかの分かれ目になるかもしれない。

## 至高の遊戯

さて、ここで問題の〈至高の遊戯〉なのだが、この解釈が定まらない最大の原因は、jeu という言葉がもつ多義性である。まずは子供がするような「遊び」という意味であり、そこから「娯楽」、あるいは「ゲーム」「競技」、そこから「競技における動き」「演技・演奏」「芝居」「駆け引き」、あるいは、精神や器官の「働き」、あるいは複数の要素の「相互作用」、また光や水の「きらめき」、そして動きを許すような「余地、遊び」というように、極めて広い意味範囲を持つ。つまり、これが一体何の「遊び」なのか、ということが決まらないことには、意味をつかむことができないのである。

これまでに、様々な評者がこの詩の他の箇所との関連を吟味し、また、マラルメの他の用法に当たったり、フランス語の一般的な言い回しからの類推によって、この〈至高の遊戯〉の意味を探ってきた。ここで結論を出すこともできないので、代表的な三種の解釈を併記しておくにとどめよう。

まず第一に、この jeu を詩作の営為とする解釈がある。詩人は、日常的な使い方とは異なった仕方で言葉を用いる。これはマラルメの詩観の根本を規定する見方である。実用的な言葉の用法、たとえば意思を伝達して人を動かす、というようなやりかた、「真面目な」言葉の用法とは別のものとして、「遊戯」としての詩作があるのだ、という考え方である。言語を、定められた目的に従って使われる道具とみなすのではなく、自由に扱う余地をもった素材とするのである。こうして、「至高の遊戯」とは詩作を指す表現となる。マラルメはそれを人間の精神活動のうちでも最高位に置くものである。

次に、これを性愛の「遊戯」として解釈する方向がある。Jeu という言葉そのものに性戯の意味はないが、この解釈を採る評家はこれが寝室の情景であることを重視している。「至高の」という形容詞がむしろ猥雑なこの「遊戯」にかけられていることが気になるが、詩人のアイロニーと考えられなくもないし（第一章の「ナイトキャップのソネ」を思い出そう）またこの「遊戯」なしには人類の生命は誕生しないわけだから、それが「至高の遊戯」であることは否定しようもない。この詩の後半部ではマンドーラという象徴を用いてまさにこの生殖の問題が扱われているので、この解釈はその点からも整合性が高い。

三つ目は、jeu を昼夜の交代という「相互作用」とする解釈である。この解釈は、詩の映し出している情景をどの時間帯に置くか、ということと関わる。手がかりを詩の文言に求めると極めて乏しいのだが、第七詩行に「青白いガラス窓」という表現がある。ここに、夜明けの光を受けたガラスの様子を読み込むのである。第三章で読んだ『贈詩』という詩でも、窓を通って部屋に入ってきた夜明けの光に青白い pâle という形容詞が冠されていたが、それと同様の描写がここにある。

また、この詩が早朝の詩だという解釈は、別の方面からも支えることができる。『独立評論』誌での初出時だけではなく、その後別の媒体に再録する際も、マラルメはつねにこの詩を三幅対のソネの三番目として配置してきた。ここに他の二篇を引用して論証するのは省略するが（いずれもこの詩と同じくらい難物だから、きちんと読むのは相当に骨である）第一のソネは夕刻の、第二のソネは深夜の室内の様子を描写したものである。その線に従えば、最後に来るこのソネでは夜明けの情景が歌われる、というのが道理だろう。そして、夜と昼のせめぎ合いは、二元論的世界観をとるならば宇宙を支配する「作用」であるから、これを「至高の遊戯＝競技」と表現することは当然、という筋道になる。

ところで、第二行目の文言はこの「〈至高の遊戯〉の疑い」となっているわけだから、それぞれの解釈において「疑い doute」（英語の doubt に相当する）の語が何を指しているのか、ということを次に検討しなければならない。

まず、第一の解釈、すなわち、「遊戯」を詩作の意味だとする読み方において、この doute は詩が成るか成らぬか、という「迷い」の意味になる。すると、この詩はまったく、以前に『贈詩』において見たのと同じ状況を表していることになる。詩人は夜を徹して作詩に励む。しかし、夢見られた傑作を生むことはできずに、今日も夜明けを迎えた。仕方がない。〈至高の遊戯〉と呼ばれる詩作は本当に自分の使命なのか、疑いつつなおも未練を断ち切れない詩人の姿がここに浮かび上がる。失望のうちに席を立ってカーテンを引けば、窓ガラスは薄明に冷たい。ここは書斎であるから、暗い室内に当然寝台は見当たらない。

第二の解釈においてはどうなるか。性愛の行為への疑い、ということであれば、これもマラルメの詩において今まで何度も見てきたところだが、肉体的生殖の忌諱《きき》につながる。〈至高の遊戯〉などと言われることもある人間の営みに対する疑念のうちに、寝室のカーテンが開かれる。見ると、そこには寝台はない。これは、人間が子孫を残してゆくという寝室の機能からしてみれば、恥辱とするべきところであろう。しかし詩人の視点から、この「寝台の不在」はむしろ好ましい状態ととらえられているはずだ。

第三の解釈によるならば、この「〈至高の遊戯〉の疑い」とは、「夜から朝と移り変わる不確かな状態」、ということで、夜とも昼ともつかない中途の時刻、まさに明け方の時間帯を示す比喩、ということになる。そのような状態を「疑い」と表現するのは無理があるように思われるかもしれないが、フランス語には jour douteux という表現がある。直訳すれば「疑わしい日」とでもなりそうだが、そうではなく、「曖昧な、ぼんやりした(日の)光」ということで、「薄暗がり」という意味である。このような成句によって暗に支えられるから、この第三の解釈に従った読みも十分に正当化される。

さて、ここに紹介した三つの解釈であるが、もちろん気になるのはどれが正しいのか、ということだろう。しかし、どの説もそれなりに辻褄のあった説明をしていて、逆にいえば、どれも他の説を否定するほど決定的な根拠は挙げられていない。しかし、これだけ読解の努力が為されてきてなお解決がみられないということは、これまでの註釈者が愚かだったということではないだろう。

そもそもマラルメだって、〈至高の遊戯〉が何を意味しているのか、ということを分析的に理解したうえで詩句に書き留めたわけではないはずだ。少なくとも、詩を作り始める前に、「性戯」なり「作詩」なり「昼夜の交代」なりという意味を決めておいて、それに「〈至高の遊戯〉」という表現を与えた、というような考え方は、詩の実情に合わない。

ここで、なんせ「遊び」なわけだから、どれか一つに決めようなどという無粋なことを考えてはいけない、などと言ってはふざけているように聞こえるだろうか。しかし、たとえば〈至高の遊戯〉が詩作を指すという第一の立場に立つならば、一つの言葉に一つの意味を対応させようと躍起になることほど、その精神から遠いことはないだろう。つまり、他の二つの解釈を否定することは必ずしも正しくない。

もちろん、遊びにも規則があって、なんでもかんでも許される、というものではない。しかし、マラルメはその規則でさえも相対化していないか。〈至高の遊戯〉は疑われている。疑いというのは、否定というところまでは行かないまでも、否定の契機ではあるだろう。何か、他の遊戯とは異なる資格の、絶対的な遊戯がある、ということを疑うのだとすれば、結局、何か一つの規則に従って、この詩行の意味を確定させようとすればするほど、この「疑い」の境地からは離れていってしまうようである。

どの解釈をとるにしても残る疑問は、一体誰が「疑って」いるのか、ということである。この部屋に不在なのは寝台だけではない。奇妙なことに、この前半部には、疑う主体でありうるような人の姿がまったく出てこないのだ。

文法的にはカーテンの紗布《レース》が疑っている、と読むこともできる。これは一種の擬人的表現なのかもしれない。するとこの「疑い」は、ゆらゆらと揺れるレースのカーテンの様子の活写、ということにもなる。何か死んで横たわったものを覆って留まるのではなく、ただゆらゆらと揺れてとらえどころのない布地の運動。その運動と詩を読む読者の意味を巡る不確かな思惟はやがて共振するだろう。この共振こそが詩の理解なのだ、と言い切ってしまえば、随分いい加減な物言いに聞こえるかもしれないが。しかしいずれにせよ、マラルメの詩句は唯一不動の〈意味〉を伝えるために書かれたという風情ではない。読者に求められているのはこの〈至高の遊戯〉に、そしてその遊戯を巡る疑いに、精神を参画させることではないだろうか。

## 黄金の夢

というわけで、前半の意味がはっきりととらえられた、というところまでは行かないので居心地が悪いかもしれないが、とりあえずソネの後半へと進もう。ソネは前半部と後半部の対照によって構成されているのだから、後ろから返ってもう一度読むことで、より明らかになることもあるはずだ。

三行連《テルセ》のはじめの詩行は、どのように解釈するべきか、議論のあるところだ。ここで詳細に立ち入るのは避けるが、もっとも難しい問題はこの「黄金に色づく夢」を見ているのは誰か、ということである。夢を見ているのはこの部屋の主、つまり詩人だという読み方もあるのだが、ここに掲げた訳では、この一行をマンドーラに係ってゆく形容詞節とする読み方（ポール・ベニシュー）に従っている。フランス語の文法としては、大規模で例外的な倒置を措定せねばならず、あまり素直でない読み方ではあるが、なんといってもマンドーラが眠っているのは確かなのだから、夢を見ているのもやはりマンドーラだと考えるのがいちばんしっくりくるだろう。もちろん、この擬人化されたマンドーラという楽器に、詩人が感情移入をしていると考えれば、眠っているのも夢を見ているのもこの部屋の主である彼、ということになるのだから、二つの解釈のどちらかを選択しなければ詩が読めないというようなものではない。

「音楽を生む虚無」とは楽器が共鳴のためにもつ空洞である。当然、マンドーラの形が、妊婦の腹に似ていることが喚起されている。このマンドーラの腹から生まれてくる音楽のように、何も無いところから窓辺に何者かが生まれてくる、という不思議な光景が幻想されるのだが、ここでも問題になるのは、誰が生まれてくるのか、ということである。フランス語の主語は on で、これは不定人称、とくに誰、ということを定めずに主語に置かれる代名詞である。主語を明らかにしないでものを言うことなど、日本語であればへっちゃらだが、フランス語では主語の位置に何も置かない、ということはできないので、わざわざ「定まっていない」ことを示すためにこの on という代名詞を置くものである。一人称にも二人称にも三人称にも、単数・複数問わずに成りうるということで、誰が、ということをマラルメは敢えて言っていない。ここでは、「私」つまり部屋の主たる詩人が、それからより一般的に「人間が」というぐらいの範囲までを想定してもいいだろうか。「生まれる子でもありえたかのように」は、フランス語では条件法過去で言われている。英文法で言えば仮定法過去、直訳すれば、one could have been born であって、過去の現実に反する命題を表す。人間はマンドーラから生まれて来ることはできない。我々はみな母親と父親の性交の結果として生まれざるをえないので、窓辺にひょっこりと現れるようなわけにはいかない。ここには強い無念の気持ちが込められる。もしも人が、密やかに響くマンドーラの音のように、虚無の胴から軽々と生まれてくることができたならば!

### 主人の不在

二つの三行連《テルセ》の関係は厳密ではない。マンドーラが眠るその様子が、生誕の哀情を誘う、という程度のつながりが言われるのみであるから、ここにも大きな解釈の自由が残されている。もちろん、常識的に解釈すれば、眠るように安置されているマンドーラから霊感《インスピレーション》を得て(第三連)、詩人が人間の生誕に思いを馳せている(第四連)、ということになるのだろう。しかし、情感において、この二連をつなげているのは、マンドーラの眠る眠りの「悲しさ」(第三連)と、最後に示される哀惜(第四連)との共鳴のはずだ。つまり、最終連はマンドーラが見ている夢の内容に関わる、と読むのである。このとき、最終行の主語のon、不定人称が表すのはマンドーラ、ということになる。もちろん、マンドーラの黄金の夢自体が「悲しい」のではない。撥弦楽器の調べのような、空無からの誕生と言う美しい夢を見ながら、それを不可能な夢と知りつつ眠る楽器の心が悲しいのである。

もっとも、この楽器に詩人の自我が投影されているとすれば、これも先ほどの常識的な解釈、onを人間、さらには詩人自身の意識の投影と見る解釈とさほど異なる状況に辿り着くわけではない。しかし、この詩のユーモアを味わうためには、マンドーラの眠りと夢を文字通りに想像してみることが必要だろう。大きな空虚を腹に抱えてふとっちょの楽器が眠る。ああ、おれもこの体から生まれる音のように、はかなくも清々しい生を享けることができたなら！　おれが、おれの胎にかかえる空虚そのものでありえたなら！　この「黄金の夢」とは、結局、あるモノが蔵する空虚が、そのモノ自体を生み出すという不可思議なもので、通常の因果関係で言えば不条理きわまりない。しかし、そこは夢。条理に合わないからと言って非難される謂れはない。身体の重さを持て余しているようなこのマンドーラの静かな眠りの中で、声そのものとなった楽器は、目覚めているときに発されるいかなる声よりも軽やかに響いている。

結局のところ、この詩の特異性をそのままに受け入れるには、そこに書かれていない人間の姿を勝手に描き出さないほうがいい。詩人は文法をねじ曲げ、表現を切り詰めて、この部屋から完全に人影を消し去ったのではなかったか。そう考えてくると、さきほどの「〈至高の遊戯〉の疑い」、というときのjeuには、同じ発音のjeつまり「私」という一人称も含意されているのではないか、と勘ぐりたくもなってくる。つまり「至高の〈私〉を疑う」と、一昔前なら「シニフィアンの戯れ」(そういえばこれもjeuだ)とでも言ってもてはやされたであろう語呂合わせである。そんなものに乗っかった読解は今やだいぶ古びてしまったとも思う。けれど、部屋の主たる「私」、カーテンの揺らぎを見る「私」、マンドーラの空虚な心を想像する「私」、そしてそれらを詩として歌い上げる詩人としての「私」、そういう「私」の卓越性を疑って、それなしの世界を想像してみることは、確かにこの詩の精神に適っている。

さて、こうして意味をとらえようとすると難しいのだが、ソネのこの後半部は、意味などぼんやりとしかわからなくても、飄々として美しい。なにより、マンドーラの夢を提示するマラルメの詩句は、極めて豊かな韻によって支えられている。日本語で詩を解説する都合上、あまりフランス語の音に立ち入ったことは述べてきていないが、ここはその説明を省く訳にいかないだろう。

Mais, chez qui du rêve se dore
Tristement dort une mandore

不正確なのは承知で仮名で表示すれば、「メシェキデュレーヴスドール/トリストマンドールユヌマンドール」となる。キリシタンのオラショか梵文のお経か、なんだか呪文のようだけれども、それでも、下線部を引いた箇所だけに留まらない豊富な音の繰り返し、とくに子音のDやRの繰り返しの効果は十分に感じ取れるだろう。一行に八音節しかないなかでこれだけの反復音を使うことはかなり技巧的であるが、その技巧を超えて、あたかもこの詩句がこれ以上動かしようもない必然的な表現に至っているかのように聞こえてくること、意味はよくわからなくても、聖典のような万古不易の表現のように現れることが重要である。表現が完璧だとすれば、それを理解できないのは我々の知性の不完全さによるもの、ということにもなろう。しかし、わからないながらも、唱えればよい、と言えば本当に霊験を売り物にする経のようだが、韻文の愉しみの一つには、このよくわからない文句を口ずさみつつ、その意味をああでもない、こうでもない、と探ることがあるはずだ。〈遊戯〉に参加する一つの方法である。

それにしても、無人の部屋の描写である。このようなものが詩でありうる、というのは驚くべきことだ。……と言ってみたものの、いや、もしかすると我々にとってみれば、部屋の描写をする詩などはそれほど奇異と思われないかもしれない。マラルメのこのような詩を、たとえば写生の短歌や俳句と比較するような視座もあっていいだろう。しかし、詩人の心情の発露をもって抒情としてきた西洋の詩がこのような地点に辿り着くのにはかなりの屈折を必要とした、ということは理解しておく必要がある。

この、日本語ではごく簡単に表現されうるかもしれない余情へと達するために、マラルメは様々な工夫を凝らしている。その一つが先ほどから述べている文法上の工夫であり、また、音韻の反復であろう。揺れるカーテンの動きに意識は鈍く同調してゆき、呪文のように繰り返される詩の文句を追ううちに脱我の境地へと誘われる、云々と、これではなんだか催眠術のようでインチキ臭いが、無人の抒情へと達するためにマラルメが考えだした術法、とでも言ってみようか。八音節という軽妙な形式も、「述べる主体」が明瞭になることを避け、非主体的な情感へ誘うために選択されているものだろう。

## 空虚の変容

最後に、前半の四行連《キャトラン》と後半の三行連《テルセ》の接続を考えておこう。まずは、ごくありきたりな答え。これは詩人の自室の描写である。ベッドのない部屋に、マンドーラが置いてある。その情景を詩句によって写生しつつ、詩人が自分の心情を投影した詩、ということになる。前半と後半を結びつけるのは、カーテンとマンドリンの室内における隣接性、ということになる。

しかし、そこから一歩進んで、前半と後半がより象徴的に結びつくとすれば、そこで示される空間構成の類似に注目しておくべきだろう。内部が空虚で、ただ窓だけが一つ穿たれているというのは、この部屋とマンドーラの「音楽を生む虚無」とに共通の構造である。そこに欠けている、と言われる寝台にはやはり何らかの遊戯の現場、つまり性交の、あるいは出産の象徴としての役割を認める必要があるだろう。第一章で読んだ「ナイトキャップのソネ」を思い出してもいい。人は寝台なしには生まれてこない。人間の始まりにあるこの定めを虚構をもって反転したものが、空虚な部屋であり、眠るマンドーラなのである。

前半と後半を結ぶ mais という接続詞は、日本語の「さて」「ところで」というような話題の転換を示す。ただそれだけではなく、一般的なソネの構造から言っても、ここには「しかし」「その一方で」というような軽い対照を見ておくべきだろう。たしかに、同じように空虚を表現していながら、前半と後半の映像が醸す空気には微妙な差異がある。前半ではカーテンが開いたり、揺れたり、あるいは布地同士が「衝突」して触れ合ったりと、動きがあるが、この動きは後半に入ってマンドーラの眠りの中で静まってゆく。また、前半の色彩が窓ガラスの青白さ、カーテンの白に代表される寒色系であるとすれば、後半は黄金の夢、暖色へと傾いてゆく。

詩のはじめ、「冒瀆」と誇張的に呼ばれるような暴力性によって開示された空虚は、すぐに内部へと抱えられ、温められてゆく。詩人は寒々しい室内にただ奏者を欠いたマンドーラを配置するだけなのだが、それによって導き入れられる光には哀情と郷愁が満ちて優しい。景色は、前章で見たエロディアードの部屋に似ていなくもない。絶対の美として凝固した王女が、燭台の黄金の光のうちに眠るあの部屋である。しかし、ここには例の金属的な冷たさは感じられない。無人の空間は密やかな音を生み出しうる潜在的な母胎として現れる。ここに満ちる空気はそれほど不毛ではなく、響きを乗せる媒体としての、一定の量感を帯びているようにも感じられる。

＊

決して射すことのない虚しい日と同じように

そこにいるはずだった王女は——
装飾——　——彩色窓《ステンドグラス》の
否！　いかなる日も射さぬ——　美しい窓から
この王女は生まれることを望まなかった
そしてこの　な腹をもつマンドリンは言う
何故古い寝台の母なる敷布《シーツ》に
　　で汚されぬ　雨
ともに　支える
宝物
冷たい接吻とともに

### 『エロディアード』の遺稿

これは完成した詩ではない。マラルメが残した草稿の一葉である（以下、便宜上『マンドリンの草稿』と呼ぶことにする）。これを見ると、十二音綴詩句《アレクサンドラン》を作ろうとする詩人が、おおよそのところ、まず行頭と脚韻で枠組みを作り、つぎに音数をそろえて内側の語句を埋めていく、という順序で作詩をしていたことがわかる。

それにしても、未完成の詩句である。文法的なつながりが定まっていないのだから、通常の意味での翻訳はできない。一応、逐語的に訳しておいたが、これだけではどのような作品が目指されていたのか、その完成型は皆目見当もつかない。また、そもそもこれが、一つの作品にまとめられるべく書かれた稿かどうか、それさえも保証の限りではないのだ。もしかすると、別々の二つの作品のために書かれた下書きが、ここではつながっているかのように活字化されている可能性もある。これを記したマラルメの考えを検討するためには、紙葉のうえにどのように文字が配列されていたのか、等々、書字の実際に触れることが不可欠だろうが、残念ながら、この原稿の写真複製版は公刊されていない。プレイヤード版全集のためにベルトラン・マルシャルが用意した読みが現在のところ最も信用に足るものだろうから、その読みに従ってわかる範囲内で考察を進めよう。

文法的なつながりは不明であっても、ただ単語を拾うだけで、この『マンドリンの草稿』と先ほどの『マンドーラのソネ』（とこれも便宜上呼んでおこう）との類縁は明白である。とくに草稿の中心部におかれているマンドリンは、マンドーラと同系の楽器である。その楽器が「……な腹を持っている」と、マラルメは形容詞を決めあぐねながらも書いている。楽器の形と母胎を比較する点で、『マンドーラのソネ』に共通する擬人化の喩えである。また、「古い寝台の母なる敷布」は、誕生の場としての寝台を指す表現であろうから、これも「寝台の永遠の不在」を描写するソネの要素と重なる。そして、これは翻訳を読むだけではわかりにくいが、四・五行目で韻を踏んでいる fenêtre（窓）と naître（生まれる）という単語は、ソネの最後の三行連《テルセ》の韻そのものであった。

もちろん、相違点も数々ある。『マンドリンの草稿』は王女 la princesse と呼ばれる人物を中心に話題が展開するようなのに対して、『マンドーラのソネ』に主人公はいない。人がいない、ということ自体がソネの表現の中心にあったのだから、この点は大きな違いである。『マンドーラのソネ』の最終行で、naître（生まれる）の主語は不定人称 on であったが、こちらの草稿でその位置には明確に、「この王女」という主語が置かれている。

また、形式に関しても、十二音綴詩句《アレクサンドラン》と八音綴詩句《オクトシラブ》というように律格が異なっている。つまり、『マンドリンの草稿』に通常の意味での推敲をいくら重ねても、『マンドーラのソネ』には到達しないのだ。前者は後者を作るための下書きではない。しかしこれだけの類似がある以上、無関係でもないはずだ。『マンドリンの草稿』がもともとは『マンドーラのソネ』を作る目的で書かれたノートではなかったとしても、それを生み出す母胎となったことは確かだろう。

すでに明らかかもしれないが、『マンドリンの草稿』は、『エロディアード』の『序曲』として知られる作品草稿の一部とされているものである。こういう回りくどい言い方をしているのは、マラルメの作詩の経過について、知られていることは極めて少なく、断定的に述べることが難しいからだが、ベルトラン・マルシャルも、それからこの草稿の最初の刊行者であったガードナー・デイヴィスも、これを『序曲』のための下書きとして整理している。したがって、敢えて単純化して言えば、マラルメはかつて『エロディアード』のために書いてみた草稿を取り出し、それに変更を加えて完成させ、『マンドーラのソネ』として一八八六年に発表した、ということになる。

ここで『エロディアード』という作品、いや、未完のものだから作品と呼ぶのは憚られるのだが、この作品構想を、問題の『序曲』に関係することがらに限ってもう一度詳しく見ておきたい。研究者しか興味を持たないようなマラルメの研究史に少し入り込むことにもなるのだが、ちょっと辛抱していただきたい。

すでに述べたように、マラルメが『序曲』の制作に取りかかったのは一八六五年の末頃だと考えられている。前章で読んだ『舞台』の前に朗誦されるべき、乳母の独白という枠組みで書かれたと考えられるこの作品は、翌年はじめには暫定的な完成を見たと考えられており、それをマラルメは浄書している。しかし、マラルメはこの浄書稿に、いつのことだかわからないが、数多くの修正を加えている。そのうちに出版されることもなく、三十年以上の時が経過する。その後、没年となる一八九八年、マラルメはエロディアードをテーマとする作品に再びとりかかる。それが『エロディアードの婚礼』というタイトルでまとめられる予定であったことはすでに述べた。さて、この決定版『エロディアード』に『舞台』はそのまま編入されたが、『序曲』の方は破棄される。あらたに複数のパートからなる「前奏曲」を作り、それをもって『序曲』の代わりとする、というのがマラルメの計画だったことが知られている。

マラルメはこの一八九八年の『エロディアードの婚礼』を完成させることなく急死する。そのおよそ三〇年後の一九二六年、遺稿を整理したマラルメの女婿、エドモン・ボニオが前出の『序曲』浄書稿を出版する。ただし、このボニオが出版したのは、一八六六年にできた状態の『序曲』ではない。ボニオはマラルメが事後的に浄書稿に施した加筆をすべて採用したうえで（ただしかなりの読み違いが含まれてもいたのだが）出版しているのである。

この草稿の状態を加筆を含めて明らかにしたのが、すでに名前を出したガードナー・デイヴィスである。一九五九年、『エロディアードの婚礼』と題した書物を出版して、マラルメの晩年の構想を明らかにした功績は大きい。この際デイヴィスは、厳密に言えば『エロディアードの婚礼』には含まれる予定のなかった『序曲』も校訂し直したうえで公刊したのだった。そこでデイヴィスが『序曲』関連の草稿のひとつとして紹介しているのが、この『マンドリンの草稿』なのである（ベルトラン・マルシャルも、細かいところでは異なる読みを採用しながらも、基本的にはデイヴィスの校訂にしたがって新しいプレイヤード版を編纂している）。

## 王女の消失

デイヴィスやマルシャルが『マンドリンの草稿』を『エロディアード序曲』の下書きとして整理している根拠は、実はあまり明らかにされていない。原稿の発見の状態、紙やインク、筆跡など、我々の知らない様々な状況によって、そのような判断を下したのだろうから、まずはそれを信頼するしかない。ただし、これを通常の意味で「『序曲』の下書き」として理解するのには問題がある。

ここで『序曲』を引用するべきなのかもしれないが、それはやめておこう。実は、この『序曲』という詩は非常に厄介である。ざっと印象を述べるのに留めておくが、『舞台』と比べると名詞や形容詞の一つひとつが一層の重さを持つようになり、その間を結ぶ動詞が稀になる。それにしたがって描写や想念は断片化し、場面から場面への移行も早い。『舞台』にはまだあった常套的な表現はほとんど見られなくなるため、「何が描写されているのか」がわからなくなる。マラルメが一八六六年のはじめに達したある文学的限界点を示す詩だとは思うが、本書の限られたスペースで取り上げるのは難しい。

ただ難解だというだけでは言い訳にしかならないのだが、それよりも、まず確認しなければならないのは、『序曲』という作品は存在していない、という単純な事実である。たしかに、マラルメがある程度満足して、九六行の詩句を浄書した原稿は残っている。これを草稿Aとしようか。しかし、この草稿Aには、大量の加筆が施された。そしてマラルメはこれを最終的には破棄している。若いときはともかく、少なくとも八〇年代中盤以降のマラルメには、そうしようとすればいくらでも発表の機会が与えられただろう。にもかかわらず、彼は『序曲』を一度も発表しようとしなかった。この事実は重い。

最も気になるのは、一八六六年以降、マラルメが死に至る一八九八年までのいつの段階で、この修正が施されたのか、という点であろう。残念なことに、これは明らかになっていない。しかしいずれにせよ、草稿Aも、それに変更を加えた草稿A'も、完成稿ではない。校訂者の努力にケチをつけたいわけではないのだが、たとえばボニオのように（そしてその後デイヴィスやマルシャルもしているように）それを印刷してきれいな詩行に整えると、あたかもそのような草稿が存在したかのように思われてしまう、そのことに注意をしておきたいのだ。そのような整った草稿は存在しない。

あるのは、インクと鉛筆で真っ黒になるまで加筆された草稿A'のみである。

話を戻そう。『マンドリンの草稿』と『マンドーラのソネ』の関係である。重要なのは、『序曲』は最終的に破棄されたわけだから、草稿A'も『マンドリンの草稿』も、どちらが完成に近い形、と言うことはできない、ということだ。それどころか、この二つの草稿の執筆過程での関わりはあまりない、という可能性も大きい。

少々ややこしい話ではあるが、考えてみよう。たとえばマラルメが草稿A'に到達する構想Aを持っていたとする。しかし、マラルメにはそれと同時進行で進めていた構想Bというのがあり、その構想Bのために書かれた断章がこの『マンドリンの草稿』かもしれない。つまり、『マンドリンの草稿』は草稿Aとは別系統の原稿、言ってみれば別の作品のための草稿なのかもしれない。

さらに、『マンドリンの草稿』がこの草稿Aよりも後に書かれた、という可能性さえある。たとえば、以下のような仮説である。マラルメは草稿Aを浄書する。しかし、その結果に満足できない。そこで別の可能性を探るため、まったく新しい序曲の構想Bを練り始める。その構想Bのための草稿がこの『マンドリンの草稿』である。こうなると、もはやこれを草稿Aの下書きと考えることはまったく的外れになってしまう。

随分極端な仮説に思われるかもしれないが、実際の創作過程は、これより余程入り組んだものだったろう。マラルメの頭のなかでは、並び立つことの難しい数々の詩想が、浮かんでは消え、また浮かび、という運動を繰り返していたはずだ。

そう考えてみて見れば、草稿A（あるいはA'）と『マンドリンの草稿』にはそれほど共通点がない。たしかに、草稿Aにおいても繰り返し「寝台」が話題になる。「空の寝台」という言葉があらわれるから、これを『マンドリンの草稿』の「古い寝台」と重ね、あるいはそこに、一八八六年の『マンドーラのソネ』の原型をみることもできるだろう。しかし、『マンドリンの草稿』には草稿Aには見られない重要な要素がたくさん現れる。まず、草稿Aには、マンドリンや、あるいはそれに類する楽器は現れない。次に、草稿Aにもステンドグラスvitrailはたしかにあるのだが、その窓の方に「王女が生まれる」というような、生誕との結びつきはないのである。

もちろん、『マンドリンの草稿』の主人公は「王女」であるから、これが何らかのかたちで『エロディアード』に関わることは確実である。寝台が置かれているから背景はやはり王女の居室なのだろう。窓にはステンドグラスが嵌められ、この部屋の窓から日が射すとか射さないとかが問題となる。これはたしかに『マンドリンの草稿』が何らかの形で『序曲』と関わっていることの根拠となる。夜明けを問題とするこの草稿は、朝に展開する『エロディアード——舞台』を導入する『序曲』となるのにふさわしいものである。一方、『舞台』にない要素は、その曙光と王女が比較される点である。一日の始まりに、朝日が部屋に射し込むその光と、王女の誕生が平行関係に置かれているのである。

しかし、ここに『マンドリンの草稿』のもっとも不思議な点がある。原稿が完全ではないので断言できないのだが、ここで「いかなる日も（ない）」と否定形の言明があることからして、どうやら、王女は生まれない、と言われているようなのだ。王女は生まれることを望まず、虚しい朝日は決して射すことがない。王女は「そこにいるはずだった」が、しかし現実にはいない、等々、『マンドリンの草稿』は存在を否定する表現に満ちている。しかし、生まれないのではエロディアードが登場しようもなくなってしまうのではないか。つまり『序曲』を作ったのはいいけれど、その後はつけられない、という非常に顚倒した事態である。

『マンドリンの草稿』を『序曲』の下書きとして位置づけることを躊躇《ためら》わせる一番の理由はここにある。つまり、この草稿を採用した場合、『エロディアード』という作品は存在しえなくなってしまうのだ。主人公が生まれないのでは、彼女について語りようもない。これが通常の論理だろう。

窓から入る光と子供の誕生を結びつける想像力のあり方は、我々にはすでに親しい。マラルメが『贈詩』において基盤とした結びつきである。書斎にこもって夜通し詩作にふける詩人のもとに朝が訪れる。その光とともに「凄切な誕生」と呼ばれる死産した子、すなわち失敗した詩が生まれてくる。それを妻のもとに運んで、生き返らせることを乞う、というのが『贈詩』の筋だった。つまり「死産する子」つまり「生を受けない子」は一八六五年、詩人が自分の境遇に見ていたモチーフだった。

『マンドリンの草稿』においてマラルメはそれを虚構《フィクション》の内部に転用してしまっている。もちろんここには、成らない詩とその詩の主人公たるエロディアードとの類推が働いているのだが、この類推は作品の構想自体を破綻させてしまう。「美とは死である」とは『舞台』におけるエロディアードの台詞であった。しかし、そもそもエロディアードなどと呼ばれる王女は生まれていない、というところまで詩人が踏み出すとき、それは作品の成立可能性を閉ざすことになるだろう。生まれてはいるけれどもすでに死んだも同然、という在り方と、そもそも生まれてもいない、という在り方、いや、「ない」のだから「在り方」とさえも言えないようなこの様態との差は大きい。

## 生まれない子の物語

『マンドリンの草稿』の解読を続けよう。マンドリンの「腹」には形容詞がつけられていないまま放置されている。そこにたとえば『マンドーラのソネ』で用いられる形容詞 creuse「空の」を入れ、「空の腹」などと言ってみたらどうだろう。これならとりあえず十二音綴詩句の音数にも合うし……などというのはたんなる空想だが、詩人の発想もそれほど遠いところを走ってはいない。つまり、マンドリンの腹が中空であることはマラルメも意識している。この楽器は「腹に子を宿していない」すなわち、不妊の象徴としてここに現れていると考えられるのである。

草稿は後半部に穴が多く、マラルメが何を書きたかったのか、まさに雲をつかむようであるが、できる限りのことを読みとってみよう。このマンドリンは何かを述べている。その言述は、「……はなぜか」という間接疑問、つまり、なんらかの事象の理由である。しかし、何の理由を述べようとしているのか、その肝心のところがよくわからない。ただ、「汚れのない vierge」という形容詞は「古い寝台」あるいは「母なる敷布《シーツ》」にかかるはずだ。もともとは「処女の」という意味のこの

viergeという形容詞は「母」の概念と深刻な矛盾を来す。未完成の草稿なので、まったく不確定な読みしかできないのだが、敢えて脈絡をつけるならば、「母が処女である限りにおいて母であることに失敗し、結果として生まれてくるはずであった王女は生まれて来ない」ということになるだろうか。極めて奇妙な筋書きではある。しかし、マンドリンが不妊の象徴であるならば、その口に上るのに相応しい言葉、ということにはなるだろう。

もはや『マンドリンの草稿』の特殊性は明らかであろう。この草稿をマラルメが『エロディアード』のために書いた、というのは確かなのだが、これをいくら押し進めても決して『エロディアード』には到達しない。この草稿は、詩人がいわば行き止まりの道を進んだ、その足跡なのである。試みに、これと前章で読んだ『舞台』をつき合わせてみよう。二つがうまく整合するはずもない。『舞台』ではエロディアード自身が処女として描かれていた。ところが『マンドリンの草稿』で処女であることを示唆されるのは「王女の母親」である。もっとも、エロディアードの母が不妊で彼女が生まれないのでは、この王女にエロディアードと名前を付けようもない。だとするとあるいは、ここで「王女」と呼ばれているのはエロディアードの娘なのだろうか。そうすると、『マンドリンの草稿』は『エロディアード』の後日譚ということになるのか、というようなとんでもない憶測も浮かんでくる。

——そうではない。マラルメは「生まれなかった子」の物語を書きたがっているのだ。このような発想を持った時点、つまり、エロディアードが不在の子である、というような想念にとらわれたときから、マラルメは矛盾する構想を一つのシナリオにまとめることはできなくなったはずだ。「ない」ものについて長い物語を語ってゆくことほど難しいことはない。なにせ、「ないものはない」。つまり、「ないもの」とは「ない」ということそのものなのだから、「ない」と言ってしまえばおしまい。それ以上はないのだ。『エロディアード』が筋書きを持った大作に発展しえなかった理由の、少なくとも一端はここにある。

マラルメは『マンドリンの草稿』を用いることによって『エロディアード』の一部を、ソネという短詩に仕上げている。あくまで想像ではあるが、次のような事情を考えてみよう……。

マラルメが詩人として一定の名声を得たのは一八八四年、ユイスマンスの『さかしま』において紹介されたのがきっかけだと言われる。有名になったマラルメに詩稿の依頼が来る。ぜひ未発表の詩を、という依頼だが、そもそも寡作な詩人である。パリに出てきて以降、十数年の間に発表した新作の韻文詩は、テオフィル・ゴーチエの死に際して書いた中篇『葬の献杯』と本書冒頭に引用した『エドガー・ポーの墓』の二篇のみ、それに « Quand l'ombre menaça... »（「闇が威圧したとき……」）という文句で始まるソネ一篇（おそらく旧作の改変）を加えてよいか、という状態である。マラルメは、発表の機会がないのに詩を書き溜めておくような人ではない。

名が知れたのはいいが、すでにマラルメはほとんど「詩を書かない詩人」になっていた。読む人がいるというのなら、何か書かなければならないだろう。彼はこの機会に、長い間気にかかっていたノートを取り出して眺めてみる。二十年前、詩人としての名声を夢見て構想した『エロディアード』の原稿である。そのなかに、マンドリンに関する興味深い主題を見つける。そこに出てくる窓と楽器という取り合わせをそのままに、軽い形式のソネに書き直す。すると、どうだろう。かつて大きな筋書きの一部として考えたときにはまったく収拾のつかなかった想念が、小さな枠組みに切り取られてうまく収まるようだ。詩人は結果に満足しこれを出版する。

実際のところは、マラルメが『マンドリンの草稿』から『マンドーラのソネ』を作ったのがいつのことかはわからない。一八八六年よりも以前、場合によってはマラルメがパリに出てくる一八七一年以前に、すでにこの小品はできあがっていたのかもしれない。だから、右は単なる絵空事である。しかしいずれにせよ、『エロディアード』という大作の完成を放棄したマラルメにとって、このように、「不在の在り様」をひととき定着しうるような限定された枠組みこそ、これ以降の詩の母胎《マトリックス》になることは確かなのだ。

『マンドリンの草稿』から『マンドーラのソネ』への転換に伴って、舞台は古代イスラエルのピトレスクを離れた。そして主人公の王女は消える。ステンドグラスに彩られ、豪壮な寝台の据えられた古城の寝室も、カーテンが掛けられた窓をもち、古びた楽器が眠る現代的な居室に戻る。

しかし、舞台の変更以上に、ここにはマラルメの詩が二十年の間に果たした大きな転換が刻まれていないだろうか。不妊の象徴であったマンドリンは、不可能な誕生そのものの象徴に転化される。「生まれない子」「しかし生まれたかもしれない子」を描くこと。これこそが文学という虚構の役目だと、マラルメはすでに見切っている。四十代もなかばにさしかかった人間の、自然な諦念とでも言うべきか。しかしそれはまた、二十年間の生を通して、不在の影が、それについて語りうるほどに彼の意識にはっきりと現れた、ということでもあるだろう。そして、このように不在をありありと見ることこそ、詩を書きたくても書けなかった青年マラルメが、詩人として——今われわれが知る詩人マラルメとして——生まれ出るのに必要なものであった。これがいつのことだったのか、我々はそれを確定する術を持たないが、一八八六年のマラルメはすでに、薄暗い過去の出生の現場へのこだわりを離れ、自分自身が虚構をはらむ胎《はら》となることでのみ、詩人として生まれうるのだということを知っている。

かつてマラルメは挫折感を背負いながら、生まれたがらぬ王女を必死に生み出そうとした。『マンドーラのソネ』を発表する彼は、生まれない子のありように静かに思いを馳せる。『エロディアード』は成らなかった。王女は寝台で生まれることもなければ、そこに死ぬこともないだろう。しかし、この成らなかった詩は、我々がみなこの世に生まれて「ある」ものとなったことで離脱してしまった精妙な世界、「ある」とも「ない」とも言い切れないようなものたちが集う虚構の世界に、いまだ漂っているのではないか。およそ有は無から生じ無に帰るものだとすれば、『マンドーラのソネ』の最後を満たす情感は、生が抱く死へのノスタルジーと言っていいかもしれない。詩人となったマラルメは軽やかな無への憧れを抱く。かつて孤独のなかで思い詰めた詩人の悲劇的宿命など忘れ、彼は今や、自分のまるまるとした腹を抱えて眠る楽器に、心を寄せることまでもできるようになっている。

## 幼い女帝の兜のように

以下もまた『エロディアード序曲』関連の草稿である。行きつ戻りつの推敲過程がうかがえる一枚の紙葉であるが、逐語的に日本語に置き換えて、そのまま掲載することにする。

　　喧噪　　　　　　　　ともに
~~決して射すことのない美しい日と同じように~~
　　美しい日　決して射すことのない
~~不在のガラス窓の装飾~~
不在のガラス窓の〈誇り〉
　　優しい名の女性は顔を引き立たせて
~~「美しい名を持つ王女~~
　　　　置かれた　顔貌に合わせ
幼い女帝の　　兜のように
そこから薔薇が落ちて彼女のしるしともなるだろうか、」

重く誇らしい名
　美しい名をもつ
純粋すぎる名をもつ女性は顔に影をつくる
幼い女帝の甘ったるい兜のように
　　　　　　　　　　　　　勝ち誇る
知られぬ　　　　　　　　　守る
幼い女帝の優美な兜のように
そこから薔薇が落ちて彼女の頬の替わりともなるだろうか
来ないだろう
開きには
古式の　　　　　　　　　　　　地平線
「窓のところまでしか行かないにしても
この王女は生まれることを望まなかった。」

※日本語訳で「　」で囲った部分は、ガードナー・デイヴィスによれば垂直線で抹消されている箇所である。その他、最初に書いた詩行とそれに対する訂正の関係が混乱しているように見えるところもあるのだが、これも活字化した編者の読みを信頼するしかない。

どのように読み解けばいいのか難しいところではあるが、マラルメが詩行を作っては消し、少し戻って書き直しては再び消し、という作業を繰り返していたことがうかがえる。最初と最後に先ほどの『マンドリンの草稿』と近似の詩行が記されているので、基本的には同じ作品の同じ箇所を作る過程で残されたノート、と考えるべきであろう。

マラルメがこれらの詩行を文法によってどのように統合してゆくつもりだったのかは不透明だが、もしこれが『マンドリンの草稿』と同じプログラムに沿うのだとすると、途中、「来ないだろう」と言われている、この ne viendra の主語は「美しい名」あるいは「純粋な名」をもつ「王女」ないし「女性」であろう。ある女性が窓のところまでやって来て、遥か地平に向けて窓を開け放つ、という場面《シーン》、しかし、結局のところ実現しない虚の場面がマラルメの頭の中にあったのではないか、と想像される。

残された情報はあまりに少なく、また、これが『エロディアード』全体の物語においてどのように位置づけられる場面なのかはよくわからない。しかしいずれにせよこれも、『マンドリンの草稿』と同様、生まれなかった王女を巡る『序曲』、不条理な序曲のための草稿と考えた方がよさそうである。

さて、『マンドリンの草稿』ではエロディアードの姿は具体的に現れなかったが、こちらの草稿では、「王女」ないし「女性」と呼ばれるエロディアードの風貌は少し詳しく描かれている。特徴的なのは「まだ幼い子供である女帝が冠る兜」である。はじめマラルメはそれに形容詞をつけて一詩行とすることができなかった。そののち近傍を含めて垂直線でまとめて消し、再考した際に「兜」にcâlinという形容詞、「優しい」とか「甘えん坊の」というような意味の形容詞をつけて音数を整えている。ここで兜と言われているのは当然暗喩《メタファー》で、喩えられているのはエロディアードの髪型である。その髪は、そこからあたかも薔薇が落ちてくるような風情だ、と、そしてその薔薇がエロディアードを象徴する、と一度書き、ここも変更して、その薔薇はエロディアードの類の擬態となる、と書き直す。しかし、この草稿の最後の部分は全体が垂直線で抹消されているから、マラルメの逡巡は続いていた、と考えた方がよさそうだ。

## 美しい自殺

この草稿に見られる表現を使って、マラルメは『マンドーラのソネ』と同様、ソネの形式の短詩を作り出している。もっとも、ここに挙げた草稿と同類の着想は、『序曲』関連の他のいくつかの紙葉にも見られる。そのうちのどれをマラルメが用いたのか、ということの確定はできない。まだ知られていない、あるいは破棄された別の草稿もあったのだろうから、正確なところを知るのは難しい。

しかし、今はそのような細かい検証に入り込むのはよそう。一作品の制作過程を精緻に描き出すことは本書の目的ではない。ここでは、『エロディアード』に関して青年期のマラルメが書き留めておいた草稿が、再利用されてどのような姿をとるのか、ということが見られればよしとする。

美しい自殺は勝利して逃げ去った
栄光の燠火、泡立つ血、黄金、嵐！
噫《ああ》、笑破せよ、彼方に真紅の布が整えるのは
君主たる私のための空虚な墓ばかりである。

何と、かほどの輝きでありながら、その一片さえも
真夜中ともなればこの、私たちを祝う闇には残らぬものか。
ただうぬぼれの強い宝たる頭が、
しどけなさを愛撫にまかせて燭火も受けず降らせるばかり。

きみの頭、かくも変わらぬ愉悦たるきみの頭、
ああそれのみが、消え失せた空から
稚い勝利を僅かばかり留め置き、明るくきみを
飾る。きみがクッションに頭をのせるそのときに。

戦いに臨む幼い女帝の兜のようなその髪からは
薔薇の花々が落ちてきみのしるしともなるだろうか。

冒頭から「美しい自殺」などという言葉が出てきて面食らう。予断なしに読んでそこに何が描かれているのかを探る、というのが本来、マラルメが期待した読み方ではあろうが、翻訳を以て読者にそれを強いるのは無茶というものだろう。まず種明かしをしてしまえば、これは夕暮れが暮れ果てて、闇へと変わる時間帯を背景とする詩である。

この無題のソネには二つの異本《ヴァージョン》があるのだが、ここではよく知られた最終形で引用してある。一八八七年の自選詩集に収められた形だが、その前の異本《ヴァージョン》が作られたのはそれより少しさかのぼる一八八五年末から一八八六年初めだと言われている。そうするとこれは、基本的に『マンドーラのソネ』とちょうど同時代の作品ということにもなる。

男女が寄り添う夕べを歌った抒情詩である。大きく地平へと開いた窓辺に、詩人とその恋人が座っている。太陽はまさに沈もうというところ、自らじりじりと闇へと下ってゆくその姿を、詩人は「美しい自殺」と言っている。太陽は遠く、地の底へと逃げ去ってゆく。しかしその逃亡の瞬間、まさに勝利を誇るような輝きを放っているではないか！

第二行、名詞句が四つ置かれているが、これらはすべて夕日の描写である。火や血、黄金など、マラルメが日没の光景を描く際に常用する比喩である。第三行、笑え、と指示するのはおそらく自

Victorieusement fui le suicide beau
Tison de gloire, sang par écume, or, tempête !
Ô rire si là-bas une pourpre s'apprête
A ne tendre royal que mon absent tombeau.

Quoi ! de tout cet éclat pas même le lambeau
S'attarde, il est minuit, à l'ombre qui nous fête
Excepté qu'un trésor présomptueux de tête
Verse son caressé nonchaloir sans flambeau,

La tienne si toujours le délice ! la tienne
Oui seule qui du ciel évanoui retienne
Un peu de puéril triomphe en t'en coiffant

Avec clarté quand sur les coussins tu la poses
Comme un casque guerrier d'impératrice enfant
Dont pour te figurer il tomberait des roses.

分自身に対してである。「真紅の布」と訳したのは原文ではただ une pourpre「緋色」である。英語の purple パープルと同系の言葉だが、どうやら現在の英仏両語の色彩感覚は異なってしまっているようだ。フランス語の pourpre は紫というよりは暗い赤に近い色である。ここでは女性名詞として使われることで、色彩というよりは古代ローマ時代に珍重された染料、その色彩に染めるための物質を指すニュアンスが強くなる。悪鬼貝と、日本語ではずいぶん迫力のある名前のついた貝から採られる染料で、一つの貝から採れる量はごく僅か、稀少な品であった。古代ローマではこの真紅で染めた布は高い身分の者しか身につけることは許されなかったという。また、女性名詞として使われたときには、この布の方を指すこともあるようだ。そこで、次の行の tendre「張る」という動詞との連関も考慮して、こちらの意味で訳しておいた。

詩人はこの太陽の自死に自己を重ねて幻想している。王者に相応しい緋色の天幕によって墓所が作られ、太陽はそこに没してゆく。それを眺める私自身も、王者のトーガを纏って、太陽とともに泡立つ血に呑まれ、栄光の燠火に焼かれる。しかしそれはあくまでも幻想にすぎない。彼方へと逃去り、壮大なスペクタクルとして目の前で演じられている自死はもはや私の死ではない。笑え！ これは茶番なのだ！ どんなに華麗に飾られようとも、私はその墓には入らない。それは私の不在の墓である。

実は、マラルメは青春時代、自殺に関する詩をいくつも書いている。本書ではそれらの詩は取り上げなかったが、その自殺の手段も投身、首吊り、服毒となかなか変化に富んでいる。しかしその自殺は実現せずに逃げ去り、私は今、ここでこうして生きている。
　この第一連は、さきほどの幼い女帝の兜が現れる草稿よりもむしろ、『エロディアード序曲』正確に言えば草稿Aと便宜的に名づけた浄書稿との関連が深いだろう。そこに、鉛筆で全体を抹消された次のような一節がある。

　　罪
~~緋色~~！　火刑台！　~~古の~~曙光！　責め苦！
　　　空の緋色　　緋色
~~赤色！　煥！~~　~~赤色~~とともに咎を負う池！
そして鮮紅色の光に向かって大きく放たれたこの彩色窓。

　感嘆符を伴って投げ出される名辞は『美しい自殺』のソネと同じ映像を喚起している。三行すべてを抹消するべきだとしたマラルメの判断の理由はわからないのだが、これはエロディアードの居室から見える朝日を描写する詩行であろう。ただしこの曙光は、これから起こる危機を予兆するものである。曙光の背後にはすでに、一日の終わりに起こる惨事、即ち没する太陽が見えている。「罪 crime」という語によって始まることからもわかるように、草稿は太陽の死を自殺でなく他殺としてとらえている。洗礼者ヨハネの殉教を予示する朝日、ということだから当然ではある。しかし、古城の窓から見える光景を描写する詩人は、予見される聖人の死に自らの死をも重ねて見ていたものであろう。洗礼者ヨハネへの自己投影、となれば随分ロマン主義的な誇大妄想だが、詩人はエロディアードと結ばれることを求めていたわけだから、そのために登場人物になって虚構の世界に入り、首を刎《は》ねられる、という筋で幻想が展開していたとして何の不思議もない。マラルメが通ったイドマヤの地は、死地として夢見られていたのだった。

今、詩人はある女性とともにあって、窓から日没を見つめている。かつて書斎で不毛の一夜を過ごしたのち、窓から入って来た曙光を思い出しながら。あれは虚構の日没を兆しつつのぼる旭日であった。想像の地平の彼方の夕陽が「美しい自殺」と見られたとき、それはそのまま窓を突き破って奈落へと身を落とし、この望まぬ命に決着をつけるという衝動の投射像ではなかったか。

かつて朝とも夕ともつかない赤い日を思いながら詩人は書いた。「窓のところまで行く、ただそれだけのためにさえ生まれることを望まない王女」、と。思えば、あの不可解な詩句も、己の自殺願望を王女の身の上に重ねたものではなかったか。結局身を投げることになるのなら、生まれてきたことに何の意味があるだろう。それなら始めから、こんな命は要らなかった。――「生んでくれなんて頼んだ覚えはない」というのは、子供が、実際に親にそう投げつけるところまでは行かないまでも、心に一度は秘めたことのある台詞だろう。十九世紀フランスの親子関係でそのような台詞が口にされることはなかっただろうが、青年マラルメの出生の否認も、それに近い想念である。

そしてこれはじつに虚構性の高い想念なのだ。生まれる前の存在しなかった「私」に願望があるわけもない。もちろん、それを虚構と知りつつ想像してみることはできる。ただし、それを想像できるのも、今「私」がここにいるからなのであって、結局のところ、「生まれることを望まず、存在してもいなかったかつての私」の虚構性と「今こうして生きている私」の現実性のあいだの、決定的な断絶が浮かび上がってくるばかりである。

そうこうしているうちに現実ばかりが生き残り、子供は大人になる。「美しい自殺が勝利して逃げ去った」その後の、死に損ないの生、敗残者の生を生きていることに人はあるときふと気づく。生き残った詩人はもはや夕日の光景に没入しない。「栄光の燠火、泡立つ血、黄金、嵐!」と叫ぶときにも、かつての自分の詩行を改作する彼は、詠嘆調の詩行を「かつての自死の光景」として客観的にとらえ直している。だからこそ、「笑え」と詩人は己に命ずる。しかし、彼は自嘲の苦さも彼方にしつらえられた空虚な墓の中にしまい込んでしまったようだ。アイロニーともユーモアともつかない微妙な気分が漂ってはいるが、基調はあくまでも雅やかな幸福感である。かつて夢見られた苛烈な栄光の輝きはすでに逃げ去った危機としてはるか彼方にあり、それも夜の深まりとともに、やがて鎮まってゆく。

### 闇に下る髪

第二連。すでに夜が訪れ、男女は室内の闇に沈む。あれほど盛んだった赤光の切れ端さえも、ここには残っていない。この慨嘆は、二人で見た夕日の光景に関するものであると同時に、己のかつての危機に対して向けられたものでもあるだろう。かつて身を灼きつくすように感じられた自死の衝動は、それに伴っていた幻の栄光とともに消え果てた。

もちろん、詩人はここで初めての幻滅を経験しているわけではない。死と引き換えの栄光を夢見たのは、はるか昔の日のことである。だから、この第二連冒頭におかれた「何と！」という一驚の声は少々わざとらしい。しかし、このわざとらしさは、柄にも合わず女性と一対一で真夜中を過ごし、色男を演じる詩人の照れ隠しでもあるだろう。

とりあえず「うぬぼれの強い」と訳しておいたprésomptueuxは否定的な価値判断をもつ語であるが、ここでは恋人の頭を宝として褒める文脈なので、「自分の価値をよくわかっている」という程度の意味にとるべきだろうか。そうだとしても、ここには男が女に対して抱いている微妙な違和の感覚が現れてもいるだろう。ともかくもその、宝である頭から下りている君の髪を、私は撫でる。すると真夜中の深い闇の中、わずかな燈火を受けるその髪がしどけなく揺れる。後半の二行の表現は「しどけなさ」という名詞を中心に据えた凝ったものなのでわかりにくいが、おおよそこのような交歓のひとときを描くものである。

ソネの後半部は、この頭の描写をさらに展開することに費やされる。「消えた空」とは当然、冒頭に示された夕刻の空のことであるが、その光を夜中の闇のうちに唯一とどめているのが、輝かしい君の金髪だ、と言って詩人は恋人を讃美する。詩人は栄光に満たされたその空を思い出して「幼稚な勝利だ」、子供じみた虚妄だ、と貶しているようであるが、四十を超えた詩人の醒めた意識のうちにも、抗いがたいノスタルジーが兆しているはずだ。

その子供っぽさに魅了された心が、次の「幼い女帝の兜」という特異な比喩を導きだしてくる。最後の二行は『エロディアアード』草稿からそのままとってきた詩行であるが、その直前、クッションに頭をしずめてくつろぐ姿は、まごうことなく現代の女性である。クッションが頭を受け止め、和らげられた衝撃の僅かな余動によって、髪に飾ってあった薔薇の花が落ち、君のことを表す象徴となるだろうか、あるいはならぬだろうか。そう思いを馳せる詩人は、目の前の女性を離れ、すでに幻想へと誘われているのだが、この部分が旧作の転用になっているのである。

## メリー・ローラン

さて、このソネが書かれた時代、一八八〇年代中盤以降のマラルメの詩を読むときに知っておかなければいけない伝記的事実がある。それは、詩人に実際、恋人らしき存在がいたことである。

マラルメがメリー・ローランと呼ばれる女性と知り合ったのはいつのことだかわかっていない。本名をアンヌ＝ローズ・ルヴァオオといい、当時、「半社交界の女《ドゥミ・モンデーヌ》」とか「ココット」とか呼ばれた存在、いわゆる高級娼婦である。高級娼婦《クルティザン》というのがどういう身分であったのかといえば、そもそも何かの規定がある生業でもないから、人それぞれというところなのだろう。教養のある「高級な」遊女などと辞書にはあるが、そもそも「値段」がどれほどだったのか、とか、相手を選ぶ権利があったのか、とかは寡聞にして知らない。

その行く末も様々で、ゾラが『ナナ』で描いたように、避けがたく破滅してゆく者もいれば、プルーストの『スワンの恋』のオデット・ド・クレシーのようによい結婚をして社会的上昇を果たす者もいただろう。その点、メリー・ローランは成功者と言っていい。詩人と知り合ったころのメリーのパトロンはトマス・W・エヴァンスというアメリカ人の歯科医で、第二帝政下にナポレオン三世の典医となり、ヨーロッパ中の王侯貴族を診療したことから、政治や外交にも活躍した人物であった。

メリー・ローランは文芸サロンの主催者として知られた女性で、多くの文化人と関わりを持っている。マラルメが付き合いのあったエドゥアール・マネのモデル、そして愛人でもあった。この女性を描いたマネの作品として有名なのは『秋』と題された肖像画である（図九）。マラルメと知り合ったのもマネを通してのことではないかと考えられている。詩人が彼女と特別な関係を持ち始めたのがいつのことか正確にはわかっていないが、メリーについてマラルメが友人への書簡に記し始めるのは一八八四年のことである。従って、この『美しい自殺のソネ』はそれから間もない頃に書かれたことになる。二人の関係の始まりの時期である。

図9　エドゥアール・マネ『秋』（1881年）

それにしても、『エロディアード』からこのソネへの改作に何を見るべきだろうか。不在の王女の位置に、現実の娼婦がもぐり込んだ、ということか。だとすれば、これを堕落と言わずしてなんとしよう。かつて青年は美しい虚構、現実には存在しない理念《イデア》として、確かに作品として完成することはできなかったけれど、イドマヤの王女を純粋に夢見た。その理念が跡をとどめる不幸な断章に、後に多少の功名を遂げた詩人が手を加え、現実の女――しかもかつてあれほど嫌悪した肉のまじわりを切り売りするような女――に捧げるとは。これは断じて成熟などではない。青年であった己とその稚い理想への卑劣な裏切りではないか。

だがちょっと待ってほしい。たしかにこのソネで主題となっているのは、かつて見られたおおげさな栄光と、今手許に残されているささやかな残光との対比である。現実の、クッションにくつろぐ女のかたわらで、詩人は少し後ろめたいような気持ちを抱いていて、それを自覚してもいるようだ。この詩に漂うわずかなアイロニーは、その居心地の悪さの反映だろう。しかし、ただひたすら虚構に生きると宣言していた詩人が、四十も半ばに達してようやくそのむなしさに気づき、疲弊した心が現実への手がかりを求めた、というような顚末をここに見るだけでは、ずいぶん一面的な解釈だ。それに、これはマラルメの貞操（しかし何への貞操か。現実の妻への、あるいは虚構の王女への?）を弁護するために言うわけではないのだが、実際的に考えて、少なくともこのソネが書かれた一八八五年頃までに、彼がここに描かれたような親密な夜をメリー・ローランと過ごした可能性は低い。

マラルメとメリー・ローランの関係が本当のところどのような性質のものであったのかは明らかでない。精神的なものに留まっていたのか、性的な関係を持っていたのか、それは当人のみが知るところだ。我々にとってそれほど重要なことではないから、詮索せずにそっとしておこう。もっとも、単なる友人、というような節度を超えていたことは確かで、それは妻や娘の知るところでもあったのだが――。男のほうは気があったろう。しかし、それはそれとして、女のほうはどれだけ本気だったのか。

メリー・ローランはサロンの主宰者ではあったが、自由な身の上ではない。大富豪だったエヴァンス医師の庇護を受けて生活していたこの女性を満足させる財力は、いずれにせよ一介の英語教師にすぎないマラルメは持ちようがなかった。高名な詩人の愛人という噂が立つことは不名誉なことではなかっただろうが、それで暮らしていけるわけではない。マラルメとの間に肉体的な接触があったとしても、それはごく偶発的なもので、主たるパトロンとの関係を壊すような性質を帯びてはならないものだった。禁じられた恋というようなロマンチックなものではない。女は実務的な要請から、節度というものをわきまえていたはずだ。

仕事をもち家庭をもつマラルメにしても、夕刻から深夜にかけての時間をゆっくりと恋人と過ごすような優雅な生活とは無縁であった。ここでも我々は、たとえばボードレールのような有閑詩人とマラルメの境遇を同じように考えてはいけない。――もっとも、教師の仕事がいやだいやだと繰り返し愚痴をこぼすマラルメの労働条件は、我々の目にはずいぶん余裕のあるもののように映るのだけど。幸せとは多分に相対的なものだ。――それはともかく、成熟期のマラルメが描き出す女性にメリー・ローランの面影がしばしば現れるとしても、それは大部分、彼ひとりの勝手な想像だろう。その点でメリー・ローランは、エロディアードと同様に夢見られた存在だったと言うこともできる。

## 手許にある不在

もちろん、二人の交際に真実がなかった、などと言うつもりはない。詩人は女に「生まれることを望まなかった王女」の姿を重ねて見ていた。これは間違いない。しかしそれだけではなかっただろう。女が、かつて自分が夢見た虚構とは異なる、抜き差しならない現実として――ちょうど、エロディアードのもとに訪れる洗礼者ヨハネのように――彼の前に現れた、ということがなかったとすれば、恋愛など成立しない。しかし、そのような男女の想いの核心は、少なくともこのソネには見られない。詩の帰結に置かれ、印象を深く残す最後の二行（「戦いに臨む幼い女帝の兜のようなその髪からは／薔薇の花々が落ちてきみのしるしともなるだろうか」）、これはマラルメが二十年も前に虚構の王女のために書いたものであり、メリー・ローランを描写するものではない。彼女はふつうの意味でのモデルではありえないのだ。マラルメはむしろ、『エロディアード序曲』のためにかつて生み出した二つの別々の映像《イメージ》を、心象裡に結合し、ありもしない深夜の交歓を想像したのではないだろうか。その際、現実の女は触媒としての役割しか果たしていない。

結局のところ、この詩の舞台そのものが、エロディアードの居室にも劣らず、虚構の空間なのである。第一連の夕暮れから第二連以降の夜の室内への移行も、現実の情景描写としては唐突にすぎる。そもそも、建物ひしめくパリの部屋からは、夕日が地平に沈んでゆくというような見晴らしはふつう望めない。女の頭がやすらうのはクッションであり、寝台の枕ではないから、ここは寝室ではなく、ソファのしつらえられたサロンであろうと想像されるのだが、そのように実際の居住空間に舞台を定めていいのかと疑問に思われるほど、このソネの描き出す部屋には現実感が薄い。

詩人のかたわらにいる女の頭が「かくも変わらぬ愉悦」と呼ばれるのは、したがって、過去に夢見られた虚構が今、手の届く現実となったからでは決してない。ここにいる女は、彼方の空虚な墓、「かつて自殺した私」という虚構を葬る墓標と同じくらい空虚な、手許にある不在なのである。かつての「稚い勝利」を留めるわずかな証人として髪が喚起されることはあっても、女帝の兜のようなその髪が飾り立てているはずの、肝心の女の顔について詩人がまったくの沈黙を保っているのは、したがって単なる偶然ではないのである。

女の顔の不在は、ソネの最終行、髪から薔薇が落ちて女の「しるしとなる」と訳した箇所でも暗示されている。ここに使われている動詞 figurer は名詞 figure の派生語。幅広い意味をもつこの名詞の一つの核に、「顔」という観念があることに、マラルメが意識的でなかったはずもない。「薔薇の花が落ちてきみに顔を与えるだろう」とまで訳してしまえば誇張になるだろうが、すくなくとも、この詩の女性には顔が欠けていて、その欠落を埋めるためにこそ薔薇の花が落ちてくる、という奇妙な成り行きに、詩人は気づいていたはずだ。

もっとも、ここでも動詞は条件法に置かれ「きみの髪はあたかもそこから花がこぼれだすような風情だ」と言われているのみで、つまり花の落ちるのはあくまでも詩人の想像の裡である。「きみ」の髪の下は空虚なままであり、そこに見えた花は詩人がかつて幻想した赤い薔薇の王女の残像にすぎないだろう。

すでに消えた空の名残である。やわらかな闇にひとりで座る詩人の手は、二十年前に触れることのできなかった髪を探り当て、ゆっくりと撫でる。ここに満ちる静謐は、現実の質量を備えた女性とついに寄り添うことを得たなどというような、安堵感をともなうものではないが、空虚と営むひそやかな愉しみに彼は満足しているようでもある。

# 第七章　暮れ方の〈理念《イデア》〉

# 縁日の宣言

静かだ！　かたわらに、遊行で揺られ夢の如く横たわる女《ひと》。花の上をゆく車輪の揺れに、讃辞の花もまどろみ、投げかけられずに眠る。どんな女であっても――私の存じ上げるある女性にはこのあたりの事情も明らかなのだが――私が一言でも発しようという努力を免じてくれることは確かだろう。ある種の問いかけるような装い――午後の終わりの恩恵を浴びた男に、ほとんどわが身を差し出すような装いだ――を、声に出して褒め上げたりすれば、このたまさかの接近をふいにして、二人の距離を思い起こさせるだけだし、その距離は彼女の顔立ちの上で、機知の効いた微笑のえくぼとなって現れるだろう。現実というものが斯様には同意しない。というのも、そこにあったのは、馬車のニスに映えて豪奢に息絶えてゆく光線の外側、郊外に落ちる日没としては類稀なほど静かな至福が広がるそのただなかに、嵐のように、いちどきにあらゆる方向へそして理由もなく、物品がけたたましい凡俗の笑いをたて勝利のブラスバンドをかき鳴らす、容赦なき怒号のようなものであったから。つまりは、自らの理念のそばにひとときの身をよけた――そして一体になるところまでは至らなかった――ある人、強迫的に迫ってくる生活というものに対していまだ守りが万全ではない人の耳に喧騒が襲いかかったという事態である。

「〇〇祭よ」と、よく知らない郊外の集いの名を、私の散漫な心に乗り込んだこの愛し児は、いかなる憂さもふくまぬ澄んだ声で教えてくれた。私は従い、停車させる。

### 理想の道行き

再び縁日の光景である。夕暮れに舞台が置かれるのは以前に読んだ『未来の現象』と同様だが、詩人はもはや孤独な部屋に住まう青年ではない。彼のかたわらには女性の姿がある。妻であればそう明かすだろうから違う。

なにやら事情ありげなこの二人連れは、並んで座って馬車に揺られている。幌付馬車《ランドー》は街外れにかかって背の低い建物の間を抜けて走る。現在のオープン・カーと同じ仕組みで、幌を開ければ一日の終わり、空気は少し湿っているが、木々が香ってさわやかである。瀟洒《しょうしゃ》な街区とはいかないし、道の敷石も乱れているようなところだけれど、見通しの開けた郊外の夕刻には、なるほど特有の趣がある。低くから射す光は車体の設《しつら》えに反射し、女の顔を照らしている。男は何か気の利いたことでも言おうとうかがっているようで、女の方も夕影に装いの緊張を解いてはいるのだが、この寛ぎに乗じて沈黙をやぶる機会はやってこない。讃辞を述べることはたやすい。女は自分の魅力を知悉《ちしつ》していて、誘いをかけてくるようでさえある。しかしそうであればこそ、手を伸ばせば届くこの距離がもどかしいなどと、口に出せばあちらの思うつぼだろう。彼女はこの宙ぶらりんの遊行を楽しんでいる風情さえあるのだから厄介きわまりない。

さて、どこへ行こう、このままいっそ――。いや、この車内を今ひとときの夢と、連れ合って行くことがすでに幸い、そう考えるべきであろうか。

――そんな逡巡も長くは続かない。「現実というものはこのような夢に同意することはない」。いつもの、お定まりの幻滅である。遊閑地に市が立って、人集めのために喇叭や太鼓をひっぱり出して大騒ぎをしている。せっかくのこの夕刻、日が沈むまでのはかない愉しみも、現代を生きる詩人には残されていないのか。共感を求めて女に遺憾の視線を送ると、どうだろう。彼女の目にいよいよ精彩は増し、車を止めるようにと指示する。その声の調子にはいかなる皮肉も含まれていない。

さてと、おれもとんだ道化だ。どうやらこのひとには、こういう凡俗な催しが好みらしい。

『縁日の宣言』と題された散文詩の冒頭である。マラルメは一八八〇年代以降、むしろ散文に創作の重心を置き、詩とも評論ともつかない文章を多く発表するのだが、それらはすでに読んだ『未来の現象』や『孤児』（およびそれを改作した『追憶』）などの初期の散文詩よりも長いものが多い（これら後期の作品を、散文詩と呼んでいいのかどうか、という問題はあるのだが、その細かい議論に入り込むのは避けておこう）。この『縁日の宣言』もそれなりの長さがあって、右に挙げたのはその五分の一ほど、ということになる。

翻訳で十分に伝わるのか、不安なところでもあるのだが、後期のマラルメの散文の一番の特徴は文体にある。初期の作品を改訂して作られた『追憶』という散文詩について述べたことでもあるが、一文一文が長く引き延ばされると同時に描写の抽象度が増す。何かの物語を語っているようではあっても、状況がぼんやりとかすみ、具体的な筋（「何が起こっているのか」）を辿ることが極めて困難になる。そのような規格外のフランス語をなるべく尊重しながらも、最低限の理解はできるように訳そうとしたのだが、うまくいっているかどうかは心許ない。

そんな代物を最後まで省略せずに読む、というのもなかなか難儀ではあるが、ここはどうかお付き合い願いたい。この『縁日の宣言』という作品には途中ソネが挿入されていたり、最後は男女の会話で閉じられたり、となかなか変化があって面白い。これまで見てきたテーマ――女性、出生、そして縁日という場《トポス》――がここに再び現れるという点でも非常に興味深い作品である。切れ切れとはなるが全文を引用して、最後まで読んでいこう。

## 現実と理念

一八八七年、前章の最後に読んだソネより少し後に発表された作品ということになるから、ここに現れる女性には、やはりメリー・ローランの影がさしていると考えていい。男女の関係の曖昧さは冒頭、女性が紹介される部分から明らかになる。私の隣にゆったりと座っているのは誰というのでもない。どんな女性であったとしても、このような心地よい夕刻に、私が黙っていることを非礼と責めることはないだろう。彼女の身分は、以下に語る逸話に何ら重要性を持たないのだから、詮索は控えられたし、というのが詩人の言い分である。

ところがその一方で彼は、これから語る逸話をすでに知っている女性が世に一人いる、とも言う。「私が知るある女性にはこのあたりの事情も明らかだ」という物言いが謎めいているのは、これが一般の読者に向けられた台詞ではないからでもあろう。「私が知るある女性」、その特定の女性とは、つまりこの作品が書きおくられる狭い意味での宛名人である。その女性だけに向けて詩人は打ち明ける。この作品はあなたに対して書かれているのだ。私たちが共に経験した、あの特別な夕べを記念して書かれているのですよ、と。『縁日の宣言』は、文学作品として一般読者むけに出版される散文の小話ではあるが、それと同時に、恋する女への相聞歌なのだ。もっとも、女に宛てた体のものを公的に発表するという態度自体が、長い詩的伝統に連なるものだということも、当然意識されている。

マラルメがここで取っている両義的な態度は、この女性をメリー・ローランその人だ、と考えれば、すべて辻褄が合うようである。高級娼婦《ココット》が相手となれば、婚外の関係ではあるが、いわば公然の秘密である。それを恋愛として提示することも文学的趣味の範疇に入るだろう。とはいえあからさまにすぎるのも品位にもとる。雅やかな夕べという伝統的主題を外れることなく、あくまでも芸術的な遊戯として作品を提示することだ。こうして、マラルメが特定の女性の存在をにおわせつつ、その名を挙げないのは、連れの女性の身分、その現実に由来するものだ、と、そう説明してしまえば、冒頭の曖昧な状況も、すっきりと把握できるようである。――しかし、ことはそう単純ではない。

詩人の言葉がはらむ屈折を十分に理解するためには、この『縁日の宣言』という作品も、現実の世界には存在しえない理想、とマラルメが考える例の〈理念《イデア》〉を思い浮かべつつ読まなければならない。たとえば、冒頭で提示されるこの「女であれば誰でもそうするであろうことをする女」とはただひとりの特定の女なのではなく、「女とはこう振る舞うものだ」という考えの擬人化、ある種の典型《タイプ》と考えられないだろうか。今までマラルメの詩に見てきた女性像とは大分意匠は異なるものの、やはりこれも〈女〉という理念《イデア》そのものなのである。

しかし、詩人が女性と連れ立っているという、極めて具体的な状況の中にまで〈理念〉の姿を読み込むのは随分奇妙な読み方だと思われるかもしれない。ただ、そう考えるのでなければならない理由もある。この第一段落の最後のあたりで、マラルメは「ひととき自らの理念の傍に身をよけた人間」として自らを提示している。幌付馬車《ランドー》の座席に女性と二人きり、横並びで座っている状況をこれ以上ないくらい具体的に描写する表現であるが、これは「自らの理念」をこの女性と同一視することの十分な根拠となるだろう。

作品の冒頭に戻ろう。ここで女性が「夢の如く横たわる」と言われている。彼女が〈理念〉だとすれば、これは喩えではない。この女こそ非現実の夢そのものだからだ。『縁日の宣言』ではこの後も繰り返し、この女性が〈理念〉そのものだ、と喚起されることになる。詩人が冒頭で、この女が「特定の女ではない」と述べるのは、単なる世間を憚る言いわけではなく——もちろん言いわけであるという面はあって、それがマラルメの後期作品の軽妙な味わいともなっているのだが——理念としての〈女〉を詩人の連れ人として紹介するためでもある。

## 虚構の底へ

詩人はひととき現実をはなれ、「自らの理念の傍に身をよけた」時を過ごす。しかし、彼はまだそのような理想と「一体になるところまではいっていない」。詩人とその理想との間のこの距離に、「現実」がつけ込んでくる。つまり、理想の女性との道行きという虚構、詩人が自分の精神のうちに作り出した虚構を、現実がうち破ることによって、『縁日の宣言』の筋書きが動き出す。

もちろん、マラルメが冒頭に提示するのは奇妙な虚構である。〈理想《イデア》〉は定義からしてこの世に存在しないものだ。それがたとえば、見たこともない東方古代の王女という姿で想像されるのならわかりやすい。しかし、その〈理想〉が現代の女性の姿をとって現れた、そして、彼女は私と連れ立って一夕を共にした、その様子を報告しよう、とは不条理なことこのうえない。彼女はエロディアードと同じ〈理想〉である、と言うが、しかし、この「私の散漫な心という馬車に乗り込んだ愛児」の「誘いかけてくるような装い」はあまりにも生き生きとしてはいないか。生き生きとしているのはよいことばかりではない。エロディアードが金の光に満ちる居室で、美の理想として凝固していったのは、まさに変化して止むことのない生を忌避するためではなかったか。女性が生き生きと振る舞うほどに、〈理想〉が現実にあらわれたと言うマラルメの虚構の不条理は増してゆくのだ。

仕方がない。詩人はこれが嘘の世界であると、とっくに居直ってしまっているのだ。そんないい加減な話はもう嫌だとうっちゃるのも、たしかに読者の自由なのだが、そうでなければ彼についてゆくほかない。そもそも、この馬車に揺られながらの精神の散策がどこに向かっているのか、などと心配しても仕方ないではないか。詩人にしてもこれが不安定な状態であることは承知のうえだ。理想の女と隣あわせで、あるいは女の理想を精神に抱きつつ、静かに過ごす。夢のようなひとときだ。しかし、そんな幸福な虚構はどうせ長くは続かない。それがどこかに辿りつくまえに、現実がやってきて理想をぶち壊す。これこそが第一段落の筋である。虚構がどうやって整合的にうまく成り立つかなどということを心配しても仕方がないのだ。

しかし、そうやって無頓着を気取っても、問題が完全に片付くわけではない。たしかに、この『縁日の宣言』冒頭で語られるのは幻滅のエピソードである。ひとときの幸福な虚構がはらむ矛盾を訳知り顔で言挙げするのも大人げない業であろう。しかし問題なのはむしろ、この幻滅を経てなお、〈理想〉を巡るこの奇妙なねじれが解消しない、ということなのだ。もし「現実」の勝利ということでこの段落が閉じられるのなら、幻滅とともにこの理想の方も消え去ってしまうのが条理というものではないか。それが、マラルメによれば、〈理想〉の方が率先して現実の混乱に興味を示し、そのただなかへ入って行こうと誘って、馬車を止めさせるのである。詩人は矛盾に矛盾を重ねた不条理へとつき進むようだ。

あるいは視点を変えて見るならば、〈理想〉の擬人像であるはずの女が、詩人が理想とする静謐な道行きを早々に離脱してしまうということにこそ、メリー・ローランの影を探るべきなのかもしれない。詩人自身とは相容れないこの他者こそ、〈現実〉の刻印ではないか。であれば、現実の女、生き生きと振る舞う女がついにマラルメの前に登場し、彼がそれまで後生大事とかかえてきた抽象的で身じろぎしない〈理想の女〉という虚像を倒した、ということになるだろうか。どうもそういうことではなさそうなのだが、詩人の語る逸話はまだ始まったばかりである。とりあえず続きを読むことにしよう。ただ、マラルメがボードレール風の幻滅にはまったく傾いていないということはここで指摘しておきたい。ボードレールであれば、この女、夢見心地な二人行を後にして縁日という現実に入り込んでゆく女は、一瞬にして凡俗の象徴へと反転してしまうところだろう。しかし、『縁日の宣言』はそのように展開しない。マラルメは、なんだかちょっとみっともない感じもするのだが、この女を理想と信じたまま、うしろにくっついて行ってしまうのだ。

この波乱に対する埋め合わせとしては、私の心が納得できる図説をしてもらいたいという欲求くらいのことしかなかったのだが、照明《イリュミネーション》用の硝子器が対称形に並び、花飾り《ガーランド》や象徴《アトリビュ》の形にだんだん灯ってゆくものだから、もはや孤独を失くしたいじょう、優雅な二人連れに落ち着くためにかつて私が忌避したものすべてが故意のそして憎むべき猛威を揮うそのただなかに、むしろ敢然と突入してゆくことを決意した。私たちの予定の変更に驚きも見せることなく応じ、彼女が無邪気な腕を私に委ねたので、連なる小屋を眺めつつ、驚嘆の通路を往くことにする。

通路は大市を横切って喧騒の反響《エコー》し合うその真ん中を通るので、群衆はひととき世界をそこに閉じ込めることを得る。薄暮に輿を増した我々の深沈を如何にしてでも逸脱させようとする凡庸な放縦が襲い掛かかってきたその後で、奥のほうに、珍妙な緋色のもの、夕日に燃える雲と同様に我々の目をひく、人間の世界の光景、悲痛な見世物があった。けばけばしい色に塗りたくられた枠や看板の大文字の銘文に裏切られた小屋、見るからに空の小屋である。

あらゆる時代の寺院で使われた幕のように、ここで秘法（！）を即興で行うために縫い目をほどかれたこのマットレスは誰のものだったか。いずれにせよ断食の間じゅうをその上で過ごしたこのマットレスの所有者は、歓喜のうちに掲げられる希望の軍旗のようにそれを広げるその時までに、見せ物となる驚異を幻覚として見ることはできなかったのである（見たのは空腹によるむなしい悪夢ばかり）。しかし、祭りという神秘的な言葉が、普段の悲惨に例外を設けて休暇の日を定めると、野原が、その上を往き来する多くの靴から、兄弟愛の性質を引き出してくるが（そういった理由で、衣服の奥の方では、ただ消費されるというそのためだけに、まあ渋々出てやってもいいか、と銅貨がようやく心積もりをつけ始めるのである）、それにつられて彼もまた、売るのではなくとも見せることが――しかしまた何を見せるというのか――選ばれた者のひとりになるには必要だという、そんな観念以外は何も持たぬただの人だのに、この有益なる会合に参加せよという召集には抗いえなかったのだ。あるいは極めて散文的に、この乞食が人々を夢中にさせるのに己自身の筋肉の頑健な力を頼りにしたということもなさそうだから、訓練された鼠がちょうど必要なときにいなかった、というだけかもしれない。そんなことは人間が全般的状況に追いつめられて何かをするときにはよく起こる。

### 人間の光景

またとない逢引を邪魔された詩人が不承不承、連れ合いの手を取って入り込んでゆくこの縁日は、しかしただ無秩序ばかりが支配するところというわけでもない。たしかにそれは、群衆が行き交い、楽隊の轟音が反響する粗暴な空間ではあるが、それでもやはり、何かの秩序によって組織されている場所らしい。祭りの灯が描く模様、たとえば星や王冠や百合の花などのごくありふれた象徴ではあるだろうが、ともかくそれも何かを意味するだろう。これらの象徴を読み解くことで、この凡俗な現実の中にわざわざ理想の女性が入っていく理由が解明されるように、と詩人は淡い期待を抱く。

ふと見ると、彼らが進む通路は、喧噪の真ん中を分割するようだ。その左右に分かれて音響が呼んでは応える。この応答に、世界の原理を見ることもできるかもしれない、などと詩人は理屈をこねてみる。つまり、この縁日の配列は雑然としているようだが、それを読み解く術を持つ者にとっては世界の秘鑰《ひやく》を記した書物のように見えもするだろう。しかし、そんなことをいいながらも、マラルメは祭典の読解に勤しむというふうでもない。

詩人は自分の関心に沿って、縁日の光景のうちに一つの軸を通す。それが、人間と自然の照応である。人混みの描写はほとんど行われないが、それでも縁日を構成する稠密な組織として前提されている。その組織をつらぬいて行った先に現れてくるのが人気のない小屋である。この「人間の世界の光景」、原文では un humain spectacle で、もっとひらたく「人間の見世物」とも訳せるような表現であるが、ともかくこの「珍妙な緋色のもの」が作り出す光景が、「自然の光景」たる「夕日に燃える雲」と釣り合っているというのが、マラルメなりの事態の理解である。

この「人間的光景」は「奇妙で緋色をしている」とあるから、ちょうど、前章のソネで見た、緋色の天幕によって張られた王者の不在の墓を思い起こさせる。こうして、縁日という奇妙な書割りの真ん中を通る通路によって、詩人は「人間の夕暮れ」にまで導かれる。天幕は、『孤児』の子供がかつて見たという、「胴衣《プルポワン》を描いて紅々たる、ロマン主義的奇抜さを示す画布」を思い起こさせる。マラルメの描写は少しノスタルジックである。

しかし、これはマラルメの個人的記憶に由来する描写ではない。この人の寄らない惨めな小屋を、マラルメはすでに紹介したボードレールの『老いた香具師』の筋書きからそのまま借りてきているのだ。ボードレールが描いた老人も、喧噪うずまく祭りの中に入っていって、縁日の通路の行き着く先に、人々が見向きもしない「人間の廃墟」であるところの老芸人の姿を認めたのだった。

マラルメが『縁日の宣言』で行うボードレールの借用は、『未来の現象』のときよりも直接的である。派手な外観が余計に人気のない見世物の寂しさを強調してしまう、ということをマラルメは言っているが、これもすでにボードレールが指摘する縁日特有の悲哀であった。マラルメは『縁日の宣言』を意識的にパロディとして仕上げているのだろう。

『老いた香具師』の老芸人はボードレールにとって、世間が飽きて見向きもしなくなった老文学者の象徴として現れたのだった。マラルメの『縁日の宣言』の芸人も詩あるいは文学の象徴であることは明らかだろう――もっとも、芸人自体をまだ詩人は目にしていない。小屋を見ただけである。その小屋を前にあれこれ考えをひねっている、その考えを詩人は述べているだけなのだ。

ただし、マラルメがボードレールを模写するその筆致は限りなく軽い。彼が芸人に見るのは、世に見捨てられた老文学者の悲惨ではない。より一般的に「観念しか持たない」文学、売るための商品を持たず、また力業や軽業のような身体的な芸当もできない精神の業としての文学の象徴を、そこに見ているのである。

## 断食芸人

さて、マラルメはこの小屋がマットレスを解きほどいたもので作られていた、と言う。ここは誰もが戸惑うところだろう。このマラルメの描写に、どれほどのリアリズムを見てよいものか。当時のフランスのマットレスとはどんなものだったのか。それをどうやってテントに作り替えられるのか、その具体的なやり方は想像すらできない。

ともかく、マラルメが暗示する事情は次のようなものだ。無一文であったこのマットレスの持ち主は、働く気も起きず、毎日寝てばかりいた。しかし、縁日が立ったので、そんな怠惰な彼もひとつ稼いでやろうという気になる。縁日の美点とは、金と交換するべき売り物を何一つ持たなくても儲けられる、という点にあるからだ。何かを見世物にするだけでよい。何を見せるか、という思いつきがあるだけで金になるのだ。とはいえ、財産などまるでなく、芸を仕込んだネズミさえいない。そこで彼は最後の手段として、それまで腹を空かせて寝転がっていた敷き布団をほどき、その布地をつかって小屋をかけた。ただし何を見せるか、はっきりとしたアイデアはない。小屋は出し物を欠いてカラである。

マットレスの布地でできたテントなどありそうもない話だが、マラルメの語りにはある実在の演目の記憶も重なっているはずだ。カフカの短篇に『断食芸人』というのがある。四十日間何も食べない、と言って自ら檻に入り、見張りまで立てて食事をしていないことを証言させ、がりがりに痩せ細ってゆく自分の身体を見世物に暴す、という「芸」を主題としたものである。カフカは、かつてヨーロッパ中で人気を博したこの芸が、ここ何十年かのあいだに廃れてしまった、と述べている。断食芸はカフカの思いつきではなく、かつて実際に存在したものだそうだ。だとすれば、マラルメが「マットレスの上での断食」云々と言うのはこの断食芸を念頭に置いてのことに違いない。

カフカの『断食芸人』は一九二一―二二年の執筆になるものらしく、マラルメが『縁日の宣言』を発表してからおよそ三、四十年あとのことである。カフカはこの芸が「何十年かで廃れた」と言っている。するとあるいは、マラルメの時代、十九世紀後半が断食芸の最盛期であった、ということも考えられる。あるいはもしかすると、『縁日の宣言』の発表のころには断食芸はすでに落ち目で、マラルメはそれも意識して売れない芸人の肖像を作り出したのかもしれない。そのあたりは正確にわからないのだが、マラルメが、まさにアイデア――つまり理念《イデア》――以外にほぼ何も用いない、食物の倹約にさえなるこの芸に興味を惹かれたことは確かだろう。

## 一文の芸

さて、詩人はその連れたる婦人に先導されつつ、この誰も寄りつかない小屋の出し物に、ある積極的な役割を担うに至る。そのいきさつを読み進めよう。

「太鼓を打て！」と○○夫人が――あなただけはこれが誰かご存知です――古びた太鼓を指差して高々と促した。するとその太鼓が転がっているところから、組んだ腕をほどいて、なんの名声もないうちのような劇場に寄っても仕方がない、といった身振りで、一人の老人が立ち上がる。おそらく計画など空っぽなのだが、この騒がしい呼びこみの楽器と仲良く過ごすために、ここまで出てきたものだろう。それからあたかも、ここですぐにできることで何が一番すばらしいか、という謎がきらりと、社交的な女性を一粒の宝石が封じて胸の上で答えもせずに輝いたかのように！　さてもはや彼女は呑み込まれ、びっくりした私は道化のように、目を醒まそうとどどどんどんと鳴る音で籠絡された観客が立ち止まる、その前で身動きもとれず、太鼓にかき消されながらも繰り返す、自分にもはじめわからなかった名文句、「さあさみなさん、お入りなさい。ねえ、たったの一文だ。芸が気に食わなきゃお返しします」。年老いた両掌をあわせ感謝するその手の内に麦わらの後光の中身をあけたのち、私は、その彩りを遠くで振って合図としてから帽子を被った。立ち見の群衆に分け入って、私たちと夕暮れを共にしている女性の創意が、夢無きこの場所において何を成しえたのか、その秘密の核心へと進むのだ。

テーブルの上で、彼女は百もの頭の上に、膝から上を暴《さら》している。

どこからか迷い込んだ光線が電気的に彼女を射抜く、その光と同じくらい明確に、以下の計算が私に閃《ひらめ》いた。すなわち、何ひとつ持たずとも、流行や、気まぐれや空模様が彼女の美しさの委曲を尽くすそのままで、歌舞によって補われる必要もなく、彼女は、ある平凡な人間のためにと要求された施し以上のことをして、十分に群衆に報いるであろうと。そしてその勢いで、この微妙な供覧という危難における己の義務と、人々の好奇心が離反するのを避けるためには、何か絶対の力、たとえば〈隠喩〉の力に頼る以外にありえない、ということも私は理解した。さあ早く、数々の顔が明るくなるまで口上を述べよ。彼らがすべてを一息に理解しないとしても、難しくはあるが言葉のうちに含まれた明証性に就き、正確な上位の推測と交換に自分の銅貨を差し出すという取引に同意することの確実性、つまり自分は担がれたのではないという確信が明らかになるまで喋りつづけるのだ。

再び、同伴者の身分をこれ見よがしに隠す表現と、その同伴者に向けての目配せから始まる。「あなただけがこの○○夫人が誰か、ご存知なのですよ」というのはつまり、ご当人であるあなた、それからここでこうして報告者として話している私、この二人のみがここに描かれている経験を実際にしたのです、ということだ。これはある種の共犯関係の確認。はじめの「太鼓を打て」という直接話法、この勢いのある台詞とともに、この「理念としての女性」が確かに実在し、詩人と共に一夕を過ごしたということを強く主張している。

恐らくこの人気のない小屋の前に転がっていたのだろう。オンボロの太鼓を目にした女性は、何を考えたものか、やおらその太鼓を叩くように要求する。その声に驚いて、それまでやる気もなくしゃがみ込んでいた小屋の主が立ち上がる。まさか断食芸人の成れの果てというわけではないだろうが、風采の上がらない老人である。何を見せるという計画もなく、ただ人恋しさに縁日に来たものだろう、などとマラルメはからかっている。

もっとも、「騒がしい呼び込みの楽器」つまり太鼓と、この老人が相方を組んでいるのは理由のないことではない。彼の空っぽの計画と、同じく空っぽの太鼓の胴は見事に響き合うではないか。前章で読んだソネの、眠るマンドーラに比べればもちろん相当に粗野ではあるが、やはりこの太鼓も「音楽を生む空洞」を抱えているのだ。

さて、どんなつもりで太鼓を打つよう命じたのか。女のその計画のほうは、おそらく空っぽではないのだろうが、それもすぐには明かされない。普段、当意即妙の社交の才を示すこの女性は、ここで何も言わずに小屋に入っていってしまう。何かを告げたように思われるのは、彼女の胸の上で、やんちゃな瞳のように閃いた宝石の輝きばかり。一体何をしようというのか、などと怪訝に思うそのうちに、老人が命じられた通りに太鼓を打ち鳴らす。その音に人々も集まってくる。その群衆の前で詩人もいつの間にやら客寄せ芸人のまねごとをする破目になる。被っていた帽子を前に抱えて口上を述べていると、客は次々に銅貨を投げ込んで小屋に入ってゆく。

「麦わらの後光」などという表現が出てきて面食らうが、これは帽子を被ることが普通で「裸の頭《ニュ゠テット》」をさらすことの珍しかった当時、今よりもわかりやすい比喩だったかもしれない。同時に、麦わら帽をかぶっているということから、詩人が夏の軽快な服装であったことも示唆されている。丸い麦わら帽を聖人の頭上に浮かぶ後光に見立てた、ということで、簡単に取り外して中に小銭もためられる、というのがこの後光のユニークなところ。後光というと仏像の背後にあるような大きなものが思い浮かぶかもしれないが、ここではもっと小さく、ちょうど帽子のつばのように頭を取り囲む頭光《ニンブス》であって、よく天使の頭の上に浮かんでいる、丸い光の環、漫画などにも描かれているあれである。

詩人は帽子に集まった銅銭を、感謝する老人の手の中にあけると、群衆に分け入って、女が何をするつもりなのか、その顚末を見届けようと、秘密が開示される場へと進んでゆく。急ごしらえのテントを、神殿に巡らされて秘儀を守る幕屋に見立てるのは、すでに『孤児』でも見られた比喩だ。

マラルメはまったく同じ喩えを、数十年変わらずに使い続けている。

## 微妙な供覧

マラルメの詩想は、しかし表現の継続性の下で大きな変転を遂げている。この段落の最後、女性をさして「私たちと夕暮れを共にしているcontemporaine de nos soirs」とマラルメが言う。これはもちろん、詩人と（そして観衆と）夕べを共に過ごした人、という文脈に即した意味でもとられる。しかしそれにしても、この「我々」が誰を指しているのか、と考えてみると深読みへと誘われる。もう少し字義に戻して訳せば「我々の夕暮れの同時代人たる女性」、つまり、原始の衰えない光輝を今に保存する「〈かつての女〉」ではなく、我々の同時代人、すでに衰退を刻印されているかもしれないが、没落の最後の輝きを放っているこの時代を共に生きる女性のことだと理解される。女性の理想《イデア》を名指すにしても、それを単なる失われた原初へのノスタルジーに凝固させないという点で、数十年のマラルメの詩想の展開は目覚ましいものがある。もはやマラルメの視線は、東の地平に兆す曙光の幻に向けられてはいない。理想の女性も、「我々の夕暮れ」を共に生きるのだ。

中に入ってみると彼女はテーブルを即席の舞台として、その上にのぼっている。夕日の光——カンケ灯の人工の光ではなく、自然の光である——が幕屋の隙間から入り込み、彼女をスポットライトのように照らし出している。物語の冒頭から漂う夕光は、ついに焦点を絞られ、詩人に同伴する理念の〈女性〉の上に注がれる。その姿を見た瞬間に、詩人にはこれがどういう見世物なのかということが了解された。女性は「我々の夕暮れの同時代人」たるそのままの姿で観衆に身をさらしている。それを引き立てるのに、何か特別な衣装であるとか、歌や踊りを披露するなどの術策は必要ではない。

ただし、これは「微妙な供覧」である。テーブルの上で女性が衣服を脱ぐというのなら紳士連の興味も惹こう。そういうこともなくただ、そのあたりにいる女性がテーブルの上にあがって「見世物でござい」とやっただけでは、それがどんなに美女であっても場がしらけるのは必定。銅銭一文の価値がない、と苦情もあがる。女性が自ら買って出た役であるにしても、危機に身を置いているには違いない。さて、これをどう救うか。

ここで詩人は、「絶対の力」を持つものとして〈隠喩《メタファー》〉をもちだす。喩えは詩の持つ最大の武器、それを使って観衆の心を動かそう、ということだ。詩人はこの「見世物」を言葉で補完するため、口上を述べる芸人の役を引き受ける。その口上によって、客の理解が助けられ、「数々の顔が明るくなる」はずだ。なるほどそうか、そういうことだったか、という納得である。眼前の女は喩えであって、それは何かを意味している。表面の平凡さの下に、何か深遠な真理が隠されている。口上が明らかにするのはその深層、ということだ。

実は、このあと詩人の述べる口上とは、一篇のソネである。他のマラルメの詩と同様、かなり抽象的な詩であるから、たとえばこれを耳で聞いて、すぐに理解できるというものではないだろう。しかし、詩人は自分の言葉には「明証性」があるのだと確言し、観客もそれを推測しうるだろうと言う。その明証性に依って立つことさえできるならば、彼らも、この芸のために前もって払った銅貨を惜しむなどということもないはずだ。つまり、観客にとって最も重要なのは、「自分は担がれたのではないという確信」が守れるかどうか、という点なのだ。そうマラルメは言っている。

どうもこのあたり、集った群衆にほんとうの理解などできるわけもない、とはなから諦めてしまっているようにも読める。「だまされていない」と安心する客に、マラルメの〈理想《イデア》〉たる女の価値、あるいは詠唱されたソネの価値を理解する者がいるだろうか。もちろん絶無とも言い切れない。しかし、その多くは単に「だまされた」という恥辱を回避するために、とりあえず払った銅銭分の何かが得られればよい、と納得してしまう者だろう。損をしたとしてもまあ一銭、祭りの茶番と許せる額、ということなのだが、しかし翻って考えるに、マラルメは自分の理想が銅銭一枚の価値しかない、と本気で信じていたのだろうか。語り口は軽妙だが、その底には深いアイロニーを感じない訳にはいかない。

さて、この「上演」の続きを見よう。詩人のお手並み拝見というところである。

> ひと目、最後の一瞥を髪にやる、その髪に色を失いつつある縮織の帽子を、煙り明るむ公園の絢爛が彩って、帽子と同じ色をした彫刻様のドレスが、観衆への前金としてたくし上げられる。他と同じあじさい色の足の上へ。

そして、

髪は炎と飛びたち西のきわ
欲望が沈むところで翼を開ききる
燃えたつ鳥がとまるのは（王冠として絶えるのだ）
髪を戴く額のあたり　そのかつての源

けれどこのあざやかな雲のほかには黄金《きん》も吐かず
いつでも内にある火の燃焼
始まりにただ一つ燃えたあの火は
真剣《まじめ》なのか笑っているのか　瞳の輝きの中につづく

裸の優しき英雄が貶めるのは
指に星も煌めきも身につけず
栄光とともに女を約《つづ》めるただそれだけで
閃光をはなつ頭《こうべ》をもって偉業を成し遂げるひと

疑いの表皮を剝いでルビーをちりばめる
まるで　はなやぎ見守る松明のようなひと

## 炎の往還

急ごしらえの舞台の前に立つ詩人は振り返り、女に目をやる。ただ二人だけだったなら、髪が夕陽に燃えたつこの様子を静かに眺められただろうに。そう憾《うら》みに思わなくもないが、今はそれどころではない。即席の詩の朗唱を始めるために、観客に向き直る。女の方も役割をわきまえている。服を脱ぎこそしないものの右足を前に差し出し、その足のうえ、ごく慎ましやかに裳裾を上げる。これが観客への「前金」になっているというのは際どいユーモア。この足があじさい色だ、とマラルメは言うのだが、あじさい色とは何色か。おそらくは淡く微妙なニュアンスをふくむ紅色、ということなのだろう。日本からきたこの花が、土壌によってその色を変えることをマラルメは知らなかったかもしれない。

詩人が読み上げる詩は、十二音綴詩句《アレクサンドラン》のソネである。行数は同じだが、連の構成が4＋4＋4＋2となっているのは、後に詩人自身が作品中でも説明しているように、イギリスの形式を模したため。シェイクスピアのソネで有名な形式だが、どんなものでもイギリス風は当代の流行に適うという洒落っ気なのだろう。特徴は最後に二行連《ディスティック》が置かれて終結部を成すことである。句読点を廃しているのは口頭で読み上げられたことを考慮しているのだろうか。詩句のもつ韻律だけで十分に意

La chevelure vol d'une flamme à l'extrême
Occident de désirs pour la tout éployer
Se pose (je dirais mourir un diadème)
Vers le front couronné son ancien foyer

Mais sans or soupirer que cette vie nue
L'ignition du feu toujours intérieur
Originellement la seule continue
Dans le joyau de l'œil véridique ou rieur

Une nudité de héros tendre diffame
Celle qui ne mouvant bagues ni feux au doigt
Rien qu'à simplifier avec gloire la femme
Accomplit par son chef fulgurante l'exploit

De semer de rubis le doute qu'elle écorche
Ainsi qu'une joyeuse et tutélaire torche

味の区切れを示すことができる、ということだろう。マラルメの詩には徐々に句読点が少なくなる傾向があるが、最後の句点《ピリオド》に至るまでまったくない、というのは珍しい。

この詩は女の容姿、とくに髪と瞳を褒める頌歌である。ここまで見てきたマラルメの女性像を引き継いでおり、我々にはすでに馴染みの立ち姿である。

女性の髪が夕日に喩えられている。あるいは夕日の方が女性の髪に喩えられている、と、どちらの言い方をしてもよさそうであり、どちらでも不正確になってしまうのが、一連目の描写である。マラルメがここに表しているのは、比喩《メタファー》よりもっと実体的な変容《メタモルフォーズ》のようだ。

第一行目、フランス語の原文では、「髪 chevelure」と「飛翔 vol」が同格に置かれる。敢えて日本語にそのまま移しかえるなら、「髪、すなわち炎の飛翔は……」というような歌い起こしになるだろうか。ここで、「ある炎が西の果てへと飛んでゆく」と言うとき、炎とは一日の行路を終えて沈もうとしている太陽のことである。この太陽の飛翔する姿こそが髪なのだ、とマラルメは言う。また、太陽は髪であると同時に鳥でもある。この鳥は、まさに今沈まんというときに翼を開ききって盛んに燃えている。

このとき、西の地平に沈むのは太陽だけではない。欲望もそこに沈んで行く。しかしここで、沈む欲望とは何か。定まった答えは詩人も用意していないだろう。そもそも、この「欲望」をマラルメは不特定な複数形に置いていて、敢えて強調して訳せば「さまざまな欲望が沈む」と言っているからだ。この曖昧さがまたこの詩句の要だから、我々のほうで限定することもないだろうが、そのさまざまな欲望の一つに、観衆が視線に込める欲望を数えてもいいはずだ。男たちが女の上に注ぐ視線はそのまま髪の飛翔を追って太陽が沈む西の地平まで辿り着き、そこで欲望を燃やすと同時に果ててゆく。もちろんこの、髪をながめる者たちのうちには、詩人自身も含まれる。

欲望の火は彼方へ逃げ去った。しかし彼方で燃え盛る火は、光となってこちら側へと送り返される。これが第一連の後半で言われることだ。西の地平で燃えていると思われた火の鳥は、いつのまにかまた女の頭に戻ってきて止まっている。これは彼方の火の反映にすぎないのか、あるいはこちらの炎が実体で、彼方の太陽がその写像《イマージュ》なのか。いずれにせよこちらの炎も、女の頭の上で、王冠となって死んでゆくだろう。髪を王冠に喩えるのは、前章のソネで、女性の金髪が「幼い女帝の兜」に擬されたのと同じ系列の比喩である。

この女の額こそが、火が生まれた源なのだ、と言われるこの「みなもと」であるが、三水偏《さんずい》の「源」と訳したのは正確でないと注意されるかもしれない。意味の通りを考えて、便宜的に採用した訳語であるが、水ではなくて火の生まれるところであるから、「火のもと」と訳すべきところか。原文ではきちんとfoyer「炉、かまど」という言葉が使われている。この炎が鳥であるのだから、かまど、というのは生まれた巣、鳥にとっての生家、ということでもあろう。巣から飛び立った鳥が彼方へ去り、そこで羽根を広げた後に、再び巣にもどってきて死ぬ、という往還の運動がここに描かれている。

しかしマラルメはこの往還を、時間軸上に展開して示すのではない。それをある運動性として、四行のうちに凝縮する。夕刻の一瞬、最も華やかに夕日が燃え上がる瞬間、それを僅かでも過ぎれば闇と虚無へ転落するその直前の、危機的な出来事である。此方と彼方を見比べる視線も追いつかないような瞬間の心像である。

次の連に移ろう。第二連第一行は、実はフランス語の解釈が極めて困難で諸説紛々なのだが、ここも一番明快なポール・ベニシューの解釈に従っておいた。「あざやかな雲」とは落日を反映して金色に光る雲のことであるが、これを夕日の最期の、絶え絶えの吐息のように見なすのである。しかし、女を飾るものといえばこれだけだ、他に実体をなすような黄金はない、というのだから、やはりこれも髪の毛のことだろう。そして、火の実体、煙を吐き出している燃焼そのものは、と言えばそれはつねに内部にある。女の内側で燃えている火のみが、ただ一つ、さまざまに女の外側にきらめく夕日や髪の光を生み出したものだ。

その内部の火を見ることができる窓は、女の瞳である。しかし、その火がどのようなものなのか、外側からはっきりと見極めることはどうも難しい。女の目の輝きは、本当のことを語っている、すなわち内心をそのままに映し出しているようにも見えるし、その反対に、笑うように揺らぎ瞬いて、ちらちらと火の所在をはぐらかしているようにも見える。ただともかくも、詩人は女の中に燃え続けている炎が、この夕べの光景すべてを、幻燈のように作り出したのだ、と信じている。

三連目の問題は、一行目の「裸の優しき英雄」が誰なのか、ということに尽きる。これを除けばあとは前連から継続する女性の描写、ということになるから、まずはこの一行目は飛ばしてそちらを見よう。

二行目、原文の字句に寄り添って訳せば、「星や火を指の上に動かすこともなく」となる。いずれにせよ、数々の宝石で手を飾ることのない現代の女性の簡素な身なりを表すものだろう。その対極にあるものとしては、たとえばバンヴィルの描写する古代の美女、例のエロディアードを思い起こせばいい。「紅玉《ルビー》、青玉《サファイヤ》、紫水晶《アメジスト》が指に妖しい火を灯す」という、かつて自分を魅了した詩句を、マラルメは思い出していたかもしれない。

続いて三行目、「女を約《つづ》める」というのは訳としてあまり美しくない。ただ、ここはマラルメの言葉遣いがそもそもあまり通りのよいものではないから、多少不器用であっても原義に寄り添った訳を試みた。使われている動詞は simplifier で、そのまま訳せば「単純化する、シンプルにする」ということになる。もちろん、女の服装を現代風に、シンプルにするという意味もあるだろう。すると、この simple という単語は日本語でもそのまま通じるようにも思われるが、語源に還るとマラルメの狙った意味の広がりがつかめる。ラテン語の成り立ちは sim（一）-plex（折目）である。この詩の中に類似の語源をもつ単語を探せば、詩の第二行目の最後にちょうど éployer という単語がある。「(翼を）開く」と訳した箇所である。ここで起こっているのはその逆の動作で、様々に展開しうる女性の観念を一つに「折り畳む」というのだろうか、とにかく、開かれた翼が閉じるように、自分の頭、閃光をはなつ頭の上に要約する、ということである。つまり詩人は、第二連で言われた女性の内外の光の照応をここで繰り返し描写し、それを「偉業」と言っている訳である。

さて、裸になっている「優しき英雄」。「英雄」という言葉がもつユーモラスな時代錯誤《アナクロニスム》は、女性の装束の現代性に対置されている。第一章で淫猥なソネを読みつつ喚起したが、マネの『草上の昼食』とそのもとになったライモンディの版画（あるいはその版画が複写しているラファエロの『パリスの審判』）に現れる人物像の変化を思い出してほしい。

この英雄が誰かは定めにくいが、『縁日の宣言』という作品には登場人物がそういる訳ではないから、辿り着くところは限られている。「英雄」と呼ばれうる人物、舞台に上っている「偉業をなす女性」に釣り合う人物とは、結局のところ詩人自身しかいないのだ。もっとも、裸体と言ってもマラルメの言葉には慎みがあって、少し丁寧にそのあたりを汲んで訳せば、「ある英雄が裸でいるとしよう。その英雄のような破廉恥な振る舞いが、女性が成し遂げているすばらしい芸当を貶めてしまっている」という抽象的な記述だから、必ずしも詩人が裸で登場する訳ではない。「裸」が比喩ならば、それが何を指すのか、ということになるが、詩人がこの『縁日の宣言』中で行う行為は、女性の美点を褒めあげるための詩、つまりこのソネを朗誦する、ということに尽きる。つまり、このソネ自体が露骨なものであって、女性の行っている偉業の価値に何も付け加えることはしていない、あまつさえその品位を損なってしまっているということ。結局のところ、誇張気味の謙遜の言葉だと解釈していいだろう。

この少し頼りない解釈を補強する手がかりは後に現れる。『縁日の宣言』の終結部分、舞台が終わった後に詩人と女性が会話をする場面で、詩人が自分の詩のことを「びっくりして裸で客の中を突っ切って行った」と形容する箇所がある。ここで裸体が、きちんと用意されていない、とか、露骨でみっともない、というような謙《へりくだ》りの意味で使われている、ということが確認できる。

## 華やぐ松明

結末の二行連《ディスティック》は謎めいている。その一行目、フランス語原文の文法を尊重するならば、これは前の行の「偉業」にかかって、その内容を説明する役割を果たす。少し長く引き延ばして訳せば、「彼女は疑念の表皮をすりむく、あるいはその表皮を剥いで傷をつけ、そうすることで疑念の上にルビーをちりばめる」、そのような「偉業」を「閃光をはなつ頭によって成し遂げる女」だ、ということになる。

「疑念の表皮をすりむいて傷つける」などと言われてもなんのことやら、という感じで、これはフランス語の慣用的な表現に類例を探っても見つからない。「すりむく écorcher」という単語は脚韻の位置にあるから、音をそろえるためにマラルメが苦し紛れに使った言葉だ、と穿った推測をしてみることもできるが、それではでき上がってしまった詩句の説明にならない。「疑いの皮をむく」とはあまりよく使う比喩ではないが、大まかに言えば、「疑いを攻撃する」という意味であることは確かだろう。

それにしても、誰の持っている疑いか、あるいは何に関する疑いか、ということが問題になる。このフランス語の書き方だと曖昧で、ごく一般的に、人々の心に兆す疑念、という意味で取っておくこともできる。しかしここでは、特定的な解釈、すなわち、この詩の置かれている状況に沿って解釈しておこう。

この詩の朗唱の前、詩人が目的として明言していたのは、観客のうちに「自分は担がれたのではないという確信が明らかになるまで喋りつづける」ことであった。この「確信」の対概念としての「疑い」だと考えてみるのだ。つまり、観客は何を見せられるのか知らないままに小屋に入る。そして半信半疑のまま女性の姿を見ている。女性が十分に観客の心を打つなら、あるいは少なくとも、支払った銅貨一枚に見合うものだという「確信」に辿り着くなら、興行は成功である。女性がこの成功を妨げている「疑い」を損なうことができれば、その分「確信」に近づくわけで、それは誇張的に「偉業」と呼ぶことができるだろう。

視覚的には、この「表皮を剝ぐ」行為の結果、「疑い」が血を流す、その様子が描写されることになる。「ルビーをちりばめる」とはこのことだ。随分と奇妙《バロック》な、そして野蛮な比喩にも思われるのだが、このルビーの輝きは同時に、精神を照らす光の投影でもある。女性の役割は、人の心の疑いを殲滅するというところまではいかないかもしれない。しかしその表面を引き裂いて、宝石のような血で飾り、祝祭のイリュミネーションのように一時の輝きを与えることはできるだろう。

どちらかというと最終行のほうはつかみやすい。女の髪は松明の火に見立てられている。「見守る」と訳したのは tutélaire という形容詞で、たとえば、「法定後見人」というときの「後見」であるとか、「守護天使」というときの「守護」の意味である。松明がその火をもって照らすように、人の精神を明るく照らし出す作用を言うのであろう。光をもたらすものとしての松明、という象徴は慣用的なもので、たとえばニューヨーク港の「世界を照らし出す自由」像（日本語で「自由の女神」と通称される像）を思い浮かべてみればいい。この場合の「世界を照らし出す光」はいわゆる「啓蒙」で、精神的な光明の意味である。

逸話めくが、米仏両国の友好の記念としてこの前代未聞の巨大青銅像が完成したのが一八八六年十月のことである。『縁日の宣言』はそのすぐ後、一八八七年発表であるから、マラルメが女性と松明を結びつけるにあたって、「自由」像を念頭においていた可能性は低くない。また、この像はもともと、アメリカ独立宣言百周年記念として企画されたものである（完成は記念の年から十年あまり遅れてしまったが）。『縁日の宣言』という若干意味の取りづらい題名は、この「アメリカ独立宣言」にひっかけてあるのかもしれない。

ただし、このマラルメのソネの場合、女が松明を持っているのではなく、女性自身が松明である。髪の毛が燃え盛って人の精神を照らす照明となる、というのは慣用的な比喩ではない。これを写実的な擬人像として思い浮かべるなら、前の行の「皮をすりむかれた疑念」とも相まって、戯画的でさえあるだろう。しかしまた、マラルメの理想の女性が変容した松明に、後見という言葉につきまといがちな、厳めしい雰囲気はない。「はなやぐ」と訳した言葉は joyeux、喜び joie から派生した言葉である。陽気で楽しい、と、精神に明るさを運ぶ光なのだから、あたりまえではあるが、溌剌たる気分に満ちている。ここに至って、もはや夕日の頽廃であるとか、原初の光の幻影というような、マラルメの前・中期の詩篇に見られる光の屈折は消え去り、多少奇異ではあるものの真っ直ぐな輝きが周囲を照らしている。

＊

即興の詩の朗誦がクライマックスとなって、その後『縁日の宣言』はゆったりと緊張を緩めて閉じられる。

たぶん私のほうでこれ以上喋り続けることができなかったという理由から、すでに持ち場を離れた生ける寓喩の腰に手を当てて、地上にやさしく飛び降りる勢いを和らげる。「こう申し上げましょう」と、こんどは観客の理解力に合わせ、この退場を目前にした彼らの驚きを、見世物の正統性へと立ち戻るふりをして短く断ち切ろうと、私は付け加えた。「皆さま。ただいま皆さま方のお眼鏡にかないますかどうか、姿を見せる光栄にあずかりました人物は、その魅力の意義をお伝えしますのに、衣装や、演劇につきものの小道具を何ら必要としておりません。この自然さは、身を繕うことを怠らぬことによってもたらされる完璧なほのめかし、あの、女性がもつ原初的なモチーフの一つであるところのものに対するほのめかしとうまく合致するものであり、それが十分であることは、皆様の心強いご讃同を得たことによって、私にも確信されるところなのであります」。評価を見定めているしるしとして間《サスペンス》があったが、それでも困惑を誘う「もちろんだ！」とか「そのとおり！」あるいは「そうだ」というような声が人々の喉から漏れ、幾対かの鷹揚な手によって少なからぬ喝采が供されて、出口へ、そして木々と夜のない空地へと群衆を導いてゆく。その群衆に私たちも混ざった。あとに残ったのは、白手袋をつけたままの一人の幼い兵隊が、その手袋を温めようと、崇高な靴下留め《ガーター》をまさぐる夢を見る、その待ちぼうけの姿のみだった。

「ありがとう」、と言って親愛なる女《ひと》は認め、星々からか、葉叢からか、彼女のもとに下りてきた夜気を吸い込む。ほっと一息というわけではないけれど――彼女は成功間違いなしと見込んでいた――声にいつもの冷淡な調子を戻そうというのだろう。「わたしは忘れられない思い出を精神に得ました」。

「ああ、いや、ただの美学的なきまり文句です……」

「それはご自分で滑り込ませたのではない、と、そうかしら、私たちが二人きりでいたとき、たとえばあの馬車の中にいたときに、私の前であぁ言ってのける口実ではなかったの。――馬車はどこ？――戻りましょう。――けれどあれは、お腹に一発強烈なパンチを受けて、仕方なしに飛び出してきたのよね、みんながじりじりしたんで、何がなんでもとにかく直ぐに何か――それが徒夢《あだゆめ》だとしても――言わなきゃならなくなって」

「その徒夢が、自分が誰かもわきまえず、びっくりして客の中を裸で突っ切って行ったとまあ、おっしゃるとおりです。けれどあなたの方だって、もし、ひとつひとつの単語がたくさんの鼓膜に反響してあなたにまで届き、複数の解釈を受け入れうる才気の持ち主を魅了するなどということがなかったならば、古風な調子のソネに乗せた私の口上を、先程のように反論の余地もない確かさでお聞きにならなかったのではありますまいか、いくらそれが最後の一筆の韻のところで二重になるとはいっても」

「そうかしらね」と、同じ女性が、夜の息遣いの快活さのうちに、私たちの思考を受け入れた。

### 詩人と観客

女性は「生ける寓喩」であった。「寓喩《アレゴリー》」とは、まさに「世界を照らし出す自由」像のように、抽象概念を人物像で表現したものである。では、彼女は何の喩えであったのか。詩の中ではつねにその姿と夕暮れが対照されていた。するとこれは「夕日」の寓意像であったか。あるいは、目の前の血肉備えた女性はあらゆる女性の理念形であるという意味で、これは「女性」の寓意像とするべきだろうか。

いずれにしても、舞台上で何かの役を演じていた女性は、詩の朗唱を終えたときには「すでに持ち場を離れて」いる。地上に降りた女性は、もとのとおり、現代を生きる、どこにでもいる女に戻る。そしてそれと同時に、詩人の語る言葉も詩とは異なる言葉、日常の言葉にもどって、沈黙を守る観客に説明を始める。それをマラルメは「観客の理解力に合わせる」のだという。

まだ女は何もしていないじゃないか。舞台の上でちょこっと足を動かして、そのあと、なんだかわからない詩のようなものが読まれただけだ。まだ何かあるだろうと思っていたところで、これで終わりだなんて……やっぱり騙されたのではなかろうか……そんな心配が現れる前に、詩人は先手を打ってこう弁解し始める。

銅貨と引き換えで小屋に入った皆様は、何か特殊な装束を身につけた人物が、異なる時代・異なる土地の珍しい風俗を演じるものと期待なさったかもしれません。しかし女性というものが十二分に魅力的であるのに、どうしてそのような小道具が必要となりましょう。「女性の持つ原初的なモチーフ」つまりは頭髪、風俗によって千変万化であるような衣服ではなく、あらゆる女性の身に備わった自然の装飾たる髪のみでよいのです。その髪がさりげなく整えられてあるだけで、女性の美しさはまさに心に響くものとなります。ただ今皆様ご高覧の演目が、その何よりの証拠です。

詩人は髪について語っているから、たしかにソネの内容に沿った解説となっている。ただし、原文の「女性が持つ原初的なモチーフ」云々のくだりはすんなりと理解できるようなものではない。観客と同じ水準にまで降りて、その理解力に合わせたというわりには不親切な言いぶりだ。こうして観客の納得を引き出した、とマラルメは嘯くが、ちょっと都合がよすぎはしないか。

困惑しながら、あるいはまったく何も理解せずに「すばらしい」と声を上げ拍手をしてしまう観客をマラルメは描く。これは皮肉である。観客が詩の読者の比喩になっていることは明らかだ。本当には理解できていないのに、理解したようなふりをして熱狂を演じる。詩人として名を知られたマラルメは、そういう人々との付き合いをいやというほど経験したのだろう。

もちろん、こうやって皮肉を弄するマラルメを、子供っぽいとか傲慢だとか評するのは容易い。それはそれで正しいし、この韜晦癖には飽き飽きするという感想も聞こえてきそうだが、少し弁護するならば、マラルメは「理解されることがないように詩を書いている」つもりは決してなかったはずだ。おのれの考えるような仕方で書いて、どうやらそれは難解ということになってしまうらしい。しかし自分の詩の〈理念〉を共有する者がいずれきっと現れる。そう信じるからこそ誤解を生むのも覚悟で作品を発表するのだ。群衆の前に女性をさらすというこの「微妙な供覧」はまさにそのような条件に置かれた文学の比喩になっている。「もちろんだ！」等々の讃意の表明をマラルメは「困惑を誘うものだ」と形容するのだが、困惑しているのは見世物を見た者たち――あるいは読者――ばかりではない。咄嗟のことと短詩をこしらえた詩人自身が、予想外の――そして恐らくは実質の伴わない――成功に、誰よりも困惑しているのだ。

## 高雅な対話

さてともかくも、詩人と連れの婦人は熱気さめやらぬテントを後にする。小屋の中にひとり若者が残って肉感的な妄想に耽っているのはご愛嬌。ただ、マラルメの詩は（このソネはそれほどでもないけれど）性的な暗示に富んでいる。この若者のような反応を引き出してしまうのは作者にも責任の一端があるはずだ。そういう類いのエロティックな読解は下賤と責められるべきものではなく、詩人はこの多感な若者を（少なからずからかい気味ではあるにせよ）非難するために登場させたのではなさそうだ。

外はすでに日が落ちて暗い。このあたりの光の推移は前章の最後に読んだソネと同様だが、『縁日の宣言』は快活な気分が最後まで失われない。「木々と夜のない空地」とは、逆に言えばつまり木々と夜の真ん中に開けた明るい祭りの敷地のこと。その祭りの灯に照らされ、外気の涼に平静を取り戻して、女性は口を開く。

感謝の言葉からはじまるこの対話では、男女の間の微妙な緊張感と、それによって要請される社交的な慇懃さが特徴的である。婉曲な語法を多用し、断定を避けるため、文意がつかみにくいのだが、しかし、艶事《ギャラントリ》における儀礼的な決まり文句に終始している訳でもない。この章を閉じる前に、詩人がその理想とかわすこの短いやりとりのうちに、詩作の条件に関するこの時代のマラルメの考えを読んでおきたい。同じ〈理念〉の擬人化と言っても、成熟したマラルメが提示するそれは、青年期、『エロディアード』によって実現しようとしたものとは大きく異なっている。それはこれまで見てきた通りだが、この終結部で軽快なやりとりの中に明かされるのは、変化が外面的な意匠――つまりは様式《モード》――に留まるものではないということ、そして、様式《モード》とともに変質するのは、詩《ポエジー》が詩の外部と取り結ぶ関係に他ならない、ということである。

〈理念〉の感謝に対して詩人が応える。あれはほんとうに、あなたのような特別なご婦人に宛てるのに相応しい称讃ではありませんでした。ごく一般的に女性を褒めただけの詩で……云々というが、当然マラルメは、この「特別な」相手が「女一般」であるところの〈理念〉だということを踏まえてこう言っている。謙遜とともに、自分の讃辞が適当なものであったという主張も込められた台詞である。

負けじと女も答える。まるであなたは、そのつまらない決まり文句を口にする状況を、わざわざ作り出したのはご自分ではない、とそう言いたげなご様子ね。車で二人だったとき、何かおっしゃりたかったんでしょう。ほら、黙って車に揺られて夢想に身を委ねるのが一番だなんて、格好つけでしかないんだわ。言いたいことを口に出すその口実が欲しくて、こんな手の込んだ舞台を用意なさったのよ。――詩人がこの虚構の世界の鍵を握っていて、実はすべてを仕組んでいるということを〈理念〉の方もすっかりお見通しだ。結局この作品は彼女を公衆にさらし、同時に普段は言えないあからさまな讃辞を彼女の耳に入れるための策略だったのだと、暗に男を告発するのだ。

だがしかし、女は男を追いつめようとはしない。「そういえば私たち、車をどこにうっちゃって来たのかしら」などと気まぐれを粧いつつ、何もかもが男の企みでもない、と相手の立場に譲歩する。

そもそもこういう散文を書くのだって、原稿を催促されて仕方なくなのでしょう（それにしても、「胃に不意の拳の一撃を受けて」とは乱暴だ。まさかそんなに手荒く扱われたとも思われないが、〆切りの苦しさが古今東西変わらないかと思うとおかしい）。きちんと形を整えて、というわけにもいかず、まだぼんやりとした夢想でしかないものを意に染まず発表した、というのは嘘でもなさそうね。計算ずくだなんて勘ぐって失礼いたしました。

男の方だって黙っていない。たしかにおっしゃるとおり、ここに書いている散文は文章の体を成していないかもしれません。イギリス風のソネだって、物語の中で描いたとおりのものです。聞き耳を立てている聴衆と、すでに身をさらしてしまったあなたとの間で、何か言わざるをえなくなったので、出来不出来など考えずに口にした即興にすぎません。その即興がみっともない素っ裸で出てきたその姿と言ったら、思い出すだに顔が赤らみます。ただあなただって、こうして私の口からお世辞が聞けてまんざらでもないというふうじゃありませんか。

女の返事は素っ気ないが肯定的である。「そうかもしれませんね」と、いちおう詩人の言葉に心を動かされたと認めている。即興ではあったがそれでも〈理念〉を裏切るような出来ではなかったということだろう。

もっとも即興というのだってたぶん本当ではない。マラルメは裏で、けっこうな心血を注いでソネも、この『縁日の宣言』全体も推敲を重ねたはずだ。詩人はその事実を隠しているわけではない。すべては虚構《フィクション》である。それはどんな読者にも明らかだ。だとすれば注意深い読者には、私が労力をかけてなおこの程度の作品しかできない、ということもわかるだろう。しかし〈理念〉に見合う作品を完成させるのに必要な時間に比べれば、この散文を書くのにかかった時間など微々たるものにすぎず、これを即興と言ってもそれほどの誇張にはならないはずだ。——マラルメは自分の詩の現状を、〈理念《イデア》〉の尺度とともに潔く発表しているのである。

永遠不変の〈理念《イデア》〉に比べれば、私がここにさらけだすようなものは惨めなものだ。しかしまた、そのような理想が現実に存在する——いや、〈理念〉が虚構である以上、それはあくまでも「存在しないものとして存在する」しかないのだが、ともかくもそういう〈理念〉が思考可能であるということも、私が何も見せず、ひとり密室で精錬刻苦しているだけでは他の人にとってはただ「ない」ことと同じになってしまう。不完全であってもどこかで思い切りをつけて公衆にさらしてしまうことだ。そのことに〈理念〉の方でも強く反対はしないだろう。——いやむしろ〈理念〉は、縁日のような俗間へ興味津々、自ら入り込んでゆくのではないか。

こうして人々の間に置かれることも、〈理念〉にとって不名誉な売名ということにはならないだろうし、不本意な奉仕とばかりも言えない。〈理念〉がそこから得るものがあるからだ。——マラルメは「ひとつひとつの単語がたくさんの鼓膜に反響してあなたにまで届き、あなたという複数の解釈を受け入れうる才気の持ち主を魅了することがなかったならば、私の口上を反論の余地もない確かさで聞かなかったのではないか」と言う。馬車の中で詩人と〈理念〉とさし向かいでいたときに讃辞が口にされなかったのは、ただ慎みに反するから、という理由ではない。そこでたとえ詩が朗誦されたとしても、すぐ隣にいる〈理念〉には決して届くことがないのだ。

題名に現れるdéclarationの語は、「アメリカ独立宣言」と言うときのような「宣言」だが、これは愛の「告白」の意味でもある。詩人は自分の〈理念〉に対して思いを告白したいと望む。しかしそれは密室においては遂げられない。それは人々の行き交う場において、衆人環視のもとでしかなされえない。詩人としては照れくさいだろうが仕方がない。語源に還ればdéclarationとは「明らかclair」にすることである。告白は、市の耿耿たる光の中に投げ出され、そこで初めて愛の対象に届く。

その一方で、〈理念〉が多くの解釈を受け入れるのは、単にこの女性の人間的な（？）度量が寛いというのではない。〈理念〉は耳を持たない。〈理念〉は様々な人の耳を通してしか聞くことができない。当然、人によって異なる理解が生まれることは避けられないのだが、〈理念〉としてはそれを許容し、自らの姿が引き起こした反響《エコー》の総和をもって、己の姿を確認するしかないのである。それは粗暴な不協和音にしか聞こえないかもしれない。しかし、この反響の作り出す言語の場を詩は離れることができないということにマラルメはすでに気づいている。

「同じ女性が夜の息遣いの快活さのうちに私たちの思考を受け入れた」という最後の文は謎めいている。「私たちの思考」とは誰と誰の思考で、それを誰が受け入れたのか、ということを突き詰めて考えても答えは出ないだろう。結局、いちばんの謎は謎のままである。「同じ女性」と呼ばれる〈理念〉とは誰なのか、詩を外部から評価する位格《ペルソナ》なのか、あるいは詩によって作られる幻像なのか、あるいは詩人自身の精神的分身なのか、あるいは現実の女メリー・ローランの表象なのか。マラルメは作品を閉じるにあたって、この錯綜を解いてみせるのではなく、よりきつく結びかためておこうとするかのようである。詩人と〈理念〉を取り囲む夜は深い。しかし小篇の結末は、隔たりを保ちつつある調和に導かれる男女の様を、呼気と吸気のリズムの同調に従って描いて清明である。

# 終章　扇三面

## おりふしの詩句

マラルメは出版した作品以外に、かなりの量の短詩を近親に贈ってもいる。それら私的な圏域に留まった詩句に、『おりふしの詩句』という題名を与えて詩人の死後ずいぶん経過した一九二〇年に出版したのは、娘のジュヌヴィエーヴとその夫エドモン・ボニオである。

それまで公になることのなかったそれらの詩句に特徴的なのは、贈る相手の名前や出来事、つまり作詩の状況を詩句に織り込むという、遊戯的側面である。いきおい、詩章は意味の深さよりも技巧に傾くことになる。そのような遊戯の最たるものは、手紙の宛名を四行詩《キャトラン》に仕立て、封筒に書いて送るという試みだろう。『おりふしの詩句』には、マラルメの生前すでに公表されていたものもふくめ、友人知人、はては雑誌の編集者に宛てたものまで——すべてが実際に投函されたわけではないようだが——多くの「宛名詩」が収録されている。音節を揃えたうえに脚韻を合わせなければならないフランス詩の規則は、たとえば日本の俳句や川柳などより拘束が厳しい。宛名人や住所を詠み込みつつこの規則に従うために、マラルメはかなりアクロバティックな構文を駆使している。それを読んで届けた郵便局員もなかなか詩心があったなどと感心しそうになるが、そこはまだ顔見知りの狭い世界が残っていた時代のこと。通りの名さえ読み取れれば、誰宛てなのか目星をつけることはそうそう難しいことではなかったのだろう。

状況に合わせて作られた詩句は、単なる語呂合わせと言えないこともなく、いわゆる「詩」すなわち文芸的な「作品」とは一応別物だと考えた方がいいだろう。しかし、それはただ一時の座興というようなものでもなかった。マラルメがこの私的な詩句に愛着を持っていたことは、写しを手許に残し、娘のジュヌヴィエーヴに集めさせていたことからもわかる。また、それらの多くに関して、マラルメは生前見直して手を加えてもいるのだ。推敲の対象となった詩句は、詩を贈られる人物やその贈呈の機会から遊離して、一種の「作品」に近づくことになる。

そしてマラルメが、それら手すさびの作詩とは完全に区別されるべき高尚な営為として、詩人としての創作を考えていたかというと、事態はまったく逆だろう。すでに『エロディアード』の草稿から生まれたソネ数篇を引用しつつ見てきたように、マラルメが一八八〇年代以降散発的に発表する短詩こそはむしろ、生活のおりふしに生まれる機会的な詩句の延長上に構想されたものではないか。

一八八五年、マラルメはヴェルレーヌに宛てて、「自叙伝」と後に呼ばれることになる手紙を送っている。その一段落を引用しておこう。


つまるところ私は、現代という時代を詩人にとっての空位期、彼には無縁の時代と見なしているのです。この退潮を極めた時代、かつ予兆的な興奮にある時代にあって彼が行いうることと言えば、将来のため、あるいは決してやってこない未来のための神秘を鍛え上げること、そして時折、生者たちにたいして詩連《スタンザ》やソネを名刺代わりに差し出すぐらいのことです。さもなければ生者たちは、自分たちが存在の場を持たぬことを詩人が知っているのではないかと疑いをかけ、彼に石を投げて殺してしまうでしょうから。

今生きていると信じる者たちは、本当のところ存在する場所を持っていない。過去と未来とに挟まれたこの現在という時のとらえがたさをマラルメの詩は常に問題にする。そしてマラルメによれば、理想の詩はこの現在に向けて書かれるものではない。それは、遠く未来において成就される（かもしれない）神秘である。

しかしまたマラルメは、詩人もまた現在というこのつかみえぬ時を生きる者であるということを忘れてはいない。それを共に生きている者たちと完全に断絶しているわけにもいかないのだ。そのため、短い詩を書いて生者たちに差し出す。そうして仁義を切っておかなければ、詩人は不吉な真実を口にする者として抹殺されかねない、と。これはいかにもおどけた誇張だが、ともかく、マラルメはソネという形式を、このような挨拶のカードにうってつけのものと考えていたのだろう。後半生のマラルメが我々に残した詩業とは、ほとんどこの名刺代わりの詩以外の何ものでもない。マラルメの詩は生者たちとの営みの記録でもあった。

## メリー・ローランの扇

『おりふしの詩句』には前述した宛名書きの他に、新年の贈り物に寄せた詩句、自著の献呈の詩句、あるいは写真の裏面に書かれたとおぼしき詩句等々、様々なものが含まれる。

そのなかに「扇」という総題で十九篇が集められている。このセクションに収められた、ほぼすべてが四行詩《キャトラン》という短い詩に特徴的なのは、贈り先がすべて女性だという点である。マラルメはこれらの詩を実際に扇面に書き、親しい女性に贈ったのだろう。なかには、公的に発表するにあたって、送り先の名前を変更しているものさえあるのだが、それには相応の理由があるかもしれない。扇子に詩を書いて贈るという東洋の習わしは、ジャポニスムの時代、扇子の使い手が主に女性であったせいだろうか、艶事《ギャラントリ》の仕草であった。もっとも、詩はあくまでも形式のうちでつくられる虚構《フィクション》である。常に現実の艶事に裏づけられているわけではない。しかしいずれにせよこれらの扇の詩は、男女の関係が意識され、演じられる状況を前提としていることに注意しておこう。

さて、次に訳出するソネはそれら『おりふしの詩句』の四行詩と較べれば随分凝ったものと言わねばならない。しかし、作詩の基本的な状況は同じである。この詩を、マラルメはメリー・ローランに贈呈する扇に書き付けた。一八九〇年という記念の年号も付されていたらしい。その扇自体が現在どこにあるのかはわからないのだが、アンリ・モンドール編のプレイヤード版全集によれば、「薔薇模様の扇の金紙に白いインクで書かれていた」ということである。この詩が初めて出版されたのは一九四五年刊行のこの全集が初めてであって、ジュヌヴィエーヴ・マラルメが出版した『おりふしの詩句』には収録されていないのだが、この扇はマラルメから愛人へと私的に贈られたものなのだから、娘がその存在を知らなかったとして何の不思議もない。もっとも、これを見たことがあったところでジュヌヴィエーヴが躊躇なく収録したとは思われないのだが、そのあたりはあとから考えることにしよう。

扇（メリー・ローランの扇）

冷たい薔薇の花々が命を得ようとして
みなが一輪の同じ花となり
白くすばやく開いてあなたの息をさえぎれば
息はこごえて霜となる

けれど私が茂みを叩き
深く打ち込んで解き放つなら
この冷たさはとけ去って
陶然とひらく咲《わら》いの花

天を分けとって擲《なげう》てば
おまえはまことに好い扇
小瓶にも勝るものとなる

メリーの放つ香をガラスの瓶に
閉じ込めようとすればだれであれ
それを損ない、冒瀆してしまうのだから。

第一連。この「冷たい薔薇の花々」が扇の模様としてちりばめられた薔薇であることを理解するには、詩が書きつけられた扇の姿を知っていなければならない。詩の内容は作詩の機会へと強く結びつけられているのだ。扇面に描かれたそれらの薔薇がただ一つの薔薇となって咲く、とはつまり扇が開くことである。扇を開いて女性が口元を隠す、という所作の描写なのだが、それを女性の主体的な動作としてではなく、扇の方が意志をもって女性の息をさえぎり、そこから生気を汲もうとしている、と言っているのがマラルメらしいところ。女性の息吹を吸い込んで、花たる扇は大きく広がる。一方、この「冷たい花」にさえぎられた女性の息は凍りついて扇面に白い霧氷となって付く。霧氷の輝きは、現実の扇の金地に反射する光のきらめきでもあろう。それはまた、女性の冷や

ÉVENTAIL
de Méry Laurent

De frigides roses pour vivre
Toutes la même interrompront
Avec un blanc calice prompt
Votre souffle devenu givre

Mais que mon battement délivre
La touffe par un choc profond
Cette frigidité se fond
En du rire de fleurir ivre

À jeter le ciel en détail
Voilà comme bon éventail
Tu conviens mieux qu'une fiole

Nul n'enfermant à l'émeri
Sans qu'il y perde ou le viole
L'arôme émané de Méry.

扇（メリー・ローランの扇）

やかさ、恋愛志願者たる詩人へのつれない態度を表していることは言うまでもない。

しかし扇とはただ慎ましく開かれて口元を隠すばかりのものではない。二連目、詩人の手に渡った扇は、女性にむけて爽然と風を送る。ここで「叩く」動作、フランス語では battement であるが、これは扇や翼の羽ばたきである。叩く対象が「茂み」と言われるのは、扇を薔薇の花咲く枝に喩えたものだと、とりあえずは理解しておこう。この動作が薔薇の豊かな葉叢を「深く突き動かす」と、花も活気を帯びてほころび、さらに大きく開く。こうして、氷花のかたくなさが崩れると同時に、女性の態度もやわらぎ、うっとりとした笑いが起こるものである。

後半は贈る扇への詩人の呼びかけである。それはまた同時に、扇がいかにメリー・ローランに相応しい贈り物であるか、ということを主張し、そのような贈り物を思いついた詩人の機知を誇る内容になっている。修辞の骨格にあるのは、扇は香水の小瓶よりもよいものだ、という比較である。つまり、女性自身がよい香気を発しているのであれば、香水など必要がない。また、女性の香気を瓶に入れて保存しようと試みたとしても、それは必ず瓶の中で失せてしまうだろう。よしんばそれに成功したとしても、それは女性の尊厳を損なう行為である。メリー・ローランの香気はただ、扇によって空中に漂うように、というのである。「天空を分けとって擲つ」と訳したこの連の一行目は独特だが、これも虚空を往復する扇の動きの描写であることは間違いない。

さて、ここまで述べてきたところではまず穏当な内容のようだが、実はこの詩の、とくに前半にはほとんどあからさまなエロティシズムがある。一連目、薔薇の花が「冷たい」というのが性的な冷感を暗示するのが出発点である。それさえ気づくなら、二連目で扇をあおぐ動作が性交の描写になっていることはすぐに理解されるところだろう。

「茂み」と訳したtouffeは恥毛を指す語であるし、「深く打ち込む」などという言葉遣いも意味深である。詩人のこの所作によって、女性の冷感も解け「笑い」の花が陶然と咲く、というのだが、「笑い」を性的享楽の隠語として用いるのは、好色な半神を描いた『牧神の午後』で青年期のマラルメがすでに用いていた比喩である。

後半、女性が発する香りへの言及も、この文脈においてはかなり肉感的な様相を帯びる。『エロディアード——舞台』を思い出そう。王女の身体からたちのぼる「近づきがたい悦楽を含む香気」は、その「裸体の白い戦慄」と同一視されるものであった。現実の女性に対してこんな大仰な、また露骨な言葉を贈ることは、いい歳をした詩人のなすところではないだろうが、底流するイメージは変わっていない。さらに最終行、ぼんやりと「冒瀆する」と訳したviolerのそもそもの意味は「強姦する」である。エロティックな読み筋は詩の終わりまで一貫している。

このソネが『おりふしの詩句』に収められていないのもむべなるかな。もちろん、ジュヌヴィエーヴにしたって父親に幻想を抱いていたわけではない。メリー・ローランの名もたびたび現れることの『おりふしの詩句』という書物において、マラルメの晩年の交流を隠匿しようしているとまで考えるのは行きすぎだ。しかしそれにしても、である。第一章で読んだ「ナイトキャップのソネ」よりは遥かに洗練されてはいるが、やはり性交の仕草そのものの描写である。ジュヌヴィエーヴと、マラルメの崇拝者でもあったその夫の目的は、すでに死後の名声を得ていた詩人の、公衆には知られていない私的な「作品」を発表し、記録することであっただろう。もしかすると、彼らはマラルメの死後、この詩が書き付けられた扇の現物を発見したかもしれない。しかいずれにせよ、亡き父を顕彰し、その近親への情愛を明らかにすることを目的とした書物の中に、スキャンダルがほのかに香るこのような一篇を含めることを彼らは望まなかっただろう。

ただ、彼らが心配したであろうような事態が、この扇の贈呈のあとに行われたかどうか、そのあたりはまったく定かではない。贈られたメリー・ローランはこの際どい悪ふざけの意味を読み解いて、マラルメの求めに応えただろうか。高級な売笑であればこそ、このようなメッセージを読みとく術には長けていたかもしれないが、それにしても、単なる前置きとしては凝りすぎである。詩人は、こみいった猥雑さを言葉の世界で実現させて満足し、敢えてその先へ進む必要を認めなかったのではなかろうか。彼はただ和やかな笑いのためだけにこの扇を贈ったのだと考えて、それほど外れている気はしない。

### マリー・マラルメの扇

マラルメは愛人だけではなく、妻にも扇を送っている。公式の自選詩集に収められるのは、当然こちらの方である。

## 扇（マラルメ夫人の扇）

あたかもことばとしては
空はるか羽ばたきのほかないように
まこと貴い棲家《すみか》から
未来の詩句は放たれる

つばさ　ささやく伝令だ
この扇がもしあの扇
きみの後ろに照る鏡を
輝かせた扇と同じなら

（澄んだ光のうえに
こなごなに追い払われた目に見えぬ灰も
やがて幾許か戻ってくるだろう
私はそれだけが悲しいのだ）

つねに扇はかく現れよ
きみのたゆまぬ手のうちに

扇を鳥の翼に見たてるのは慣例的な比喩であるが、ここではさらに、羽ばたきの音が詩の言葉のささやきへと連想を紡ぎだす。マラルメ夫人が扇を持ってあおいでいる。その持つ手が「貴い棲家」である。そこから微かな羽音をたててあたかも鳥が巣から飛び立つように新しい詩句が生まれる。巣を立つ鳥のイメージは前章で読んだ『縁日の宣言』にも出てきたものだが、ここではそれに加えて、妻が守る住居へと思いがつながれている。

二連目のはじめの行は前段を受けている。鳥たる扇は、ささやく羽音によってメッセージを伝える使者となる。これはもちろん、ほかならぬこの詩が扇に書かれて贈られたという状況を踏まえたものである。扇は、夫から妻へと詩句を届ける伝令なのだ。二連目の続きの理解も、詩人とその妻が身を置く具体的な環境を想像できるかどうかにかかっている。扇を贈るときの状況、つまりマラルメ宅の調度の配置においては自明だったのかもしれないが、この詩を読んだだけでそれを思い描くのは容易なことではない。どうやら、マラルメ夫人の座る位置は、鏡の前であったようだ。そこに座って彼女は手に持った扇を用いている。あおぐ動作につれて、鏡のなかで、彼女の身体の陰からちらちらと扇が見え隠れする。詩人が妻に贈った扇の現物も残っていて、それが銀箔の張られたものであったことが知られている。現在では硫化して黒く沈んだ色あいの扇なのだが、当時は白く

ÉVENTAIL
de Madame Mallarmé

Avec comme pour langage
Rien qu'un battement aux cieux
Le futur vers se dégage
Du logis très précieux

Aile tout bas la courrière
Cet éventail si c'est lui
Le même par qui derrière
Toi quelque miroir a lui

Limpide (où va redescendre
Pourchassée en chaque grain
Un peu d'invisible cendre
Seule à me rendre chagrin)

Toujours tel il apparaisse
Entre tes mains sans paresse

まばゆい輝きを放っていたことだろう。この扇のひらめきが、「鏡を輝かせる」ということばの意味だということで、大方の註釈者の意見は一致している。

ただし、扇が鏡を輝かせるのは、ただ扇面が光を鏡へ送るためだけではない。第三連へのつながりで言うならば、扇はむしろ、鏡の表面を覆う埃《ほこり》を吹き飛ばし、鏡を磨く道具として現れる。いわばハタキのような役割を果たすわけで、家事をとりしきる妻にふさわしい持物《アトリビュ》ではある。男女の雅びなやりとりが期待される主題なのに、ここでいきなり格調を下げるようなところが気にはなるが、日常の雑事の描写は長く連れ添った夫妻の飾らない関係を示唆し、この詩にやわらかなユーモアを与えてもいる。ただし、実際にこの時代、鏡の塵払いをするための道具が扇に似たものだったかはわからない。扇と清掃用具が直接に結びつけられている、というのではなく、これもまた自由な連想というぐらいのものかもしれない。

かくして三連目で描かれるのは、鏡の輝きと、それを曇らせる塵の攻防である。扇の風によって払われた塵も、やがて鏡面に再び舞い降りてくるだろう。これはまず、ごく卑近な生活の実感として読んでいい。磨かなければ鏡は曇る。掃除をしなければ塵も積もる。そしてもちろん、塵は日々の経過がもたらす微少な倦怠を象徴するだろう。マラルメはすでに、若書きの『未来の現象』の冒頭、街路樹の葉には「時の埃」が積もると言っていた。ただし詩人はもはや、重く人類にのしかかる凋落の宿命などにとらわれていない。その気持ちを曇らせている塵は、扇の一振りで払われるだろう。しかし、この目には見えぬ塵が毎日、確実に、家庭に射し込む光輝を翳らせてゆく、と、そのことが「悲しい」と詩人は言う。

しかしまた、ここで使われている「悲しみ chagrin」の語が、それほど軽いことばでないことにも、注意しておかなければならない。それは苦痛をともなうような心の動揺であり、単なる「疲れ」などではない。マラルメが極度のきれい好きであったかどうかは知らないが、それでもたかだか掃除が行き届いていない鏡を見つけて、そこに時の経過の象徴を見た、というだけのことに使うのは大袈裟にすぎる。

もちろん、この誇張もまた、ユーモアとして理解できないこともない。しかしさらにうがつなら、そのユーモアは過度の感情の表出を抑制するためのもの、とも考えられないか。つまり、悲しみの表現、心のまことの告白があまりに悲痛になりすぎることのないように、という配慮から、読者公衆に対して——これは出版された詩である——おどけたような様子をしているものではないか。

このような深刻《シリアス》な解釈へと傾くのは、鏡の上に降る塵をマラルメが「灰」と呼んでいるからでもある。もちろんこの時代のフランスは土葬が習慣であったのだが、しかし、詩語としての「灰」は、死者の遺骨を指すギリシャ以来の古典的換喩《メトニミー》である。chagrin の語のもつ悲痛は、死者に向けられる嘆きにこそ相応しい。

マラルメとその妻マリーとの間で嘆かれる死者といえば、一八七一年、マラルメがパリに出てきたその年に生まれ、一八七九年に夭逝した息子アナトールのことだろう。本書でもわずかに触れることがあったが、この息子の死がマラルメの詩作と生活、とくに妻マリーとの関係に与えた打撃は計り知れないものがあった。

もちろん、この詩のなかで暗示的に示される「悲しみ」をただひとつ、息子の死のみへと結びつける読み方は恣意的だと言われよう。長い時間を共に過ごしてきた人間のあいだになお浮かびかつ消える、かすかな違和の感覚を、死んだ子というような特定の原因に帰して満足するのは浅い理解だ、と、確かにそれはその通りである。それでもやはり、マラルメとその妻の間に、単なる平凡な日々の積み重なりというだけでは説明のつかない、ある事件の残影が漂っていたことは述べておきたい。この詩が深い陰影を帯びているとすれば、それは家庭的な優しさの覆いの下に、死者の存在——不在の在、「いない」ものが「いる」という奇妙なしかし根源的な謎——が嗅ぎ取られるためであるに違いない。

本書はここまで、マラルメが実在と不在を往き来しつつ詩人となった過程を追ってきた。その登場人物は、はからずも——当の詩人自身を除いて——ほとんど女性であった。エロディアード、「理想《イデア》」、母、妹、妻、娘、そしてメリー・ローラン、等々、この性別の偏った布置こそは、詩人の生きた現実であった。そしてこの現実が、詩人マラルメの想像力を規定し続けたと考えて、おおむね誤りではないだろう。ただしこの布置が根本的に変動する可能性が、十年たらずの短い期間ではあったが、開けていたことは無視しえない。息子の存在、そしてその死はマラルメにとってそれほど決定的なものであった。しかし、アナトールがマラルメという詩人に引き起こした波瀾、とくに、『アナトールの墓』と呼ばれる草稿については、また機会を改めて語らなければならない。

いずれにせよ、マラルメが妻に要請するのは、生活に兆す曇りをたえず払い去ってくれ、そして「現在」という時の清々しい光を思い出させてくれ、ということである。詩人が妻に対して贈り物をし、その見返りとして何かを依頼する、という構図は、第三章で読んだ『贈詩』という初期の詩篇とまったく同じであるが、かつて抱かれた苦い思いは——少なくとも表面上——このソネには現れない。妻の加護によって、詩人は「貴重な棲家」を得ている。そのことへの感謝をマラルメは忘れない。かつて、友人カザリスに「自分は愛に恵まれていない」とまで言って否認した妻と、そして、詩作を妨げるものとさえ感じていた家庭と、それでは、マラルメはついに和解したと言っていいだろうか。

しかし、この詩はそれほど単純明快な幸福の詩ではない。家庭人としてのマラルメはともかく、詩人としての彼は、この現在の棲家に留まれない。そうも暗示されているからだ。マラルメ夫人の扇にあおられて生まれる詩句は、この棲家を歌う詩ではない。それは「未来の詩句」である。また、「放たれる」と訳しておいたse dégagerという動詞は、そもそも、身を引き離し、逃れることだ。未来の詩句は天空はるかに逃れ去り、かすかなささやきとなってだれかに言付けする。これが第一連の含意だろう。長年連れ添い、深い悲しみまで共有した男女の、穏やかな信頼を語るような、言ってみればできすぎた詩のなかに潜むアイロニー、いや、皮肉とまでは言わないまでも、かすかな不協和音を聞き逃してはならない。「未来の詩句」は、今・ここに留まるものではないのだ。マラルメは妻が守る日常に感謝しつつも、詩の領域たる未来へと、想像力を羽ばたかせ、「逃れさって」

しまうことを夢見ている。

「いつまでも君の手の中にこの扇が現れるように」という最後の祈念に偽りはないだろう。しかし、その祈念は条件を伴ってもいる。マラルメはこう言っているのだ。「もしも、君の手の中の扇が、鏡のなかで輝いている扇と同じものであるならば」。さて、虚像と現実が「同じ」である、という回りくどい表現で、マラルメは何を言いたかったのか。それは決して、「この世界が鏡に映されている」というような常識の、単なる確認ではありえない。突き詰めて考える余裕は本書にはもはや残されていないが、マラルメが現実の、そこに存在している妻だけを見ているのではないことは確かだ。詩人はやはり、鏡の作り出す映像そのもの、存在しないあの世界に、ひそやかに、しかし抗いがたく惹きつけられている。

### ジュヌヴィエーヴ・マラルメの扇

住み慣れた家を捨て、家族を捨てて、旅立つか。マラルメは留まったが、それだって結局、決心ができる前に死んでしまっただけかもしれない。決心するひまが詩人になかったのだから仕方がないし、そもそも決心するつもりなどなかったように思われるのだが、それでもなお確かなのは、マラルメは「今・ここ」を生きつつも、ついにこの問いを捨てなかったことである。

そのことをもう一歩考えるために、あと一篇、扇の詩を紹介して終えたい。マラルメが娘へ贈ったという体裁であるが、読んでみれば娘に贈るには艶っぽすぎる感じもある。もしかすると公式な発表に合わせて献呈先を変えた詩かもしれない。『おりふしの詩句』に収められている扇の詩のうち、少なくとも一篇はＭＬ夫人すなわちメリー・ローランからジュヌヴィエーヴ・マラルメに、詩人自身によって献呈先を変更されている。同様の成り行きがこの詩の裏にないとも限らない。

扇（マラルメ嬢の扇）

おお夢みる女よ、辿る道なき
澄みとおった悦びに飛びこみたいから、
ぜひとも、精妙な虚偽《うそ》によって、
手に僕の翼を握っていてくれ。

扇《あお》ぐたび、きみに訪れる
黄昏どきの涼やかさ。
囚われたままのはためきも
地平をそっと押し広げる。

目くるめく！　いま空間はうち震える

あたかも　誰へといわず生まれることを願う
熱い接吻が　ほとばしることも
鎮まることもできずにいるかのように。

きみは感じているだろうか、近付きがたい楽園が
圧《お》し殺された笑いのように
きみの口の片隅から
斉一の襞の奥底へ流れゆくのを！

黄金の夕べの上に薔薇色の岸辺が滞る
燃え立つ腕輪のうえに君が置く
閉じられた白い飛翔は、
この対岸を統べる王杖なのだ。

冒頭から「僕」と言って語り始めるのは扇自身である。扇が言葉をもって、扇の所有者となったジュヌヴィエーヴへと語る。ところで、この「僕」が飛びこんで行きたいという「道なき悦楽」とは何か。まさか「道ならぬ恋」などではなかろうが、マラルメの表現には含みがある。もっとも、

ÉVENTAIL
de Mademoiselle Mallarmé

Ô rêveuse, pour que je plonge
Au pur délice sans chemin,
Sache, par un subtil mensonge,
Garder mon aile dans ta main.

Une fraîcheur de crépuscule
Te vient à chaque battement
Dont le coup prisonnier recule
L'horizon délicatement.

Vertige ! voici que frissonne
L'espace comme un grand baiser
Qui, fou de naître pour personne,
Ne peut jaillir ni s'apaiser.

Sens-tu le paradis farouche
Ainsi qu'un rire enseveli
Se couler du coin de ta bouche
Au fond de l'unanime pli !

Le sceptre des rivages roses
Stagnants sur les soirs d'or, ce l'est,
Ce blanc vol fermé que tu poses
Contre le feu d'un bracelet.

扇（マラルメ嬢の扇）

扇から翼、そして鳥へのアナロジーはこの詩でもつながっているから、ごく平板にいえば、鳥の飛翔のことだと考えておけばいい。空にはあらかじめ定められた道などない。ただ澄みとおった光のなかを、気のむくままに飛んでゆけばえも言われぬ心地よさだ、というのだが、さて、扇は本当に飛んでゆくわけにはいかない。扇が翼のように羽ばたくのは、人の手中にある限りにおいてのこと。閉じて置かれてしまえば力なく横たわるだけである。そしてそのことを扇自身もよくわかっている。だからこそ、持ち主の「夢見る女《ひと》」に対して、「よくできた嘘をついてくれ」と頼むのだ。手に握った扇を用いながら、その扇に対して、「おまえは鳥だ、ほら、ここでパタパタと翻るたびに、鳥になった気がするだろう。おまえは空を駆け巡り、誰も味わったことのないような境地へと達するのだよ」と暗示をかける娘は、しかし自身も夢を見ているのだ、とマラルメは言う。自分のついている嘘を嘘と知りつつ、その嘘の誘惑に乗りたい、「道なき悦楽」に達したいと望んでいるのは、娘のほうも同じなのだ。

第二連で言われる「囚われたままのはためき」とはだから、扇の運動の描写である。それに加えてこの連では、娘と扇が置かれている状況が暗示されている。夏の日暮れ、暑く長い一日の終わりに扇で涼をとる。ただしマラルメの詩の眼目は写生にはない。

太陽が沈んで行く地平線が喚起されるのは、『美しい自殺のソネ』と同様である。その地平線によって限界を定められている世界が、扇の風でわずかに向こう側へと押し広げられる、というのだが、これは扇ぐ者が窓の外に見ている光景というよりも、その心のうちに見出される眺望だろう。

静かに座って扇いでいる。自分はまったく動いてはいないのだけれど、世界の方がわずかに広がったような気がする。扇はあたかも魔法の杖の一振りのように、地平線を動かし、世界を変容させる力をもつことになる。

そして第三連では、この世界の変容が愛欲の心情と同調していることが明らかにされる。扇が世界を広げる。その空間の歪みは、恋の魔力のように、眩惑をもたらすのだ。もちろん、うち震える空間とは、扇のはばたきが起こす風のことなのだが、ここでいう空間 espace（英語でいうところの space）とは、世界を観念的に満たしている「空間」であると同時に、扇のひとあおぎがその空間から分けとってくる「間《スペース》」でもあるところが面白い。この、空間の振動たる風が、一片の接吻へと喩えられるのだが、それは、誰と誰の間になされるということもまだ定まっていない、潜在的な接吻である。この擬人化された「接吻」の方では、誰のためであってもいいからはやく生まれ出たいと熱望している。しかし、おそらくは恋人同士の了解がなされていないために、男女それぞれの心の虚構のうちでもどかしく打ち震えるだけなのだ。

実はこの「誰へといわず生まれることを願う fou de naître pour personne」という部分を、マラルメは何度も書き直している。マラルメは、最初に書かれたと考えられる手稿、すなわち実際に扇に清書された現物で、「誰のためにも開花しなかったことに de n'être éclos pour personne」と書いていた。文法的にはこれは「鎮まる」にかかってゆくのだろうから、「この接吻は誰のためにも開くことはなかった。ただし、そのことからいまだ心を鎮めることができずにいる」というような意味になるだろう。それをマラルメは一八八四年に雑誌掲載する際、「誰のためにも存在しないことを誇って fier de n'être pour personne」と書き換えた。それをさらに、一八八七年に書き換えて現在の形に落ち着いたものである。わざわざフランス語も添えて引用したのは、n'être「ない」と、naître「生まれる」、この同じ発音を持ちながら矛盾する二つの表現のあいだでマラルメが揺れ動く様子が、ここに端的に示されるからだ。誰かのために生まれたいと望み、しかし、いまだ誰のためにも生まれていない。これはまさにマラルメが、「生まれなかった王女」たるエロディアードのものとして構想した状態であった。

それにしても、このあたり、東方の処女をめぐる青年の妄想そのものとは言わないまでも、その延長線上に生まれたイメージであることは明白である。どうも父親から娘へと贈られる詩句としては相応しくない。もちろん、この詩が書かれた当時ちょうど二十歳であったジュヌヴィエーヴを描き、その純潔を記念する詩として読めなくもない。が、それにしてもやはり、扇の送り主であり、扇に代弁者として語ってもらっている者としては、接吻を求める恋の当事者を想定した方がすっきりと理解されるだろう。恋愛志願者としての詩人というのが、艶事を扱う扇の詩の、いわばジャンルの要請でもあることはすでに述べた。この詩が書かれたのが一八八四年ごろであり、また、メリー・ローランと知り合ったのもこの年のことである。これを単なる偶然の一致としていいものか。詩人は出会ったばかりの女性を思いつつ詩を書きつける。しかし扇は贈られることなく彼の手許に残り、それがのちに娘に与えられた、と、たとえばこんな次第だって、十分にありえるだろう。

艶事の匂いは次の連に進むとさらに濃くなる。ここで「きみ」と呼びかけている者は、もはや自分が扇に扮していたというその虚構をほとんど忘れてしまっている。「楽園」にかかる形容詞、「近付きがたい」と訳したfaroucheは、かつてエロディアードについて用いられていた語である。ここで「おし殺された笑い」に、はじめに読んだソネ『メリー・ローランの扇』のような性的享楽を読むのはさすがに深読みが過ぎるだろう。しかし、扇で隠された口元の忍び笑いを、与えられなかった接吻のもどかしさ、さらには押さえ込まれた悦楽の身震い、というくらいに見てとることは可能だろう。「斉一の襞」については『マンドーラのソネ』ですでに触れたが、閉じられた扇の描写である。閉じられた唇から閉じられた扇へと、楽園の蜜は男の目に触れることなく流れている。男は楽園の核心に達することはできないが、見えない笑いが女性にもたらしているわずかなひきつりを快楽の確かな標《しるし》と理解する。快楽を感じているのか、と男が女へ問う、ということになれば、やはり肉感を示唆せずにはいない。「斉一の襞の奥底」という表現が示唆するエロティシズムには無視を決め込むとしても、やはり父が娘に贈る詩としてさほど穏当なものとは言えない。

しかし、開かれ、盛んにあおがれて自由な享楽へと放たれるという動《ダイナミック》的な始まり方をしたこの詩は、きわめて静《スタティック》的な描写で終わる。扇は閉じられ、左手の輝く腕輪へとゆっくり下ろされる。この、慎ましさを強調するようでいて、きわめて思わせぶりな女性の仕草が、詩を文字通り閉じる。この詩が誘惑の詩であるとするならば、結末は明らかに失敗である。「さあ、あおいでみなさい」という冒頭の扇の挑発は頓挫する。扇は幻想の翼たることはできず、男は「道なき悦楽」に飛び立つことを阻まれる。「閉じられた白い飛翔」は静かに、腕輪の炎に対して置かれている。扇は炎を抑え、まもなくそれを消すだろう。「欲望は西のきわに飛びたち、そこで燃え盛って息絶える」。静かになった空には青白く雲が暮れ残り、薄暗くなった室内に扇がぼんやりと浮かび上がる。

しかしながらその一方で、最終連は「今・ここ」へと閉塞してゆかない。同じように室外と室内が問題になっていた『エロディアード――舞台』の結末とは反対に、この詩では此処《ここ》と他処《よそ》の空気は行き交うことを止めない。

最終連は「黄金の夕べの上に薔薇色の岸辺が滞る」という描写に始まる。前段ですでに地平線が喚起されているから、「黄金の夕べ」が、その地平に沈む夕日を指すことは明らかである。では、ここに突然現れる「薔薇色の岸辺」とは何か。岸辺の方が夕日よりも上にある、ということになれば、ふつうの風景描写ではありえない。周囲の情景を写すものではなく、比喩であろう。たとえば、夕暮れ時にゆったりと漂う雲か靄《もや》の類いを喩えている、と考えてみてはどうか。詩人はこの雲を、川の対岸に見立てる。夕光とともに現れる彼岸。マラルメは西方浄土を思っているわけではなかろうが、いずれにせよ、むこうの領域である。

このむこうがここにぴたりと重なり合って、マラルメの詩は大きく彼方へと開かれる。他処と此処の照応の証しとなるのは、燃えつつ沈む夕日を体現して輝く腕輪である。そして、その上に置かれた扇は遠景の雲、「薔薇色の岸辺」だ、という見立てであろう。見た目の類似はそれほど重要でない。マラルメによれば、この閉じられた扇こそ、夕焼けに浮かび上がるあの幻の王国の王杖

sceptreなのである。王が手にするというこの杖が象徴するのは当然、君臨と支配である。はるか彼方、あちらの岸にまで飛び立たなくても、扇は閉じられたままで彼方を支配する。夢を見るためにはあおぐ必要さえない。いずれ「精妙な虚偽《うそ》」なのだから、言葉だけでこと足りるはずで、大袈裟な動作は邪魔でさえあるだろう。

　腕輪のうえに閉じた扇を添える婦人を、若い娘と見ることはもはや難しい。ここに現れるのは、尊厳と機知を備えた〈女性〉、そう、例の理念《イデア》の姿である。そして、詩を閉じるにあたって理念の扇が指し示すのは、あちらの火ではなく、こちらの火のようだ。その両腕の交差も、「今・ここ」への収斂を象徴するものではないか。

　だとすれば、さて、この寓意像《アレゴリー》は何を示すものか。

　簡潔な詩の最後、理念は無言で問いかけている。この仕草の意味を読み解け、と。まったく謎めいた仕草で、そもそも唯一の正解などはじめから期待しえない問いでもあろう。しかしまた、マラルメによれば理念は「複数の解釈を受け入れる才気の持ち主」なのだから、ここに試みるひとつの解釈も、彼女を裏切ることにはならないはずだ。

　理念の姿はある教訓を示している、と考えよう。その教訓とは、他処《よそ》を夢見る場所としては此処《ここ》しかない、というものだ。もちろんこのような確言は、この生が終わったときにはすべてが終わって何もないという強い覚悟を迫るものである。理念は来世を断念せよと求めるのだ。そうでなければ、つまり、死によって易々と他処へと旅たつのであれば、夢見る者は此処にこだわる理由を持たないはずだ。さっさと此処を引き払って、他処へと越して行けばいいだろう。この教訓は「勝ち誇った自殺」となって彼方で燃え尽きることを為さなかったマラルメという詩人にこそ相応しい。彼はその範例として、躊躇なく自らの一個の生を差し出すだろう。

教訓はあらゆる読者に開示されている。しかし、マラルメがこの扇をとくに娘に与えたことは、彼自身にとってある特殊な意味を持った行為だったかもしれない。

そもそも、男女の満たされぬ愛欲を描いた詩を実の娘に与える詩人に、倒錯を指摘することは容易い。しかし、倒錯を言うにしても、この扇の愛欲《エロス》のありかたには注意が必要だ。いかに淫靡に響こうとも、この詩は愛欲の対象を隠すことによってより倒錯の度を深め、快楽を増そうとするものではない。マラルメの愛欲は決して実現されない。それはおそらく、未来においてさえ顕われることを期待されていないのだ。快楽をともに享受しようというメッセージをこの詩が担っているように見えるとしても、それはあくまでもジャンルの要請を利用した擬態にすぎない。

娘に対して愛欲の誘いを向けているというような疑念は、マラルメの寛闊たるユーモアに耳を塞がなければ生じるはずもない。単純な理解に帰着しようとする精神の怠惰を注意深く避けて彼の言葉を聞くとき、それは目に見えぬ愛欲の働きを解き明かす、ある精妙な教えのように響くはずだ。つまりこの詩はむしろ、子に対する一種の訓導なのである。

したがって、マラルメの例を一般化して、あらゆる父子の関係の基底には倒錯が横たわっている、と指摘するだけではまだ十分ではない。むしろこう言おう、あらゆる父性は、倒錯を昇華することによってしか得られない、と。

——ステファヌ・マラルメはこの扇をジュヌヴィエーヴに与えたとき、この娘こそがかつて彼を「今・ここ」につなぎとめた係累であったことを思いつつ、莞爾《かんじ》として宿命を肯《うべな》っただろう。そのとき、かつて父親になったばかりの彼が浮かべた敵意ある微笑の苦味がその唇に一抹も戻ってこなかったかどうかはわからないにしても。

# ステファヌ・マラルメ略年譜

一八四二年三月十八日　パリに誕生。父、ニューマ・マラルメ（一八〇五―一八六三）。母、エリザベート・デモラン（一八一九―一八四七）。
一八四四年　妹、マリア・マラルメの誕生。
一八四七年　母、エリザベートの死。母方の祖父であるアンドレ・デモランがステファヌとマリアの後見人となる。
一八五〇年　オートゥイユの寄宿学校に入学。
一八五二年　パッシーのキリスト教学校に転校する。
一八五五年　同校から放校される。
一八五六年　サンスの高校に寄宿生として入学。
一八五七年　妹、マリアの死。
一八五九年　『四方の壁の中で *Entre quatre murs*』と題した詩集の計画。
一八六一年　マラルメ家がサンスに住み始める。
一八六二年　本格的な詩作開始。妻となるドイツ人女性クリスティーナ・マリア・ゲルハルトとの出会い。十一月、英語教師になることを決心し、ロンドンに移り住む。その際、マリア・ゲルハルトも同行。
一八六三年　父、ニューマ・マラルメの死。ロンドンでマリアとの結婚を済ませた後、パリ、そしてサンスへ戻る。十二月、アルデシュ県トゥルノンの高校に英語教師として着任。
一八六四年　十月、『エロディアード』に着手。十一月、娘ジュヌヴィエーヴの誕生。
一八六六年　『現代高踏派』詩集配本の開始。マラルメは第十一巻に寄稿。南仏カンヌへの旅行。トゥルノンの高校を罷免され、ブザンソンへ転任。
一八六七年　アヴィニョンに転任。
一八六九年　『エロディアード――舞台』の原稿を『現代高踏派』に送る（普仏戦争の影響で、出版されるのは一八七一年）。
一八七〇年　休職し、博士論文を準備。
一八七一年　七月、サンスにて息子アナトールの誕生。十一月、パリに住居を定める。
一八七二年　フォンターヌ（コンドルセ）高校に着任。
一八七四年　フォンテーヌブロー近隣のヴァルヴァンに初めて滞在（のちにマラルメが休暇を過ごす地と定まる）。
一八七五年　『現代高踏派』詩集に『牧神の午後』を寄

稿するが、掲載拒否。三月、サン・ラザール駅近くのローマ街に転居。ここで定期的に文学者・芸術家を集めた「火曜会」が開かれることになる。
一八七六年　マネが挿絵を描いた『牧神の午後』初版の出版。
一八七九年　息子アナトールの死。
一八八四年　このころから、メリー・ローランとの親交が始まる。四月、ユイスマンス『さかしま』の出版。このユイスマンスの小説と、同年に書物として刊行されたヴェルレーヌ『呪われた詩人たち』によって、マラルメの名が広く知られることになる。
一八九〇年　前年没したヴィリエ・ド・リラダンの記念講演のため、ベルギー各都市を巡る。
一八九三年　教職を退く。
一八九四年　オクスフォードとケンブリッジで『音楽と文学』と題した講演を行う。
一八九七年　散文作品を集めた『譫言集（ディヴァガシオン）』を出版。雑誌『コスモポリス』に『骰子一振』を発表。
一八九八年　五月、『エロディアード』に再着手。九月九日、ヴァルヴァンにて死去。
一八九九年　韻文作品を集めた『詩集』がドゥマン書店から死後出版される。

# 主要参考文献

## マラルメに関する文献

（本書執筆にあたって参考にした主要な文献のみを掲載した。マラルメに関する網羅的な書誌は、「関西マラルメ研究会アルシーヴ」（http://www.geocities.jp/mal_archives）において、中畑寛之氏がきわめて充実した情報を公開している。）

〈作品〉

*Œuvres complètes*, éd. Henri Mondor et G. Jean-Aubry, Gallimard, « Bibliothèque de la Pléiade », 1945.

*Les Noces d'Hérodiade. Mystère*, publié avec une introduction par Gardner Davies d'après les manuscrits inachevés de Stéphane Mallarmé, Gallimard, 1959.

*Œuvres complètes*, édition présentée, établie et annotée par Bertrand Marchal, Gallimard, « Bibliothèque de la Pléiade », t. I, 1998.

『マラルメ詩集』鈴木信太郎訳、岩波文庫、一九六三年。

『マラルメ全集Ⅰ　詩・イジチュール』松室三郎、菅野昭正他訳、筑摩書房、二〇一〇年。

〈伝記〉

Henri Mondor, *Vie de Mallarmé*, édition complète en un volume, Gallimard, 1950 (1941).

Henri Mondor, *Eugène Lefébure, sa vie - ses lettres à Mallarmé*, Gallimard, 1951.

Jean-Luc Steinmetz, *Stéphane Mallarmé, l'absolu au jour le jour*, Fayard, 1998.（ジャック＝リュック・ステンメッツ『マラルメ伝――絶対と日々』柏倉康夫、永倉千夏子、宮嵜克裕訳、筑摩書房、二〇〇四年。）

*Documents Stéphane Mallarmé*, présentés par Carl Paul Barbier, t. I-VII, 1968-1980.

〈批評〉

Paul Bénichou, *Selon Mallarmé*, Gallimard, 1995.

Pascal Durand, *Mallarmé. Du sens des formes au sens des formalités,* Éditions du Seuil, « Liber », 2008.

Bertrand Marchal, *Lecture de Mallarmé,* José Corti, 1985.

Bertrand Marchal, *Salomé. Entre vers et prose. Baudelaire, Mallarmé, Flaubert, Huysmans,* José Corti, « Les Essais », 2005.

Bertrand Marchal (éd.), *Stéphane Mallarmé. Mémoire de la critique*, Presse de l'Université de Paris-Sorbonne, 1998.

Pascal Pia, « Un sonnet contesté de Mallarmé », *La Quinzaine Littéraire*, 1er avril 1966.

Jacques Rancière, *Mallarmé. La Politique de la sirène,* Hachette, « coup double », 1996.（ジャック・ランシエール『マラルメ　セイレーンの政治』坂巻康司、森本淳生訳、水声社、近刊。）

Jean-Pierre Richard, *L'Univers imaginaire de Mallarmé*, Éditions du Seuil, 1961.（ジャン゠ピエール・リシャール『マラルメの想像的宇宙』田中成和訳、水声社、二〇〇四年。）

Jean-Paul Sartre, *Mallarmé. La Lucidité et sa face d'ombre*, Gallimard, 1986.（ジャン゠ポール・サルトル『マラルメ論』平井啓之、渡辺守章訳、ちくま学芸文庫、一九九〇年。）

Albert Thibaudet, *La Poésie de Stéphane Mallarmé : étude littéraire*, Editions de la Nouvelle Revue Française, 1912 (Gallimard, 1926) .

そのほかの文献

Baudelaire, *Œuvres complètes*, « Bibliothèque de la Pléiade », Gallimard, t. I, 1975 ; t. II, 1976.

Clément Privé, *Poèmes et Nouvelles*, préface de Jean José Marchand, présentation et notes par Hocine Bouakkaz, aux Baillis en Puisaye, 2009.

Jean-Pierre Renau, *Clément Privé, chants de bohême en Haute-Puisaye*, L'Harmattan, 2009.

Jean Starobinski, *Portrait de l'artiste en saltimbanque,* nouvelle édition revue et corrigée, Gallimard, 2004.（ジャン・スタロバンスキー『道化のような芸術家の肖像』大岡信訳、新潮社、一九七五年。）

Catalogue de l'exposition « Rien qu'un battement aux cieux. L'éventail dans le monde de Stéphane Mallarmé », présentée

au musée départemental Stéphane Mallarmé (Vulaines-sur-Seine) du 19 septembre au 21 décembre 2009, Lienart éditions, 2009.
大鐘敦子『サロメのダンスの起源――フローベール・モロー・マラルメ・ワイルド』慶應義塾大学出版会、二〇〇八年。
外山正一、矢田部良吉、井上哲次郎(訳・著)『新体詩抄』(一八八二年)、日本近代文学館(名著複刻詩歌文学館)、一九八一年。
ハインリッヒ・ハイネ『アッタ・トロル/夏の夜の夢』井上正蔵訳、岩波文庫、一九五五年。

# あとがき

本を読まない世になった。そう嘆くのがそもそも凡庸なことで、教師は遥か昔から同じ不平を鳴らしてきたようにも思う。かつて一度でも、その名に値すると学者が考えるような書物を世の人が競って読んだことがあっただろうか。

しかしまた、書物が現在ほど古びて見える世界もない。インターネットという新たなメディアの登場は、本によって提供される情報の権威に決定的な打撃を与えた。今やどんな碩学でも、その影響を完全に逃れることは不可能だろう。専門と自負する分野はさておき、その外の知識を求めて、こっそりウィキペディアにあたったことのない教師がどれだけいるか。誰でも書ける百科事典など信用できない、インターネットなど決して触れない、という学者は、なんだか闇米を拒否し続けた法官のようでかっこいいが、生活者としては落伍してしまいそうだ。そもそも、学者を含め現在本を書くような人々のほとんどは、原稿をパソコンで作成している。疑問が起これぱちょいと画面を切り替えて、グーグルで検索してみようという誘惑は大きい。

さて、書物のこの逆境を乗り越えるヒントでも得ようとして、マラルメに意見を求めたとしても、あまり頼もしい言葉は返ってこない。マラルメは、本は読まれなくていい、と言うのだから。

食卓とは住処の奉納品を整えておくべき祭壇です。その食卓の上には書物が置かれることが好ましいのです。ただし、その書物が常に唇を活気づけるように、というのではありません。唇というものは、傍らに置かれたある美しい花瓶から薔薇の花束が立ち上って開く、その薔薇の無為によって見事に象徴されるように、可憐な閑暇を享受するものなのですから。そうではなく書物は――ただ単に――そこにありさえすればよいのです。いつとも知らず――必要に合わせて――ページを繰られた朋友という風情で。すると、百ものページをもつこの精神の小箱が半ば開かれ、故あって置かれているその下に、卓布が広げられている、この布地に縫い取られた怪物たちや意味深いアラビア模様が襞にはらまれつつまことしやかに垂れる、それがあたかも、書物から真正性を与えられつつ零《こぼ》れるが如くになるのです。(『ヴィリエ・ド・リラダン』)

書物は読まれる必要などなく、テーブルに置かれているだけでよいと言うマラルメの意図を推し量ることはそう単純ではない。ただ声による音読という行為を否定するものなのか、あるいは読書一般を無用とするのか、という検討を始めとして、マラルメが書物の周囲に編み上げた理念の錯綜を解きほぐす必要があるからだ。しかしさしあたり、マラルメが書物に与える価値は、それが含む情報のみに由来するものでないことは確かだ。テーブルの上に置き忘れられたようなささやかなあり方だったとしても、ともかく、この「精神の小箱」はそこに「ある」ことができる。そしてこの、書物が「ある」ことが、私たちがこの世に棲むことの正当性を保証する、とまでマラルメは言うのである。つまり本とは、情報をやりとりするための媒体ではない。いや、「媒体ではない」とまでは言えないだろう。作者から読者へとメッセージが受け渡されるという「初歩的な」伝達があるということまで、マラルメは否定しないのだから。しかしまたマラルメによるならば、すくなくとも詩《ポエジー》の書物の本質はそこにはない。それを探る紙幅はもはや残されていないが、詩の言葉はどうやら、別の伝わり方をする（あるいは別の機能を持つ）らしい。

さて、ここに終わる書物は、と言えば、遺憾ながら、これはマラルメの言う本――無人の食卓に置き忘れられ、開かれたページの文字とテーブルクロスとが美しい諧調を成すような書物――ではない。浅ましいことではあるが、読者を得ることを願って書かれた本だ。もちろん、この一冊の成功で書物の復権が成るなどという大それた考えはない。目論みが最大の効果を上げたとしても、それはただ、遅かれ早かれ必ず忘却される――詩人自身の覚悟である――マラルメの詩とその生の残響を、いましばらく留めおくという程度のことにしかならないだろう。しかし、来るべき詩《ポエジー》を準備するためにも、詩に関する情報を世に引き渡しておく必要がある、と言えば、マラルメも反対しないだろう。それがどんなに初歩的な伝達であろうとも。

（もちろんそれだって、ずいぶんおせっかいなことだ。既に詩が読まれなくなった時代を生きていたマラルメにすれば、日本における己の文名の翳りを嘆くなどということは、考えも及ばなかったことのはずだ。いやむしろ、彼が時折夢見た極東の地で、己の詩業が――作品はその実ほとんど読まれなかったにせよ、少なくとも――よく知られていた一時代があった、ということをむしろ不思議とさえ思うだろう。）

読まれる本を目指す、ということで、体裁はいわゆる研究書から離れた。文学研究ということであれば仔細に註をつけるべき箇所についても、叙述の流れを優先するために、敢えてこれを行わず、典拠を本文中に略示するにとどめた。広い意味での文芸の一書として読まれるなら幸いである。文芸などと言うのは、マラルメと同じ土俵に立つことだからずうずうしいかもしれないが。

もっとも、詩論というほどの一貫性をもって論じようというような気負いは初めからない。本書の構想は単純である。各章は一・二篇の詩を中心にする。それらの詩をはじめから終わりまで、わからないところも含めて一通り読む、というそれだけのものだ。ただし、引用する詩に関してはその全体を引くことにこだわった（詩は読まれなくていいと言うマラルメも、どうせ読まれるなら作品のまとまりは尊重してほしいところだろう）。その一方で、ある詩の読解のために、マラルメの類似の詩想を引証することはあまりしていない。結果として、扱ったのはそもそも寡作な詩人の作品のごく一部のみとなった。ただこれらの断片を巡ったあとに、詩人の生の一側面が浮かび上がるならよしとしよう。試みの成功如何は読者諸賢の判断に委ねたい。

本書執筆にあたっては、慶應義塾大学出版会の村上文氏に多大な支援を頂いた。これまで研究者向けの論文ばかり書いてきた筆者が、まがりなりにも書物と呼べそうなものを上梓することができたのは村上氏の助言と励ましに負うところが大きい。深く感謝いたします。

二〇一四年三月

原　大地

著者紹介

原　大地　Taichi HARA

1973年生まれ。慶應義塾大学商学部准教授。2004年、東京大学大学院人文社会系研究科博士課程単位取得退学。同年、パリ第四大学博士課程修了。慶應義塾大学商学部専任講師を経て、2011年より現職。専門はフランス語・フランス文学。主要著書に *Lautréamont : vers l'autre. Etude sur la création et la communication littéraires*, L'Harmattan, 2006（2007年渋沢・クローデル賞本賞）、『牧神の午後――マラルメを読もう』（慶應義塾大学教養研究センター選書、2011年）。

マラルメ　不在の懐胎

2014年6月14日　初版第1刷発行

著　者――――原　大地
発行者――――坂上　弘
発行所――――慶應義塾大学出版会株式会社
〒108-8346　東京都港区三田2-19-30
TEL〔編集部〕03-3451-0931
〔営業部〕03-3451-3584〈ご注文〉
〔　〃　〕03-3451-6926
FAX〔営業部〕03-3451-3122
振替　00190-8-155497
http://www.keio-up.co.jp/
装　丁――――中垣信夫＋林　映里［中垣デザイン事務所］
本文組版―――株式会社キャップス
印刷・製本――中央精版印刷株式会社
カバー印刷――株式会社太平印刷社


Printed in Japan ISBN978-4-7664-2143-9